岩 波 文 庫

32-127-1

エティオピア物語

(上)

ヘリオドロス作
下田立行訳

岩 波 書 店

ΗΛΙΟΔΩΡΟΥ

ΤΑ ΠΕΡΙ ΘΕΑΓΕΝΗΝ ΚΑΙ ΧΑΡΙΚΛΕΙΑΝ ΑΙΘΙΟΠΙΚΑ

凡　例

一、本書は、下田立行訳、ヘリオドロス『エティオピア物語』(「叢書アレクサンドリア図書館」第十二巻、国文社、二〇〇三年刊)の文庫化である。

二、翻訳にあたっては、Rattenbury, R. M. & Lumb, T. W., Héliodore, *Les Éthiopiques.* Deuxième Édition. Paris, 1960 を底本とした。

三、本文中に小見出しとして示した数字は章番号である。本文庫では節番号は割愛した。

四、人名・地名等の固有名詞に含まれる長音は原則として短音で表記しているが、例外もある。

五、行間の注番号(1)(2)…は訳注である。注番号に「*」を付したものは、本文庫で内容を改めたり新しく加えた注である。

六、文庫化にあたり、全体にわたって表記の揺れやかぎ括弧等を整理し、読みがなを増やした(巻末の「編集付記」も参照)。

目次

下巻目次

主な登場人物紹介

カリクレイア　エティオピアの王女。カリクレスの養女。
テアゲネス　テッサリアの神聖使節団長。アキレウスの子孫。
クネモン　「牧人の地」の囚われ人。アテナイ人。
アリスティッポス　クネモンの父。
デマイネテ　アリスティッポスの後妻。義子クネモンに懸想する。
ティスベ　デマイネテの小間使い。
アルシノエ　笛吹き女。
カリクレス　デルポイのアポロン神官。カリクレイアの養父。
テュアミス　「牧人の地」の盗賊の首領。

カラシリスの長男。
ペトシリス　テュアミスの弟。兄の大神官職を簒奪。
ナウシクレス　ナウクラティスに住むギリシア人豪商。ティスベのなじみ客。
カラシリス　元メムピスの大神官。テュアミスとペトシリスの父。
ペルシンナ　エティオピア王妃。
ヒュダスペス　エティオピア王。
ミトラネス　エジプトの地方太守オロオンダテス配下の守備隊長。
テュレノス　ザキュントスの漁師。逃避行中のカラシリスらを宿らせる。
トラキノス　海賊船の首領。

『エティオピア物語』の世界

『エティオピア物語』の世界(広域図)

エティオピア物語（上）

巻一

1

今しもうららかな一日が明けようとして、日の光が山の尾根を明るく照らし出していた。ナイル河が海にそそぐ、ヘラクレス河口[1]と呼ばれる地点を見下ろすように延びる丘の上には、盗賊のようななりをした男たちが幾人か見張りについていた。彼らはちょっと立ち止まっては眼下に広がる海に視線を走らせ、沖を眺めて獲物になりそうな船が一隻もとおる様子がないと、また近くの海岸に眼を戻すのだった。浜の様子は、商船が一隻、艫綱《ともづな》につながれて停泊しており、船員は乗っていないが、荷はたくさん積まれているようだった。それは遠くからでも察しがついた。というのは、重荷のために船が第三喫水線ぎりぎりまで水中に没していたからである。浜辺は殺害されたばかりの死体で埋めつくされていた。もっとも、ある者は完全にこと切れていたが、ある者は半死半生の状態でまだ体の一部をひくつかせ、戦闘がたった今終わったばかりであることを物語っていた。だが、眼に見える光景にはそれが純然たる意味での戦闘ではなかったことの徴候が認められた。そこには、不運にも中断されてしまった宴会の名残が、無残な姿で混じっているのだった。食べ物をまだたくさん載せたままの卓もあれば、小競り合いの最中、死者たちの手に楯代わりに握られたまま、地面に倒れている卓もあった。戦闘は突発的なものだったのだ。また別の卓の陰には、身を隠そうとしてもぐり込んだと思われる者たちの死体が転がっていた。酒杯が方々でひっくり返っており、そのいくつかは、酒を飲んでいたのか、石礫《いしつぶて》の代わりに使おうとしたのか、それを摑んでいた者の手から今滑り落ちたという具合だった。じっさい、禍《わざわい》があまり突然に襲って来たため、手当たりしだい周囲にある杯の類いを飛び道具に使うほかなかったのだろう。累々と横たわる死体は、戦斧《せんぷ》に傷つき、手近な岩場で拾った石で撃たれ、あるいは棍棒で砕かれ、松明《たいまつ》の火で焼かれるなどさまざまだったが、大多数は弓矢の餌食だった。神は酒を血で汚し、宴席につどう人々に戦をもたらし、殺戮と酒宴を、献酒と惨殺をないまぜにして、この狭い空間に多種多様の光景を出現せしめ、かくてエジプトの盗賊どもに惨劇の場面をお示しになったのである。

実を言えば、山頂に陣どって見下ろしていた者たちにも、この光景がなにを意味しているのかわからなかった。生贄《いけにえ》は眼下に転がっているのに、敵の姿はどこにも見えなかった。勝利は歴然としているのに、獲物は奪い去られていなかった。船には人気《ひとけ》がなく、

（1）シケリアのディオドロス『世界史（歴史文庫）』一・三三・七によるとナイル河には七つの河口があり、そのもっとも西のものはカノポス河口またはヘラクレス河口と呼ばれた。それぞれの河口には町があって要塞化され、各河口を守っていた。

そのことをのぞけば、まるで大勢の者に見張られているように、指ひとつ触れられた形跡もなく、何事もないかのように穏やかに停泊しているのだった。しかし、山頂にいる者たちは、なにが起こったのか首を捻《ひね》りながらも、物欲にそそのかされて略奪を思い立ち、勝者になりかわって山の斜面を駆け下りて行った。

2

船と死体の群の間近にまで迫ったとき、突然今までに見たよりもさらに奇妙な光景が眼に飛びこんできた。若い娘、それもこの世のものとも思われぬ美貌は女神と見まがうばかりの女が、ひとり岩の上に腰を下ろしていたのである。娘は眼前の出来事にひどく心を痛めながらも、凜として高潔な気配を漂わせていた。頭に月桂冠を被り両の肩に箙《えびら》をかけたその娘は、左の腕で弓にもたれて手首から先はだらりと垂れるにまかせ、もう一方の腕の肘《ひじ》を右の腿《もも》で支えて、その掌《てのひら》に頬杖をついていた。娘は目の前に横たわる一人の若者を見下ろすように首をかしげ、身じろぎもせずじっと見つめていた。

若者は手傷を負っており、あたかも深い眠りから覚めるかのように、死の間際からようやく息を吹き返そうとしているように見えた。だが、そんな状態にありながらも、若者の男らしく凜々《りり》しい美貌は匂い立つばかり、頰の白さは流れる血の赤に映えてなおさら輝きを増すのだった。いったんは開かれながら、疲労と苦痛のあまりまた閉ざされようとした若者の眼が、そのときふと娘の姿に惹きつけられた。眼にとまったのがその娘でなかったなら、若者はふたたび眼を閉ざしていただろう。大きく息を吸い込んで深いため息を吐《つ》くと、若者はようやく聞きとれるほどのか細い声で言った。

「ああ！　君は本当に無事だったの？　それとも、君も戦闘の犠牲になったのに、死後も僕から離れることに耐えられず、亡霊となって僕の不幸な運命に寄り添ってくれるのだろうか？」

「わたしの運命はあなたに懸かっているのよ」と娘が応えた、「生きるか死ぬか。これが見えるでしょう？」

そう言って娘は膝の上の剣を示した。

「あなたに息のあるうちはと思って使わずにおいたのよ」

そう言うや娘は岩からつと降り立った。山腹にいた盗賊たちはこの光景を見て驚愕と畏怖の念に打たれ、まるで雷雨に襲われたように、てんでに灌木《かんぼく》の茂みに身をひそめた。というのも、娘がすっくと立つと、箙に収められた矢は突然の動きにからからと音を立て、金糸の織り込まれた衣は日の光を浴びて燦然《さんぜん》と輝き、冠を戴いた髪はバッコスの信女(2)のそれのように波打ち乱れて背中をほとんど覆い隠したものだから、その姿が彼らにはいっそう丈高く、神々しく見えたからである。盗賊たちは恐怖に襲われたが、それは眼前の出来事のせいというより、なにが起ころうとしているのか予測がつかなかったからである。娘のことを、ある者は神々のなかの一人、それもアルテミス(3)かさもなくばこの土地で祭られているイシス(4)だと言い、ある者は巫女《みこ》が神霊に取り憑かれて狂乱状態に陥り、眼前の大殺戮をやってのけたのだ、と言った。彼らはそのようなことをああだこうだと憶測したが、本当のところはまだわからずにいた。

ところが、娘は突然若者の上に倒れ伏し、しっかりと抱きしめて涙を流し、口づけし、血を拭い、彼を腕に抱いていることが信じられずに泣きじゃくったのである。

エジプト人たちはその様を見ているうちに次第に考えが変わり始め、口々にこう言うのだった。

「あれが神のふるまいだなどと、どうして信じられよう？」

「神たるものがあんなに激しく死体に口づけなどするものか？」

盗賊たちは勇気を奮い起こし、近くまで進んで本当のところを確かめてみよう、と互いに激励しあった。こうして気をとり直すと彼らは山腹を駆け下りた。近づいてみると、娘がまだ若者の傷にかかりきりになっていることがわかった。盗賊たちは娘の背後へ回ると、敢えて声を立てるでもなにをするでもなく、じっと立ちつくした。じつは、足音があたりに轟き、彼らの投げる影が視野に入ったとき、娘は顔を上げたのだが、一目見るなりまたうつむいてしまったのである。見慣れぬ肌の色にも、武器で身をかため、盗賊然とした彼らのなりにも少しも臆することなく、娘は横たわる若者の傷の手当に全身全霊を傾けていた。このように、まことの恋と純粋無垢の愛は、外界から襲ってくるどんな苦しみや喜びに対しても超然としており、ただ愛の対象一人にのみ眼と心を向けるよう強いるものなのだ。

3

盗賊たちは娘の前を通り過ぎてから立ち止まり、すぐにも仕事に取りかかろうとしたが、そのとき娘がふたたび顔を上げ、彼らの黒い肌の色とむさくるしい風体《ふうてい》を見てとって言った。

「あなたたちがここに死んで横たわっている人たちの亡霊なら、わたしたちを呪うのは間違っているわ。あなたたちの大半はお互いの手にかかって死んだのだし、わたしたちに倒された人たちだって、こちらが身を守るためだから当然のこと、純潔を汚そうと

（2*）葡萄酒の神ディオニュソス（バッコス）に取り憑かれ、神に従って熱狂乱舞しながら山野を駆け回る女たち。獣皮を纏いおどろ髪の姿で描かれる。

（3*）ギリシア神話でアポロンの姉妹。美しい処女神とされる。

（4*）エジプト神話の主神オシリスの姉妹にして妃。ヘレニズム時代にギリシア世界に伝わり、さまざまな神格と同一視されたが、特に女性の生命や出産を守る神として崇拝された。

した報いを受けたのだわ。それとも、あなた方が生身の人間だとしたら、どうやら盗賊稼業で身を立てているようだから、ちょうどよいところへ来てくれたというものよ。さあ、わたしたちを殺して、襲いかかったこの苦しみから解放してちょうだい。そして、わたしたちの悲劇を終わらせてちょうだい」

娘はこのように悲壮な言葉を口走ったが、盗賊たちにはなにを言っているのかまったくわからなかった。彼らは二人が疲労困憊《こんぱい》しているのを見て、屈強の見張りをつけたも同然、逃亡の恐れはないと考え、二人をその場に残したまま船のほうへ駆けて行って積荷を下ろし始めた。もっとも、積荷の量は莫大で、種類もいろいろあったのだが、彼らは他のものには眼もくれず、金銀宝石や絹の衣類のなかから、各人持てるだけのものを運び出したのである。欲しいものを存分に手に入れると(じっさい、船には強欲な盗賊たちをも満足させるに足るだけのものが積み込まれていた)、略奪品を浜辺に並べ、各々の取り分として小分けにかかった。それは、分捕り品それぞれの値打ちに応じて分けるのではなく、各人の分け前が同じ重さになるように分配するやり方だった。娘と若者の処分についてはあとで考えるつもりだった。

そのとき、騎馬の男二人に率いられたもう一群の盗賊団が不意に姿を現した。先に来た盗賊たちはそれを見た途端、一戦まじえようとするでもなく、それどころか、追跡を恐れたためか、略奪品もほったらかしにして、足を限りに逃げ始めた。それは、先行組が十人足らずであったのに対し、新参組のほうはその三倍にものぼる数を擁しているのを眼にしたためだった。こうして娘と若者は、まだ一度も捕らえられていないうちに、早くも二度目の虜囚《りょしゅう》の身となったわけである。新参の群盗も根こそぎ奪いとろうと勇み立っていたが、目の前の不思議な光景に驚いて、はたと歩みを止めた。彼らは、大殺戮は先に来て逃げ去った盗賊たちの仕業であろうと推し量ったが、若い娘が見慣れぬきらびやかな衣装を身にまとい、今また襲おうとしている恐ろしい事態など眼中にない様子で、すっかり若者の傷の手当にかかりきりになり、また、若者の苦痛をわがことのように嘆いているのを見ると、むしろその美しさと毅然たる態度とに感嘆の念を禁じえなかった。また、彼らは傷ついた若者にも驚嘆の眼を見張った。というのも、若者はもとより眉目秀麗で背が高い上に、もう徐々に気力を回復して普段の表情を取り戻そうとしていたからである。

4

こうしてしばしの時が過ぎたが、ついに盗賊たちの首領が近づいて来て娘の肩に手をかけ、立ち上がってついて来るよう命じた。娘は言われた言葉は一言もわからなかったが、なにを命じているかは察しがついた。そこで娘は立ち上がりざま、こちらも彼女と離れる気のない若者を引き起こすと、剣をわが胸に振りかざし、脅しの言葉とともに、二人とも連れて行くのでないなら自刃しようという勢いを示した。首領は、やはり言葉は少ししか聞きとれなかったが、仕草から娘の言おうとしていることを了解した。それに、若者を生かしておけば強力な助っ人になるかもしれないという期待もあった。彼は副大将に馬を降りるよう命じ、自分も徒歩《かち》になって、捕虜にした若者と娘をそれぞれ馬に乗せた。残りの者たちには分捕り品をまとめてからあとについて来るよう指示し、自分は馬のわきを小走りに走って、捕虜が振り落とされそうになるたびに支えてやった。この出来事は必ずしも想像の範囲を超えたことではない。主人が奴隷となったように見え、勝者が捕虜に仕えることを選んだわけだが、このように、おのずと現れる育ちの良さと眼に見える美質とは、賊の心をも己に従わせ、荒くれ者たちをもなびかすことができるのである。

5

こうして彼らは浜辺を二スタディオン(5)ほど行くと海岸から離れ、海を右手に見て、まっすぐ山へ向かう登り道を進んだ。そして息を切らしながら頂を越えると、山の反対側の、眼下に広がる湖をめがけて下り道を急いだ。その湖の性状を述べておこう。この地域全体はエジプト人によって「牧人の地」と呼びならわされている(6)。この土地には深く窪んだ場所があり、それがナイル河の度重なる氾濫で溢れる水を受けて湖となった。湖の中心部は計測できないほど深く、周辺部に近づくにつれて次第に浅くなり沼沢地と化している。つまり、海にとっての浜辺に当たるのが湖の沼沢地であるといえよう。そして、この沼沢地にエジプトの盗賊どもが大挙して集まり、いわば自分たちの都市を作って住み着いているのである。そこには、土が水から少しでも顔を出しているところがあると、その狭い地面に小屋を建てて住んでいる者もあれば、舟の上で暮らし、舟を交通の手段と住居の兼用にしている者もある。女たちが糸を紡いだり、子供を産むのも舟の上なのである。赤ん坊が産まれると、初めのうちは母乳で育てられるが、それから沼で獲れた魚を日干しにしたものが与えられる。手足を伸ばして這おうとするのが目立つころになると、足首に紐を結びつけて舟べりや小屋の端までは自由に這って行けるようにしてやる。赤子の「手を引く」とはいうが、足に紐を結わえるとは珍しい風習である。

6　思うに多くの「牧人」がこの沼沢地で生まれ、上に述べたように育てられて、

（5）一スタディオンは一八〇メートルほど。

（6）ナイル・デルタの沼沢地はいつの時代にも盗賊や無法者の隠れ場となった。後一七二年、ローマの支配に対してそうした「牧人」たちが蜂起したことが知られている。もっとも、ギリシア小説に現れるそうしたナイル・デルタの盗賊たちは、ロマンティックな彩りを添える小道具に過ぎない場合が多い。

そこを祖国と思っている。じっさい、そこは盗賊たちにとって堅固な要塞としての役割を十分に果たしており、だからこそそこの沼沢地にはそんな生活を送る者たちが方々から集まってくるのである。彼らすべてにとって水が城壁であり、沼に鬱蒼《うっそう》と茂る葦が防塁の代わりとなって彼らを守っている。というのも、葦原のなかには無数の曲がりくねった水路が切り開かれており、葦原から抜け出ることは、水路を隅から隅まで知りつくしている彼らにとってはなんの造作もないことだが、よそ者にはとても不可能だからである。このように彼らは外部からの攻撃によって損害を被ることのないよう、いわばきわめて堅固な要塞を築き上げてきたのだ。この沼沢地とそこに住む「牧人」たちについてはおよそ以上に述べたごとくである。

7

首領をはじめとする盗賊たちの一隊が湖に到着したのは、すでに日が沈もうとする黄昏時《たそがれ》だった。彼らは若い二人の捕虜を馬から降ろし、略奪品を舟に収め始めた。一方、あとに残っていた盗賊たちの群が大勢、沼のここかしこから忽然と姿を現し、馳せ集まって来て、まるで自分たちの王ででもあるかのように盗賊たちの首領を出迎えた。彼らは莫大な分捕り品の山を見、この世のものとも思われぬ娘の美貌に眼をとめると、仲間たちがどこぞの聖域か黄金ずくめの神殿を略奪したに違いないと想像し、ついでにそこの巫女《みこ》までが攫《さら》われてきたのか、あるいは神像が息を通わせ、この娘に姿を変えてやって来たのだろう、などと愚にもつかないことを考えるのだった。

住民たちは首領の豪胆さを誉めそやしながら、彼をその住居まで送って行った。住居は他からぽつんと孤立した小島で、首領とその少数の側近たちだけの隠れ家となっていた。島に到着すると首領は、翌日全員が自分のところへ集まるよう言ってから、大半の者たちには家に帰るよう命じ、自分はいつもの少数の仲間たちとあとに残り、みなで簡単な夕食をしたためた。それから、最近捕虜として彼らのところで暮らすようになった若いギリシア人に若者と娘を引き合わせて、話し相手にさせた。この三人には自分の小屋からそう遠くないところにある小屋を割り当ててやった。また、その若い男に、若者たちを大事に扱うよう、とりわけ、娘がだれからも侮辱を受けないよう気をつけるように命じた。それから、首領は遠征の疲れで気怠《けだる》い身体を横たえ、当面の問題をあれこれ思い煩《わずら》ううちにぐっすりと眠り込んでしまった。

8

夜も初更に入って沼が静寂に包まれると、娘はもうだれにも邪魔されぬのを幸いに、嘆きの声をもらし始めた。恐らく、夜そのものに苦しみをいっそう掻き立てられたのだろう。なぜなら、夜はなにも聞こえず、なにも見えないために、他のことに気をとられることなく、苦悩にのみ心をゆだねることができるからである。娘は独りで（というのは、娘は命じられたとおり独りだけ離れたところで、地べたに敷いた粗末な敷物に横になっていたからである）しきりと嘆声を発し、しとどに涙を流しながら言うのだった。

「アポロン様、わたくしどもの過ちを罰せられるにしても、あんまりな、厳しいお仕打ちですわ。今までに起こったことだけで、罰として十分とは思し召されませぬか。家族からは引き裂かれ、海賊の虜《とりこ》となり、方々の海で数知れぬ危難に遭い、地上に降り立ったと思えば、盗賊どもによって早くも二度目の虜囚の身となり、そしてこれから予期されることは、これまでよりもさらに過酷な運命なのです。こんな風にして最後はどうなされるおつもりなのですか。汚れなき身のまま死をたまわろうと言われるのなら、死もまた甘美でありましょう。でも、テアゲネスすらまだ知らないわたくしの身体を、だれかが辱《はずかし》めようなどとしたら、わたくしは首を縊《くく》ってそんな暴力を出し抜いてやりましょう。守ってきた清らかなこの身体を、死に至るまで守り抜き、純潔を美しい死装束としてあの世まで携えて行くのです。そうすれば、あの世ではあなたほど厳しい判官様に出会うことはよもやありますまい」

こうしてなおも愚痴をこぼし続ける娘をテアゲネスがさえぎって言った。

「嘆くのはおやめ。最愛の恋人、僕の命、カリクレイアよ。君が嘆くのはもっともだけれど、それでは存外神様を怒らせてしまうかもしれないよ。責めるのではなくお願いすべきなのだ。全能の神を宥《なだ》めるのは理屈ではだめ、お祈りを捧げるのが一番だからね」

「そのとおりね。で、あなたの具合はどう?」

「楽になったよ」とテアゲネスが応えた。

「夕方から良くなってきたようだ。あの若いのが手当してくれたお陰だね。傷の腫れと痛みが軽くなった」

「ええ、明け方までにはずっと良くなります」

と、二人の見張りを命じられた男が言った。

「三日で傷口のふさがる薬草を採ってきてあげます。実際にその薬草を試してみたことがあるんです。あの男たちがわたしをここへ捕虜として連れて来たあと、小競り合いがあって首領の手下が負傷して戻って来た場合など、わたしのいう薬草を使えば回復にそう日にちがかからなかったのです。わたしがあなた方のことを心配しているからといって驚くにはおよびません。だって、あなた方はわたしと同じ境遇のようだし、それに、ギリシア人だと聞いてはあなた方のことが可哀相でならないんです。わたし自身ギリシア人だから」

「ギリシア人だって? おお、神々よ」と二人の新参者は喜びのあまり同時に叫んだ、

「なるほど、形《なり》も言葉も本当にギリシア人だ。これで数々の禍から一息つけるというものだ」

テアゲネスは続けて訊ねた。

「ところで、名前はなんと呼んだらいいのかな？」

「クネモン」

「国は？」

「アテナイ」

「いったいどんな巡り合わせでこんなことに？」

「およしなさい」と若者が言った、「なぜそんなことを揺すって扉をこじ開けようとするんです？　これこそ悲劇役者の台詞ですがね。(7)まだ早すぎますよ、あなた方の不幸に加えてわたしの不幸を物語るなんて。それに、話をするにしても、残された夜の時間では足りないでしょう。しかも、あなた方はさんざん苦労なさったあとなのですから、眠って休息をとらなければいけません」

9

だが二人は彼を放そうとせず、同じような身の上話を聞くのが一番の慰めになると言って、話して聞かせてくれるよう執拗に頼んだため、クネモンは次のように語り始めた。

「わたしの父はアリスティッポスといって、アテナイの生まれだった。最高評議会(8)の議員であり、資産の点では中流階級に属していた。わたしの母が亡くなって後、父は一人息子であるわたしにだけ望みを託しているのはよくないと考えて、再婚に気持ちが傾き、デマイネテという女を家に入れた。これは魅力的ではあるが性悪な女だった。というのは、家に入るやこの女は父をすっかり丸めこみ、なんでも彼女の思いどおりにするよう言いくるめてしまったのだ。それは、なにくれとなく痒《かゆ》い所に手がとどくように世話を焼いたということもあるが、なによりも色香で老人を誑《たぶら》かしたというのが本当のところだった。デマイネテは男を自分に狂わすことにかけては女のなかでも天下一品で、誘惑の技巧をあきれるほど完璧に身につけていた。父が出かけるときは悲しげにため息を吐き、戻ってくると駆け寄り、帰りが遅いと拗《す》ねて、もう少し遅ければ死んでしまう

（7）エウリピデス『メデイア』一三一七以下に、メデイアの子供殺しを知ったイアソンが館の門を開けさせようとするのに、中空に現れたメデイアが「なぜその門を揺すってこじ開けようとなさるのか」と述べるくだりがある。ただし、この小説の時代設定はエウリピデスよりかなり前とされている。

（8）アレオパゴスの評議会のこと。アテナイの「アレースの丘」にちなんで名付けられた。アルコン（行政官）職に就いた経歴のある者すべてで構成され、アテナイで最高の議決機関としての機能を有し、前五世紀の民主的改革に至るまで、アテナイの貴族主義・保守主義の中心的存在であり、権力を失った後も数世紀にわたり威信を保った。

ところだったなどと言い、一言ごとに抱きついては口づけし、口づけするごとに涙を流すという具合なのだ。父はそんな手管《てくだ》にころりと乗せられて、息をするのも彼女のため、見つめるのも彼女一人というありさまだった。

デマイネテは初めのうちこそ、わたしをわが子同然に見ているふりを装っていたが、それもアリスティッポスを丸めこんでおく手口なのだった。そして、たびたびわたしに近づいては接吻し、わたしのことを「あなたがわたしの喜び」と絶えず言いつのった。わたしのほうも、彼女の本心に少しも気づいてないものだから、気を許していた。ただ、彼女がわたしのことになると実の母親のような気づかいを示すことを不思議に思っていたものだ。けれど、彼女の近づき方が次第に大胆になり、口づけが程を越えて熱を帯びるようになり、節度を失いそうな彼女の目つきに疑念を抱くようになると、もうわたしはたいていの場合彼女を避けるようにし、近寄ろうとするのを突き放すようになった。でも、こんなことを長々と話してなにになるだろう？　彼女が仕掛けたさまざまな誘惑の罠や、彼女が自分から言い出したいろいろな約束のことを？　彼女はわたしをあるときは「可愛い坊や」、あるときは「愛しい人」と呼び、またさらには「跡取り息子」と言ったかと思うと、今度は「わたしの命」と呼ぶのだった。要するに、ちゃんとした言葉に誘惑の言葉を織り交ぜて、わたしがどんな言葉により強い反応を示すかを窺っていたわけだ。重々しい言葉を使うときは母親を装っているものの、不自然な呼び方をするときは愛欲に燃える女の心をあからさまに示して見せるという具合だった。

10

そして、挙げ句の果てにこんなことが起こった。この四年ごとの大祭では、アテナイ人たちが行列行進し、車輪のついた船を押して女神アテナのもとへ運ぶのだが、わたしはたまたま丁年《ていねん》に達したころで、その伝統的な行列の先頭の一隊に加わり、女神のために慣例どおりの讃歌を歌った。それが終わると、わたしは短いマントを羽織り、冠を被ったままの姿で家に帰った。デマイネテはわたしを見た途端に我を忘れ、もはや愛を隠そうとはせず、欲望を剝《む》き出しにして駆け寄ったかと思うと、わたしに抱きついて、「ああ、若いヒッポリュトス、わたしのテセウス、わたしのもの！」と叫んだのだ。(9)

わたしがどうなってしまったと思います？　なにしろ、今でもこう話しているうちに

---

(9) 原典ではデマイネテが「若いヒッポリュトス、わたしのテセウス！」と叫んだことになっているが、テクストに損傷があると考えられる。エウリピデスの『ヒッポリュトス』によると、ヒッポリュトスは父テセウスの後妻パイドラに愛を告げられてこれをはねつけ、パイドラはヒッポリュトスが自分を誘惑したと訴える紙切れを手に自殺する。テセウスはそれを見て息子ヒッポリュトスを呪い、結局ヒッポリュトスも死ぬことになっている。

恥ずかしさで顔が赧《あか》くなるんだから……。晩になって父はプリュタネイオン(10)へ食事に出かけた。そんな会合や国を挙げてのお祭り騒ぎのときはいつもそうだったが、その晩も夜を徹して飲み明かすはずだった。そこでデマイネテは夜中にわたしのところへ来て、なにやら不貞の望みを叶えようとするのだった。わたしがなにがなんでも抵抗し、どんな媚《こび》も約束も脅しもすべてはねつけてやると、彼女はなんとも陰鬱な深い呻《うめ》き声をあげてわたしから離れ、立ち去って行った。そしてあのあばずれは、その夜が過ぎるともう翌日には、わたしに対して悪巧みを始めたのだ。

まず、彼女はその朝寝床からいっかな起きようとしなかった。そして、父が帰ってきてどうしたのかと訊ねると、具合が悪いように装って、初めのうちは応えようともしなかった。ところが、父が執拗に食い下がり、いったい何事があったのかとくり返し訊ねると、彼女はこんな風に答えたのだ。

「あの立派で敬虔な若者が――わたくしたち二人の子供のことですわ、わたくしはあの子に、時にはあなたより以上の愛情を注いできましたのに(そのことは神様方が証人となって下さいます)、わたくしが身籠もっていることをなにかの具合で知ったのです。そのことは、はっきりするまではと思ってあなたには隠していたのです。あの子はあなたがご不在の折りを窺っておりました。そんなときわたくしが、これはいつものことですが、あの子に忠告して、女郎だの酒盛りだのに心を奪われてはいけない、節度のある生活をするようにと言いますと（といいますのも、あの子のそんなふるまいにわたくしは気づいていましたが、それをなにか継母根性《ままははは》のようにとられるのも嫌でしたので、あなたには話さずにいたのです）、あの子に恥をかかせないよう気づかって二人きりのときに話したのですが、するとあの子は、あの子はあなたとわたくしのことについて悪口雑言の限りをつくしましたが、それについては恥ずかしくて話す気にもなれません、足でわたくしのお腹を蹴ったのです。ご覧のようなこんなありさまになったのも、そのせいですの」

と、こんな風にデマイネテは語ったのだ。

11

それを聞くと父は、一言もものを言わず、訊ねもせず、弁明の機会も与えず、わたしに対してこんなに好意を抱いているデマイネテがわたしを陥れるような嘘を吐《つ》くはずはないと鵜呑みにして、たちまち家のどこか片隅にいたわたしを見つけだし、なにも知らないわたしを拳骨で殴り、奴隷たちを呼び集めて鞭打たせた。罰を受ける者はだれでもその理由を知る権利くらいありそうなものだが、わたしはなぜ自分が叩

（10）市政の中心である長老会議のための会議場で食堂なども備えられていた。

きのめされるのかすらわからなかった。

父の怒りが収まったときわたしは訊ねた。

「だけど、お父さん、前もって教えて下さらなかったにしても、今はわたしが打たれる理由を教えて下さってもよいと思うのですが」

すると父はかえって怒りを掻き立てられた様子でこう言った。

「なにをっ！　しらばっくれおって！　自分がやった不敬の行いをわしの口から聞こうとしよるわ」

父はそう言うとくるりと背を向けてデマイネテのところへと急いで行ってしまった。だが、彼女はそれでもまだ満足できなかったのか、翌日にもわたしに対して次のような企みを仕掛けてきた。彼女にはティスベという名の小間使いがいた。これは、竪琴を爪弾きながら歌う心得のある、見た目もなかなか可愛い女奴隷だった。デマイネテはその娘を、いかにもわたしを愛しているふりをするよう言い含めて、わたしのところへよこしたのだ。また、このティスベというのが尻の軽い女だった。彼女はわたしが口説こうとすると幾度も肘鉄を食わせるのだが、一方では目つきや、仕草や、いろいろなしるしなど、あらゆる手管を用いてわたしを蠱惑《こわく》しようとするのだった。わたしは愚かなことに突然二枚目に変身した気になり、とうとう夜中に忍んできたその娘を寝室に迎え入れた。彼女は、二度、三度と訪れ、それからは夜ごとに来るようになった。

あるときわたしが、奥様に見つからないよう気をつけるんだよ、と再三注意すると、ティスベはこう言った。

「クネモン、あんたはとってもお馬鹿さんね。だって、お金で買われてきた奴隷のわたしがあんたとできてるところを見つかると大変だと思うのなら、あの女はどんな罰を受けるに価するというのかしら？　あの女はいいとこの生まれだと自分でも言ってるし、正式に旦那様と結婚しているばかりか、法に適わぬことをしたら死が待ち受けていることを知っていて、それで間男しているのよ」

「およしよ！」とわたしは叫んだ、「そんなこと信じられないよ」

「ところが本当なの。なんなら間男のいる現場を押さえさせてあげるわ」

「君がそうしたいというのならね」とわたしは応えた。

「ええ、そうしたいわ」とティスベは言ったのです、「あの女からこんな侮辱を受けているあんたのためにも、また、それに劣らずわたし自身のためにもね。わたしだって毎日のように酷《ひど》い目に遭っているのよ。ふざけた話だけど、あの女はわたしに嫉妬《やい》てるんだから。ともかく、ひとつ男らしいところを見せてちょうだいよ」

12

で、わたしがそうすることを約束するとティスベはその夜は帰って行った。その翌々日、ティスベは眠っているわたしを起こすと、間男が来ていると告げた。父はなにか急用があって田舎に行っており、間男がデマイネテと示し合わせておいて、たった今忍び込んだところだ。仕返しの準備をして、曲者を逃がさないよう、剣を手にして踏み込むとよい、というのだ。わたしは言われるとおりにした。短刀をつかむと、火の点いた松明を掲げて進むティスベに先導されて、デマイネテの寝室に向かった。ドアのそばに立つと、なかからランプかなにかの光が漏れていた。ドアは閉められていたが、わたしは怒りにまかせてドアを蹴破り、なかに駆け込んで叫んだ。

「悪党はどこだ！　あの節度の化身とかいう女のご立派な愛人はどこにいるんだ！」

わたしはそう言いながら二人とも手に掛けるつもりで突き進んだ。

すると、なんということか、寝床から転がり出たのはわたしの父親だったのだ。そして、わたしの膝にとりすがって、「息子よ、ちょっと待て」と哀願するのだった。

「生みの親を哀れんでくれ。おまえを育てたわしをこの胡麻塩頭にかけて容赦してくれ！　わしはおまえを痛めつけたが、死の報いを受けねばならぬほどではなかった。怒りに我を忘れて父親の血でおまえの手を汚さないでくれ」

父はそのように言い、他にもいろいろと述べ立てて、哀れっぽく命乞いを続けた。わたしのほうはというと、まるで雷に打たれたように、ぶるぶる震えながら呆然と突っ立っていた。振り返ってティスベを探したが、彼女は知らぬ間に姿をくらましていた。なにを言い、なにをしたらよいのか途方に暮れて、わたしはただ寝台や部屋のなかをきょろきょろと見回していた。わたしの手から短刀が落ちると、デマイネテがすかさず駆け寄ってそれを拾い上げた。父は危地を脱したと見るやわたしに摑みかかり、縛り上げるよう命じた。デマイネテはそのあいだも父の怒りを煽《あお》り立てようとして、

「前に、わたしが忠告したとおりになったでしょう！」と叫んだ。

「この若造は好機と見たら謀反を企むから気をつけたほうがいいってね。目つきをみたら考えていることくらいわかるわ！」

「ああ、そうだったな」父が応えた、「だが、とても信じられなかったのだよ」

その夜、父はわたしを縛って監禁し、わたしが本当のことを言おうとしても一言もしゃべらせてくれなかった。

13

夜が明けると父はわたしを縛ったまま集会場に連れて行き、自分の頭に砂埃を振りかけ(11)、次のように話し始めた。

「アテナイ人諸君、わたしはこのようなことを期待してこの者を育てたのではなかっ

（11＊）死者を哀悼する仕草だが、ここでは陪審員たちの哀れみを誘うため。

た。いや、これが生まれるやわたしは、自分が歳をとったときに面倒を見てくれることを期待して、自由人にふさわしい教育を施し、読み書きの初歩を教えた。それから、わがフラトリアおよび氏族一門にこれを入籍させ[12]、青年名簿にこれの名を登記した。すなわち、これがあなた方と同じ国の国民であることを法に則って宣言し、わたしの一生をこれに託そうとしたのだ。ところが、こやつはそうした親の恩をすっかり忘れ、わたしに向かって暴言を吐いたり、ここにいる正式に結婚したわたしの妻に殴る蹴るの乱暴を働いたりしたのに始まって、挙げ句の果てに、夜中、剣を手にしてわれわれを襲いおったのだ。ところが、あわやというところでこやつが父親殺しにならずに済んだのも、まったくの幸運の賜物で、不意に恐怖心に駆られてこれの手から剣が落ちたからだ。そのようなわけで、わたしはあなた方に救いを求め、この者を告発しようと思う。もっとも、法に従えばわたしがみずからこれに手を下して殺してもよいのだが、そうしたいとは思わぬ。むしろ、すべてをあなた方の手にゆだね、殺生をするよりは法に基づいて息子に罰を与えたほうがよいと考える次第である」

　父はそう言いながら涙を流した。デマイネテもそれに合わせて哭《な》き声を上げ、わたしを「可哀相な子」と呼んで、いかにもわたしのことでひどい苦労を味わっている風を装って言った。

「可哀相な子！　この子は当然の報いとはいえ、年端も行かないうちに死んでしまうのだわ。親を襲ったのも悪霊に駆り立てられたからに違いないわ」

あの女は嘆くというよりも、哀悼の声でわたしの罪を証明しようとしたのであり、慟《どう》哭《こく》のまねごとでわたしの父に加勢しようとしたのだ。

さて、わたしが自分にも弁明の機会を与えてくれるよう要求すると、書記が進み出て、ただ一言、「君は剣を手に父親を襲ったのか」と訊ねた。わたしが、「襲いました。しかし、どうしてそんな行動をとったのか、聞いて下さい」と答えると、みな一斉に叫び声を上げ、わたしには弁明する権利もないと断定して、ある者は石打ちの刑にせよと主張し、ある者は獄吏の手に渡して処刑坑(13)に突き落とすよう提案した。わたしはその大騒ぎの間じゅう、彼らがわたしの処罰について評定している間じゅう、ずっと叫び続けた。

「ああ、あの継母のやつめ！　継母のために僕は亡びるのだ！　継母が僕に審理も受

(12) フラトリアとは部族と氏族の中間に位置する擬似血縁集団とされる。フラトリアへの入籍は市民の嫡出子たることが条件であったという（伊藤貞夫『古典期のポリス社会』岩波書店、一九八一年、四〇六頁以下等を参照）。
(13) アテナイのアクロポリスの西側にある断崖のことで、国事犯が突き落とされて死刑に処された。なお、アテナイでは石打ちの刑が公式の処刑法となったことはなかった。

けさせずに破滅させるのだ！」

その言葉に耳をそばだて、事実関係に疑いを抱いた人も多かった。ところが、それでもわたしの聴取はなされなかった。というのも、集会の人々はどうにも抑えようのない喧噪に呑まれ、すでにわたしに対する偏見に囚われていたからだった。

14

評決の結果は、死罪に挙手した者は、石打ちの刑と処刑坑送りを合わせて約千七百名、残りは約千名で、この人たちは継母にも多少の疑念を抱いたため、わたしに永久国外追放の罪を宣告した。ところがだ、この人たちの意見が優位を占めたんだ。なぜなら、彼らの数は他の者をすべて合わせたよりも少なかったけれど、反対派の投票が死刑の方法について二つに分かれたために、個別意見としては彼ら千名が最大となったからだった。こうしてわたしは、父の家からも、故郷からも、追放された。しかし、あの極悪非道のデマイネテが罰も受けずに命拾いしたというわけではなかった。でも、その顛末については今度また聞いてもらうとして、今は眠りに就いたほうがいいでしょう。夜も更けたことだし、あなた方は十分に休息をとる必要があるんですから」

「だけどね、君はますます僕らを疲れさせてしまうな」とテアゲネスが言った、「その物語のなかの性悪女のデマイネテを罰も受けさせずにほっておいてはね」

「うん、まあそうかもしれませんね。それがよいと言うのなら、聞いてもらいましょう」とクネモンは話を続けた。

「判決の直後、わたしは着の身着のままでペイライエウス港へ下った。そして、ちょうど出帆しようとしていた船を見つけてアイギナ島へ渡った。それは、その島にわたしの母方の従兄弟《いとこ》たちが住んでいることを知っていたからなんだ。船から降り立って、尋ね人も見つけ出し、そこでの生活もまずは快適といってよいものだった。

それから二十日目、わたしはいつものようにぶらりと船着き場のほうへ下りて行った。ちょうど一隻の艀船《はしけぶね》が入港するところだった。わたしはしばらく立ち止まって、その船がどこから来たもので、どんな乗客を乗せてきたのか、様子を見ていた。すると、道板《みちいた》がまだしっかり渡されてもいないうちに、だれかが船を跳びおり、駆け寄ってきてわたしに抱きついたのだ。なんと、それはわたしと同い年のカリアスだった。彼はこう言った。

「やあ、クネモン、良い報《しら》せを持ってきたよ。君の仇討ちが果たされたぜ。デマイネテが死んだんだ」

「やあ、久しぶり、カリアス」とわたしは応えた、「でも、そんな嬉しい報せをどうして君はあっさり片づけるんだい。まるでなにか不愉快なことを報告するみたいにさ。あの女の死にざまも話してくれ。もしや、世間並みの死に方をしたんじゃないか、あいつにふさわしい死は免れたんじゃないかって、そいつがたまらなく心配だからね」

「正義の女神は必ずしも、ヘシオドスがいうように、われわれを見捨ててしまったわけではないのだ[14]。些細なことなら懲罰を猶予しているあいだに、ひょっとしてお目こぼしになることもあるかもしれない。だが、あのような非道の輩《やから》には仮借ない眼をお向けになる。事ほどさように、女神は罪深いデマイネテにも過酷な罰をお与えになったのだ。だれがなにをし、なにを言ったか、僕にはすべてお見通しだったのさ。君も知るとおり、ティスベは僕と気が置けない仲で、なにもかも話してくれたのでね。つまり、こういうことなんだ。君に不当な追放刑が科せられてから、親父さんは自分のしでかしたことを後悔して、どこか田舎のほうの辺鄙《へんぴ》なところへ引き籠もり、そこで、『臍《ほぞ》を嚙みつつ』——というのはホメロスの詩にある言葉だが[15]——日を送るようになった。デマイネテのほうは、たちまち復讐《エリニュエス》の女神たちに責め立てられ、かたわらにいない君のことを前にも増して狂おしく恋い焦がれるようになった。それで、絶えず悲嘆の涙を流していたが、それが君の身の末を思ってというのはまやかしで、本当は自分の身の不運を嘆いていたのさ。ともかくデマイネテは夜昼となく『クネモン、クネモン』と呼ばわり、君のことを『可愛い坊や』とか『わたしの命』などと呼んでいた。そこで知り合いの女連中があの女のところへ行っては呆気《あっけ》にとられて、継母でありながら実の母に変わらぬ悲しみ様《よう》だと褒めそやし、慰め励まそうと努めたわけだ。ところがデマイネテは、この禍は慰め

15

ることなどできはしない、この胸を貫く苦悩の棘がどのようなものか、他の女たちにはわかりはしない、と言いつのるのだ。

で、デマイネテは客のいないときは決まってティスベをさんざんなじった。命令を実行するやり方がなっていない、ドジを踏んだというのだね。『悪事にかけてはたいした腕前なのに』とのたもうたぜ、『わたしの恋のためにはなんの手助けにもならなかったわ。いえ、それどころかわたしから最愛の人を奪うとなったら、もうあっという間。わたしに考え直す暇さえ与えてくれなかった』とね。

こういうわけで、デマイネテがティスベに対してなにか良からぬことを企むだろうことは、火を見るよりも明らかだった。ティスベのほうは、デマイネテが腸《はらわた》を煮えくり返らせ、骨の髄まで苦悩に嘖《さいな》まれて自分に悪巧みを仕掛けるつもりなのに気づき、なによりも女主人が怒りと情欲のために気も狂わんばかりになっているのを見るにつけ、むしろ

(14) 普通この箇所についてはヘシオドス『仕事と日』一九七以下が言及され、そこでは羞恥（アイドース）と神による報復（ネメシス）とが人界を去ったことが述べられている。J. R. Morgan は、その箇所に「正義」についての言及がないことから、カリアスが思い浮かべているのはアラートス『星辰譜《パイノメナ》』九六―一三六と思われる、としている。

(15) 『イリアス』六・二〇二。

先手を打ってやろうと決心した。デマイネテを出し抜いて罠に掛け、自分の身の安全を図ろうというわけさ。そこで、デマイネテのところへ行ってこう言ってやったそうだ。

『奥様、これはどういうことですの？　なぜ、理由もないのに奥様の小間使いを咎め立てなさるんですの？　わたくしとしては奥様のお望みに従ってこれまでずっと、いいえ、今でも、お仕え申してきたつもりですわ。それがなにか思いがけない結果になったとしても、それは運命の悪戯《いたずら》とお考えになるしかないのではありませんこと？　それはそうと、もし奥様がお命じになるなら、わたくし、この苦境を脱する方法をなにか考え出してご覧に入れますわ』

これに対するデマイネテの返事はこうだ。

『でもね、ティスベ、どんな方法が見つかるっていうの。この苦しみを解きほぐすことのできる人が遠くに行ってしまったというのに。わたしは、陪審員たちの思いもよらぬお情けのお陰で破滅したのよ。だって、あの人が石打ちの刑になっていたら、死罪に処せられていたら、わたしを苦しめるこの情熱も、きっとあの人とともに消え失せていたことでしょう。だって、なにかを望んでももう甲斐のないことと決まれば、そんな希望は心のなかから取り払われてしまうもの。もはやどこからも手に入れることができないとわかれば、それで悩んでいる人も、次第に現実に慣れて苦痛を感じなくなるものだからね。でも、今このわたしにはあの人の幻がありありと見えるような気がするの。夢か現《うつつ》か、あの人がかたわらにいてその話し声が聞こえてくるのよ。わたしの邪《よこしま》な企みをなじるあの人の声が聞こえて、恥ずかしくてたまらないのよ。ふとこんな予感がすることがあるわ。いつか人目を忍んでやって来たあの人とめぐり合い、喜びに身をゆだねることになるだろうって。それとも、あの人がたとえどこに居ようと、わたしのほうがあの人のところへ押し掛けて行くことになるだろうってね。そんな思いが燠《おき》のように心の底に消え残っていて、わたしを狂おしく燃え立たせるの。おお、神々よ！　わたしがこのような苦しみを受けるのも当然ですわ。だって、なぜやさしく口説くことをせずに、罠に掛けようなどとしたのでしょう。なぜ哀れみを乞わずに、追いかけ回したりしたのでしょう。あの人は初めわたしを拒んだけれど、それは当然のことでした。単に人妻であるばかりか、父親の妻であるわたしと床をともにすることを、あの人は恐れたのです。ひょっとすると、時間をかけて泣き落とすようにしていたら、あの人も気持ちがほぐれてわたしに馴染んでくれたかもしれません。それなのにわたしは、野蛮で獰猛《どうもう》な獣のようでした。恋する女のようではなく、女主人然としていました。そして、あの人が命令に従わないからといって、わたしよりもずっと美しいあの人がこのデマイネテに眼もくれないからといって、腹を立てたのです。それはそうと、かわいいティスベ、おまえの言った、苦境を脱する方法とはどういうのか教えてちょうだい』

『簡単なことですわ、奥様』とティスベが答えた、『たいがいの人はクネモンが判決に従ってこの町から立ち退いたもの、アッティカから離れたものと思っています。でも、万事奥様のために身を粉《こ》にして勤めて参りましたわたくしは、クネモンがそのままこの町のどこかに身を潜めていることを嗅ぎつけたのです。笛吹き女のアルシノエのことは定めしお聞きおよびでございましょう。クネモンはこの女と付き合っていたのです。あの不運な出来事のあと、この娘があの人を引きとって、いっしょに国を出ると約束し、その準備が整うまで自分のところに匿《かくま》っているんですのよ』

するとデマイネテはこう叫んだそうだ。

『まあ、アルシノエはなんて幸せ者でしょう！　前からクネモンと好い仲だったなんて、そして今はあの人と国を出る予定だなんて！　でも、それがわたしたちにとってなんの関係があるっていうの？』

『大ありですよ、奥様。わたしがクネモンを愛しているように装って、アルシノエに——あの娘《こ》とは仕事柄、昔からの知り合いですの——一夜、わたしを彼女の身代わりにクネモンのところに忍び込ませてくれるよう、頼み込んでみましょう。そして、もしあの娘が承知してくれたら、今度こそ奥様の出番です。奥様がアルシノエに成り済ましてあの人のところにもぐり込むという寸法ですわ。ああ、それからクネモンが床に就く前に二、三杯聞こし召しておくよう、手筈は整えておきましょう。そうして、お望みのことを果たされたら、奥様の恋心は憑き物が落ちるようにかき消えてしまうに違いないと思いますわ。たいていの女は、一度試してみれば愛にまつわるもろもろの悩みが消え失せてしまうものなのですから。だって、愛の満足が悩みの終わりですからね。でも万一（そんなことはありますまいが）、火種が残るような場合は、よく言うじゃありませんこと——帆がだめなら櫂《かい》があるってね。(16) そのときはまた別の方策を考えればいいんですわ。それまでは今できるやり方で手をつくしてみましょう』

16

さて、デマイネテはこの提案にとびつき、さっそくその計画に取りかかるよう頼んだ。ティスベはそれを実行に移すのに、ほんの一日だけ時間をくれるよう女主人に要求し、アルシノエの家へ行って、テレデモスを知っているかどうか訊き、アルシノエが知っていると答えると、次のように頼んだそうだ。

『テレデモスとわたしを今晩食事に呼んでちょうだい。彼と寝るって約束したの。彼

(16) 原文は、「二つ目の航海術」。プラトン『パイドン』九九Cに引用されている諺で、後の注釈家によって、風が凪いで帆が使えなくなった場合船乗りが櫂を用いることによる、と説明されている。

のほうが先に来て、わたしは奥様を床に就かせてから来るわ』

それからティスベは、田舎にいるアリスティッポスのところへ駆けて行って、こう告げたのだ。

『旦那様、わたくしがやって参りましたのは自分の罪を告白するためでございます。どうぞこのわたくしをなんなりと好きなようになさって下さいませ。旦那様がお子様を失われたのは、ひとつにはわたくしのせいでもあるのです。不本意ではありましたが、それでも罪に加担したことに変わりはございません。と申しますのも、わたくしは奥様が行い正しい生活を送るどころか、旦那様の臥所《ふしど》を汚しておりますのを、知っていたからでございます。それなのにわたくしは、もし他の者によってこのことが明るみに出たならば、どんなひどい目に遭うかもしれないと、我が身のことを恐れたのです。また、旦那様が奥様をあのように大事になさっておられるのに、そのお返しがこんなことだと思いますと、旦那様のことが大変おいたわしゅうございました。そのために、わたくしみずから旦那様に申し上げるのは躊躇《ためら》われましたので、若旦那様にお告げ申し上げることにしたのでございます。だれにも気づかれないよう、夜が更けてから若旦那様のところへ参りまして、間男が奥様と臥せっていると告げました。若旦那様は、ご存じのとおり、前々から奥様には悩まされていたからでございましょう、わたくしの言葉を間男が、現に今、家内に来ているように受けとられ、怒り心頭に発せられて、短刀をつかまれ、わたくしがしきりと引き止めようと努めまして、今この時にそのような者が来ているわけではないのだと申しましても、少しも耳に入らぬご様子で、いえ、あるいはそれともわたくしが言を左右にするものと思われたからかもしれませんが、寝室に向かって狂人のように突進されました。その後のいきさつは旦那様がご存じのとおりでございます。ところで、お望みとあれば、今が絶好の機会なのでございます。と申しますのはつまり、現在追放の身となっておられるお子様のために釈明し、また、お二人に対して大それたことをしでかしたあの女に復讐する、好機が今訪れたのでございます。といいますのも、デマイネテが間男と一つ家《や》で、しかも、町外れの他人の家で、共寝しているところを、今日旦那様にご覧に入れることができましょうから』

するとアリスティッポスはこう応えたんだ。

『ああ、どうかそんなざまを見せてもらいたいものじゃ。そのときは、おまえをいずれ自由の身にすることを保証しよう。また、わしも、憎い仇を討ち取れば、生きる希望が湧いてこようというものじゃ。以前から胸の内になにか煮え切らぬものがあって、あの事件には疑いを抱いていたのだが、なにしろ証拠がないのでおとなしくしておったのじゃ。さて、それでわしはどうしたらよいのかな』

『エピクロス学派の記念館(17)のある庭園をご存じでございましょう。夕方ごろそこへ行ってわたくしをお待ち下さいまし』

17

ティスベはそう言うが早いかそこを駆け去った。そして、デマイネテのところへ戻ると、次のように言った。

『さあ、おめかしして下さい。少し小綺麗にして行かれるのがよろしゅうございますわ。お約束のことはすべて巧くいきましたよ』

デマイネテは小間使いを抱きしめ、言われるとおりにした。夕闇がすでに迫るころ、ティスベは女主人の手をとって約束の場所に連れて行った。そして、その近くまで来ると、しばらく待っているように言い、自分は先に行って、アルシノエに別の部屋へ席を外して、たっぷり時間をくれるよう頼んだ。例の若者がまだ愛の秘儀の小手調べをしたばかりなので恥ずかしがるから、というわけだ。アルシノエが了解すると、ティスベはデマイネテを連れに戻り、部屋に入れて床に就かせ、君に――遥か遠くのアイギナで過ごしている君にね！――だれだか気づかれないようにという口実で、灯明をとり外した。そして、一言も声を立てずに欲望を満足させるよう言い含めてから、こう告げたそうだ。

『わたしはあの若者のところへ行って、ここへ連れて来て差し上げますわ。あの方はこの近所で一杯飲《や》っているんですのよ』

それからティスベはこっそりと家を抜け出し、アリスティッポスが約束の場所にいるのを見つけると、不意打ちをかけて間男を縛り上げるよう急《せ》かした。君の親父さんはティスベのあとを追っていきなり部屋に踏み込んだものの、月の光がわずかに射し込んでいるだけなので、ようやく寝床を探り当てると叫んだ。

『つかまえたぞ、このすべため！』

親父さんがそう言うやいなやティスベはあらん限りの力をこめてドアをバタンと閉め、『まあ、大変！　間男が逃げ出したわ！』と大声を上げた、『旦那様、もう一人は逃がさないよう気をつけて！』

『大丈夫じゃ！』と親父さんが応えた、『売女《ばいた》のほうは摑まえておる。こやつさえ捕らえればよかったのじゃ』

こうして親父さんはデマイネテを縛り上げて町のほうへ引き立てて行った。で、デマイネテはというと、当然のことながら、自分を襲った事態をすべて一瞬にして悟ったの

---

(17) ここには明瞭なアナクロニズムが見られる。哲学者エピクロスが死んだのは前二七〇年、本作品の時代設定は前六世紀末前後である。このエピクロス学派の本拠地たる庭園は、アテナイの市壁の外のアカデメイアに向かう道の途上にあり、エピクロスはここで弟子たちとともに、簡素な食事と水だけを飲み、友情と平等に基づく質素な生活を送った。

だね。つまり、期待が裏切られたこと、未来永劫名誉が失われたこと、法による裁きが下るであろうことをだね。罠に落ちたことに絶望し、騙されたことに瞋恚《しんい》の炎を燃やし、アカデメイアにある縦坑《たてあな》のそばにさしかかると(もちろん君も知っているだろうが、これは元帥が地下の英霊たちに代々犠牲を捧げるところだ)(18)、彼女は突然親父さんから手を振りほどき、その坑のなかに真っ逆様に身を投げたのだ。かくて、デマイネテは悪女にふさわしく非業の死を遂げて骸《むくろ》となった。アリスティッポスはただこう言ったそうだ。『おまえが法の裁きを俟《ま》たずに罰せられて、わしは満足じゃ』とね。

それから彼は、翌日、民会で事の次第をつぶさに報告した。そして、ようやくのことで寛恕を請い受けると、動議を提出してなんとか君のために帰国許可を勝ち取ってくれないものかと、友人知人のもとへ御百度を踏み始めた。それが功を奏したかどうか、僕には言うことができない。というのは、ご覧のとおり、それより先にちょっとした私用でこちらへ向けて出港することになったのでね。いやとにかく、民会が帰国を許可して、親父さんが君を迎えに来るという希望を捨ててはいけないよ。親父さんがそう言明していたんだからね」

18

それがカリアスがわたしに話してくれたことでした。それに続いて起こったことや、どのようにして、いったいどんな運命に翻弄されて、わたしがここにやって来ることになったのか、それはとても語りつくせるものじゃありません」

このように語るとクネモンは涙に暮れた。二人の新参者も泣いた。もっともそれは、その若者の話を聞いたからというよりも、それぞれわが身の不運を思いやったからである。もし嗚咽《おえつ》の喜びに促されて睡魔が飛び来り、涙を止めなかったならば、彼らはいつまでも嘆くことを止めなかったであろう。

こうして彼らは眠りに落ちた。一方テュアミスは（これが盗賊たちの首領の名前だった）、夜っぴて眠り呆けていたが、なにやらわけの解らぬ夢に胸騒ぎがして、突然眠りを覚まされた。そして彼は、その夢の意味を測りかねて、物思いに耽りながらまんじりともせずにいた。というのも、ちょうど雄鶏が時を作るころ――これについては（俗説によると）、太陽がめぐってくると、雄鶏はその本能的な知覚に動かされて太陽神に挨拶しようとするのだともいい、また、暖かさと、早く活動して食物を摂りたいという欲

（18）「元帥」と訳したポレマルコス（直訳は「軍司令官」）は年ごとに選出される九人のアルコン（行政官）の第三位で、古典期には軍事的な機能を失い、主として儀式等に携わった。アリストテレス作とされる偽書『アテナイ人の国制』五八には、英雄と見なされていた僭主誅殺者ハルモディオスとアリストゲイトンに犠牲を捧げるのがその職務の一つであった、と記されている。また、パウサニアス『ギリシア案内記』一・二九・一五には、二人がアカデメイアに埋葬されたとある。

望に促されて、隣人たる人間たちをその独特の号令で呼び起こし、仕事をするよう急かすのだともいう――ともかく、ちょうどその時分、神によって彼に送られてきた夢は次のようなものだったからである。彼は生まれ故郷のメムピスにいた。そして、そこのイシス神殿のなかを進んでいたが、神殿全体が松明の火で燦然と光り輝いているように思われた。また、祭壇や聖炉はあらゆる種類の動物の血に溢れて血浸《ちびた》しになっていた。神殿の入口と回廊には人波が溢れ、彼らの立てる物音や騒がしい声が混然となってあたり一帯を領していた。さらに至聖所に入って行くと、イシス女神が彼を出迎えて、カリクレイアを手渡し、次のように言った。

「テュアミスよ、わらわは汝にこの乙女を預けよう。汝はこの乙女を持ちながら持たぬであろう。汝はこの異国の乙女に対して不正をなし、殺すであろう。しかし、この乙女は死なぬであろう」

テュアミスはこんな夢を見て、そのお告げの意味を探ろうとし、ああでもない、こうでもないと思い返しては、わけが解らず途方に暮れたのである。そして、結局は諦めて、夢を自分の都合のいいように解釈しようとした。すなわち、「持ちながら持たぬであろう」という言葉を、妻として持つが、もはや処女としては持たぬという意味にとり、また、「殺すであろう」という言葉を処女の花を散らすことに譬《たと》え、そのことでカリクレイアが死ぬことはない、という具合に理解したのである。

19

テュアミスは夢をそんな風に解釈したが、そのように導いたのは彼自身の欲望であった。夜が明けるとテュアミスは配下の主だった者たちを召集し、獲物のことをもったいぶって戦利品と呼び、それらをみなの前に運んでくるよう命じた。また、クネモンには人を遣って、預けてある捕虜もいっしょに連れて来るよう命じた。

連れて行かれる段になって二人は、「ああ、今度はいったいどんな運命が僕らを待ち受けているのだろう！」と嘆声を発し、クネモンになにかできることがあるなら救《たす》けて欲しいとしきりに哀願した。クネモンはそれを約束して勇気を持つよう励まし、そのさい、首領の人柄についてはこんな風に請け合った。

「テュアミスは必ずしも野蛮で残忍な男というわけじゃない。それどころか、どこかやさしいところを具えている。元はと言えば立派な家柄の出で、やむを得ず今のような生業《なりわい》に手を染めるようになったそうだから」

彼らが到着し、盗賊たちの群も集まると、テュアミスはみなの前の小高い所に陣どり、この島を会議場とすると宣言した。そして、これから述べることを捕虜たちにも説明してやるようクネモンに命じると（というのは、クネモンはすでにエジプト語を理解するようになっていたが、テュアミスはギリシア語があまりできなかったからである）、次のように演説を打《ぶ》った。

「わが戦友諸君、わたしが諸君に対しつねづねどのような思いを抱いているか、諸君は知っていよう。すなわちわたしは、諸君も承知のとおり、メムピスの大神官の子として生まれたが、父が引退して後、神職を引き継ぐことができなかった。それは、わが弟が法を犯して大神官の位を簒奪したからである。わたしは、復讐を遂げ、名誉を回復することを胸に誓って、諸君らのもとへ落ちのびた。そしてわたしは、諸君らの指導者となるよう懇望され、今日に至るまで諸君らとともに過ごしてきたが、戦利品のなかから自分のために多くの分け前を取ることは、一度としてなかったはずだ。いや、むしろわたしは、金を分配する場合でもみなと等しい分け前を得ることで満足したし、捕虜を売ったときも、その売上げをみなで使う分にまわしたのだ。それというのも、仕事の上では最大の働きをなし、収益については平等の分け前を取るのが、理想的な指導者たらんとする者のとるべき道と考えたからだ。捕虜に関しては、体力があって役に立ちそうな者たちをわれわれの仲間に引き入れ、虚弱な者たちは売りに出している。女について言えば、わたしが彼女らに暴行を加えたことは一度もない。良い生まれの女は身代金を取って解放するか、あるいは、たんにその不運を哀れに思うというだけで、自由の身にしてやっている。また、卑しい生まれの女たち、捕虜となったためにやむなく奴隷に身を落としたというより、もともとそういう生活に慣らされていた女たちは、諸君ら各々に婢女《はしため》として分かち与えている。

だが今回は、戦利品のなかから諸君にひとつだけ要求したいものがある。それはそこにいる異国の娘のことだ。わたしはこの娘を自分の意志でわがものとすることもできようが、むしろ諸君らの同意にもとづいて手に入れたほうがよいと考えている。捕虜の娘を手籠《てご》めにした挙げ句が、なにか仲間たちの意に反することを企むかのように思われるのは愚の骨頂だからな。さらにわたしはこの娘を、ただで、つまり無償の贈物として要求するわけではない。お返しに、わたしみずからは他の分捕り品には一切手をつけないことを約束しよう。わたしがこのようなことを要求するというのも、神官の一族は卑俗な性の愉悦を蔑《さげす》むものである以上、快楽を求めてのことではなく、跡継ぎを得るためにこの娘を我が妻とすることに思い至ったからなのだ。

20

そこでわたしとしては、その理由も諸君に説明しておきたい。まず第一に、この娘は高貴な家柄の出と見受けられる。わたしがそう判断する根拠は、ひとつにはこの娘の身のまわりに見つかった高価な品々がそうだし、またひとつには、不幸に直面してもとり乱さず、本来の運勢にふさわしい矜持《きょうじ》を保っているという事実がそうなのだ。次に、わたしにはこの娘が善良で貞潔な気性の持ち主であるように思われる。容姿の美しさではだれにもたち勝っているのに、眼差しは慎ましやかで、しかも見る者に敬意を抱かせるとすれば、この娘が人に好感を与えるのも当然ではないか？　だが、わたしが言わんとすることのなかでこれがもっとも重要な点なのだが、この娘は神々のうちのどなたかの巫女であるように思われるのだ。だからこそこの娘は恐ろしい不幸に出会いながら、法衣と冠を脱ぐことを潔しとしないのに違いない。

21

さてそこで並みいる諸君に訊ねたいのだが、神官が巫女を娶《めと》るという、このような結婚より似つかわしいものが他にあるだろうか？」

テュアミスがこのように言うと、みなが賛同の叫び声をあげ、婚姻をとり結ぶようにと、幸先のよい言葉で口々に勧めるのだった。

「諸君のご厚意に感謝する」とテュアミスは言葉を継いで言った、「だが、そのことについてどう考えるか、娘の気持ちも訊いたほうがよいと思う。なぜなら、仮にこれが権力を行使するべき局面であるとすれば、わたしがそれを望むと言えばそれで十分であろう。強制できる相手に伺いを立てるなど余計なことだからだ。しかし、ことが結婚とあれば、双方の合意が必要なのだから」

そう言ってテュアミスは娘に言葉を向け、「さあ、そなたはわたしと暮らすことについてどう思うかな？」と訊ね、同時に、二人が何者であり、どこから来たのかも話してくれるよう求めた。
娘は長いこと地面に眼を落として、しきりと頭をふり、考えをまとめて言葉を探す様子だった。それからおもむろに眼を上げてテュアミスを正面から見据えた。娘の美貌は前にも増してテュアミスを眩惑した。必死で考えをまとめようとしたために頬にはいつになく赤みがさし、眼はいっそうきらきらと輝いていたからである。クネモンが娘の言葉を通訳した。

「お答えをするのはむしろ、ここにおりますわたくしの兄、テアゲネスに任せたほうがよろしかったでしょう。女には沈黙がふさわしく、男の方たちのなかで話をするのは男の方の役目と存じますので。

22

でも、わたくしにも話をする機会を与えて下さったこと、また、暴力ではなく説得によって望みのものを正当に手に入れようとなさる、そういう度量の広さの印をまずは見せて下さったこと、そしてなによりも、問題とされているのがすべてわたくしに関することなのですから、このさい、わたくし自身や一般に若い娘の守るべき節度を踏み越えてでも、生殺与奪の力を握っておられるあなたの質問に答えないわけにはいきますまい。たとえそれが結婚に関することであり、しかもこのように大勢の殿方に囲まれてのことでありましても。

わたくしたちの来歴は次のとおりです。人種はイオニア人で、エペソスの名家の子として生まれ、両親は健在です。そのような身分の者は神官職を務めるのが習わしですので、わたくしはアルテミスの巫女、ここにおります兄はアポロンの神官の職を割り当てられました。[19]でも、この名誉職は一年限りのもので、その期限が近づきますと、わたくしたちは使節を率いてデロス島へ向かいました。[20]その地で、伝統に則り、音楽と運動の競技会を開催し、その上で神官職から退く予定だったのです。そのため、わたくしたちの乗った船には金、銀、衣装をはじめとして、さまざまな競技や国を挙げての祝宴のために十分と思われるだけのものが積み込まれました。こうしてわたくしたちは船出したのです。両親は高齢でもあり、海を渡ることを恐れたためもあって家に止《とど》まりましたが、同郷の人々が大勢、わたくしたちと同じ船に乗り組んだり、自前の小舟を使って同行しました。

ところが、航海もほとんど終わりに近づいたところ、突然大波が押し寄せ、逆風が襲いかかり、海に叩きつけるような暴風雨が船を針路から逸らせてしまいました。操舵手《そうだしゅ》にしてもその言語を絶する災禍に対してはなすすべもなく、激しい嵐に船をゆだね、船の行く先については運を天に任せるしかなかったのです。こうしてわたくしたちは、七日七夜にわたって吹き続ける突風に押し流され、そしてついにあの、わたくしたちがあなた方の捕虜となった浜辺に流れついたのです。あそこであった大殺戮のありさまはあなた方もご覧になったでしょう。あれはわたくしたちが命拾いしたことを祝って祝宴を張っていたときに、水夫たちが襲いかかり、財物を手に入れるつもりでわたくしたちの殺害を企てたのです。結局はわたくしたちが戦いに勝ったとはいえ、激しい殺し合いのなかでわたくしたちの仲間も、水夫たちもみな一度に死んでしまったのです。わたくしたちは、情けないことに、そのなかで命拾いした二人の哀れな生き残りなのです。でも、この悲運のさなかにもたったひとつだけ救いがありました。それは、神々のうちのどなたかがわたくしたちをあなた方の手に引き渡したこと、そして、死を恐れていたわたくしたちが結婚について考えるのを許されたことです。ですからわたくしはこの結婚のお話を拒みたいとは決して思いません。というのも、ひとつには戦で捕虜の身となった女が征服者の寝床にふさわしいと見られるのは、それだけでもう幸運の極みというべきで

(19) エペソスはそのアルテミス神殿で名高かった。アポロンとアルテミスは双子であり、その神官職も一対のものと考えられる。ただし、カリクレイアはエティオピアの、テアゲネスはテッサリアの生まれで、二人を兄妹と言っているのは、もちろんカリクレイアによる虚構である。

(20) デロス島はアポロンとアルテミスの生誕の地として名高く、アポロンに捧げられた島として、そこでは毎年、歌、踊り、体操競技からなる祭りが催された。

すし、またひとつには、神々に捧げられた女が大神官のご子息の、それも神の同意があれば間もなくご自身大神官となられる方の妻になるということは、あながち神意に外れたこととは言えないように思われるからです。

でも、テュアミス、あなたにひとつだけお願いがあります。どうか叶えて下さいますよう。まず、わたくしが町か、それともアポロンの祭壇なり御社《おやしろ》なりの祭られている場所へ行って、巫女の職を退き、その印の品々を納めることをお許し下さい。結婚を祝うのは、あなたが名誉を回復なさり、大神官職にお就きになったとき、メムピスに参られてから後としたほうがよろしいかと思われます。そうすればわたくしたちの結婚はあなたの勝利と一体となり、あなたの偉業を飾るものとして、いっそう喜ばしく祝われることになりましょうから。でも、それより早いほうがよいかどうか、それを考えるのはあなたにお任せします。ただ、わたくしの国の習わしと儀式はどうか先に執り行わせて下さいますよう。もっとも、これについてあなたが同意なさるだろうことは承知しております。ご自分でおっしゃるように、幼少のころから神に仕える身となり、祭祀をことのほか重んじてこられたということですから」

23

カリクレイアはここで話し終え、その眼から涙が溢れ出た。並みいる者たちはみな彼女の求めに賛成し、自分たちに異存はないと叫んで、願いを叶えてやるようテュアミスに勧めた。テュアミスも同意はしたが、内心は喜んでというべきか、しぶしぶというべきか、どっちつかずの思いだった。カリクレイアへの欲望のために今のこの一時ですら永遠に続く遅延のように感じられたが、また一方では、彼女の言葉を聞くとまるでセイレン[21]に呼びかけられたかのように、その要求に従わないではいられなかった。それと同時に、彼女の言葉がなにかあの夢と関係があるかのように思われて、婚礼がメムピスで執り行われることをもはや信じて疑わなかった。それから彼は、まず戦利品を分配した上で集会を解散した。そのさい、他の者たちがすすんで譲ってくれたので、彼も選り抜きの品のなかからたくさんのものを手に入れたのである。

24

テュアミスは部下たちに、メムピスに遠征するための準備を十日後には整えておくよう命じた。また、二人のギリシア人には前日と同じ小屋をあてがった。クネモンも彼の命令でふたたび二人といっしょの小屋に泊まることになったが、そのときからもはや彼らの見張りではなく友人に任じられたのである。テュアミスは彼らが前よりは多少とも快適に生活できるよう気を使ったし、時とするとテアゲネスを、その妹

(21) ギリシア神話で女面鳥身の海の怪物。その歌を聴く船乗りは寝食を忘れてついに死に至ったとされる。

に対する敬意から、自分の食卓に同席させることもあった。しかし、カリクレイア当人にはあまり会わないよう心に決めていた。彼女を見ることが心のなかに燻《くすぶ》っている欲望に油を注ぎ、すでに決定し公言した約束に違《たが》うことを思わずしてしまうのではないか、と惧《おそ》れたからだった。こういうわけでテュアミスは娘の姿を避けるようになった。姿を見ながら分別を保つことは不可能だと思ったのである。

盗賊たちがそれぞれ沼地のここかしこにすっかり姿をくらましてしまうと、さっそくクネモンが前日テアゲネスに約束していた薬草を探しに、沼から少し離れた所へ出かけて行った。

25

テアゲネスはその少しのあいだ、暇を盗んで涙を流し、激しい嗚咽の声を上げた。そして、カリクレイアには一言も声をかけずに、ただしきりと神々に悲痛な心の内を訴えるのだった。カリクレイアが、これまでと同じく二人に共通の悲運を嘆いているのか、それともなにか新たな悩みができたのか訊ねると、テアゲネスは次のように応えた。

「これよりも新しい、いや、これよりも理不尽な悩みなどあるだろうか。カリクレイア、君が厳かな誓いも約束も踏みにじって僕のことを忘れてしまい、他の男との結婚を承諾するなんて」

「馬鹿なことを言わないで」と娘が応じた、「それでなくても不幸の渦中にあるのに、この上わたしを困らせないでちょうだい。これまでの経験からあなたはわたしの本心がわかり過ぎるほどわかっているはずなのに、やむを得ず口にしたその場しのぎの言葉からわたしの気持ちを疑ったりして欲しくないの。さもないと、あなたが言っているのとは反対に、あなたがわたしの心変わりを見つけるどころか、あなたのほうこそ心変わりしたんだって思ってあげますからね。だって、わたしが不幸の只中《ただなか》にあることは否定できないけど、口説かれて心変わりするほど、自棄《やけ》になってるわけじゃないわ。憶えているわ。わたしが我を忘れたのはただ一度、初めてあなたを見て好きになったときだけよ。でも、この愛も道に外れたものではないの。だってわたしは最初のころから、女が恋人に口説かれたようにではなく、婚約した女が未来の夫につくすようにあなたにつくしてきたし、あなたとすら身体の関係は慎んでこれまでずっと身を清く保ってきたのですもの。あなたの誘惑をはねつけたのも一度や二度ではなかったじゃない。それは、初めにわたしたちがとり決めて堅く誓い合った結婚が成就するとき、やましく感じることがないようにって用心しているのよ。それなのに、わたしがギリシア人ではなく異国の男を、愛するあなたより盗賊のほうを選ぶと思いこむなんて、あなたもずいぶんお馬鹿さんね」

「それじゃあ、君のあの見事な弁舌はどういう意味だったの？」とテアゲネスが訊ねた、「まあ、たしかに僕のことを君の兄だと作り事を言ったのは上出来だったね。おかげでテュアミスが僕らのことを嫉妬する恐れはまったくないし、僕らはなんの心配もなくいっしょにいられるわけだ。それに、イオニアのことやデロス島から逸れて漂流した話も納得できたよ。あれが本当のところの隠れ蓑になって、聞いている連中の眼を事実から逸らすことになったからね。

26

でも、結婚の話をあんな風に唯々諾々と受け入れて、公然と約束し、その上日取りまで決めるなんて、そんなこと僕にはわけがわからなかったし、わかりたいとも思わなかった。僕はこう祈ったんだ。君ゆえの苦労や希望がこんな風にして水の泡になるのを手をこまねいて眺めているよりは、いっそ奈落に落ちてしまいますようにってね」

カリクレイアはテアゲネスを抱きしめ、幾度も幾度も口づけをし、溢れる涙でテアゲネスをぐしょぬれにした。

「ああ、なんて嬉しいんでしょう、わたしのためにそんなに心配してくれるなんて。さんざん不幸な目に遭いながらあなたの愛が薄れなかったことが、そのことから明らかですものね。でも、このことはよくわかって欲しいの、テアゲネス。もしあんな約束でもしなかったなら、わたしたちは今このように差し向かいで話をすることもできなかったでしょう。だって、わかるでしょう、人の心を支配する欲望は断固たる抵抗に遭うとかえって激しさを増すものよ。その逆に、相手になびき、期待に添うような言葉は、初めの沸き立つような衝動を鎮めてくれるし、甘い申し出は渇望の鋭さを鈍らせるものなの。わたしが思うに、欲に眼が眩《くら》んだ男は約束を愛の最初の証《あかし》ととりちがえ、それだけで征服したつもりになって、あとはもう大船に乗ったような気でおとなしくしているものなのよ。わたしもそんな計算があって、ともかく言葉の上では結婚を約束したわけ。あとのことは神様方と、わたしたちの愛を守る権能を授けられた神霊にお任せしたの。ほんの一日か二日のうちにいろいろなことが起こって人が救われたというのもよくある話だし、人間が知恵を絞っても見つけだせなかったうまい方策が、偶然向こうのほうから転がり込んだ例もあるわ。だからわたしも、差し迫った現実を作り事で先送りにしたの。明白な現在の状況を不確かな未来で切り抜けたというところかしら。だから、テアゲネス、この作り事が命の綱なんだから、これは胸の内にしまっておかなくてはいけないわ。他の人たちにはもちろんのこと、クネモンにも話してはだめよ。あの人はわたしたちに親切だしギリシア人には違いないけれど、なにしろ捕虜の身なんだから、状況によっては強いほうに気に入られようとするでしょう。わたしたちへの誠実さをたしかに保証してくれるような長い友情関係も、血の繋がりもありはしないんだから。だから、たとえクネモンがなにか疑念を抱いてわたしたちのことに探りを入れようとしても、そんな疑いはきっぱりと否定しなければいけないわ。嘘も方便って言うでしょう。それが嘘を吐《つ》く者には利益になって、聞くほうにはなんの害もおよぼさないのならね」

27

カリクレイアはこのように話し、他にも二人にとって最善と思われる策をあれこれ提案したが、そのうちにクネモンが息せき切って駆け込んできた。彼の表情は強《こわ》ばって極度の緊張がありありとうかがわれた。

「テアゲネス、薬草を持ってきた。傷のところに貼って治すといい。ただし、新たな傷を負うことになるかもしれないし、前に遭ったと同じほど激しい戦闘に向けて準備をしておかねばならない」

もっとはっきり言うようテアゲネスが促すと、クネモンが言った。

「今話している余裕はないんだ。しゃべっているうちに事件勃発ということになりかねないんでね。さあ、大急ぎでわたしについて来て。カリクレイアもいっしょに!」

そう言うとクネモンは二人を引きずるようにテュアミスのところへ連れて行った。テュアミスは兜を磨き、槍の穂先を研いでいるところだったが、クネモンはそれを見ると叫んだ。

「武器をいじっておいでとはちょうどお誂え向きですよ！　さあ、ご自分も武具を着込んで、他の者たちにも武装するよう命じて下さい。かつてないほどの敵の大群がわれわれをとり巻こうとしています。近くの丘の稜線まで迫ってこちらを見下ろしているんです。わたしはそれを見て、敵の襲来をあなたに報せるために駆けつけたんです。ここまで来る途中、全速力で走りっぱなしでしたが、それでもできるだけ大勢の者たちに戦の準備をするよう触れ回ってきました」

28

これを聞くとテュアミスは跳び上がり、自分のことより娘のほうが心配になったように、「カリクレイアはどこにいる？」と訊いた。カリクレイアが身を潜めているかたわらの戸柱のほうをクネモンが指さすと、テュアミスは「おまえはあの人を洞窟へ連れて行ってくれ」とクネモンにしか聞こえないように囁《ささや》いた。「われわれの財宝を貯えてあるあの洞窟へな。そしてそのなかに彼女を隠してから、いいか、いつものとおり入口に石で蓋をするのだ。それから大至急ここへ戻って来い。俺のほうは戦略を練るとしよう」

それからテュアミスは、戦闘に入る前に土地の神々に犠牲を捧げるべく、生贄の獣を引いてくるよう楯持ちに命じた。クネモンは命令に従い、悲鳴を上げて幾度もテアゲネスのほうを振り返ろうとするカリクレイアを引きずって行き、洞窟のなかに隠した。その洞窟は、よくあるように地表や地底に自然と開《あ》いてできる造化の妙といったものではなく、エジプトの盗賊たちが自然を真似し、略奪品を保管するためにその手で苦労して掘った、人工的な洞窟だった。

29

洞窟の形状はだいたい次のようだった。入口は狭くて暗く、隠れ家の戸口の下に隠されていた。そこの敷石が、必要なときには地下に下りる通路の扉となるのである。この扉の開け閉めは簡単だった。入口を入ると、そこから先は不規則に曲がりくねった幾筋かの坑道に分かれていた。洞窟の一番奥のほうに向かう縦横の坑道が、ある所ではそれぞれ別々に、わざと迂回するように掘られており、またある所ではひとつに落ち合って、植物の根のように絡み合い、結局は一番深い所にひとつだけある広い空洞に合流し、口を開いていた。その空間には沼の縁の近くにある岩の隙間から、仄《ほの》かな一条の光が射し込んでいた。

クネモンがカリクレイアを送って来たのはこの部分だった。勝手を知った洞窟の奥まで彼女の手をとって導いて来ると、クネモンはなにかと励ましの言葉を掛け、夕方ころにはテアゲネスといっしょに戻って来ると約束した(テアゲネスに敵と一戦まじえるようなことをさせはしない、戦闘を避けて逃れるよう勧めるつもりだと彼は言うのだった)。カリクレイアは一言も声を立てず、新たな禍に打ちのめされて生ける屍のようになり、テアゲネスと離れたことで魂のぬけがらのようになって、息を殺して押し黙っていた。クネモンはそんな彼女をあとに残して洞窟から抜け出した。敷石の上に蓋をすると涙が溢れ出た。ひとつにはやむを得ずこんなことをしなければならぬ我が身の不幸を嘆いたのであり、またひとつにはこんな辛い目に遭わねばならぬカリクレイアの不運を哀れんだのである。それは、いわばカリクレイアを生きながら埋葬し、人類の至宝ともいえる女性を夜と闇に葬るにも等しい行為だったのだから。

クネモンがそこを駆け去ってテュアミスのところへやって来ると、彼は戦闘に臨んで勇み立っていた。テュアミスもテアゲネスも輝く武具を着込んで完全武装していた。テュアミスはすでに自分の下《もと》へ馳せ参じた者たちに向かって熱弁をふるい、彼らの士気をいやが上にも掻き立てようとしていた。すなわち彼はみなの真んなかに立って次のように述べたのである。

「わが戦友諸君、今回の戦闘にあたって諸君を長々と叱咤激励する必要はあるまい。なぜなら、諸君ら自身つねに戦を生業としてきており、戦闘において心すべきことはすべて了解しているはずだし、なによりも敵の襲来が急であるゆえ、ゆっくり話している余裕はない。というのも、敵がすでに行動に入っているとき、必ずそれに劣らぬすばやさで敵の攻撃を迎え撃たないなら、遅れをとるのは眼に見えているからだ。われわれは女子供の命を救うのが問題なのではないことを知っている。なるほど、多くの者にとってそれだけでも戦意を昂揚するに十分であった例はあろう。しかし、われわれにとってそんなものは物の数ではないし、勝利をおさめた暁には残ったものをすべて手に入れることができるのだ。いや、今度の戦闘で問題となるのはわれわれの生存、われわれの命そのものなのだ。なぜなら、盗賊の戦というものはかつて停戦協定を結んで終わったり、平和条約をもって終結した例がなく、勝って生きのびるか、敗れて死ぬか、二つに一つなのだから。さればわれわれは、勇気を研ぎ澄まし、力の限りをつくして、憎むべき敵と一戦まじえようではないか」

30

テュアミスはこのように激励すると、頭をめぐらして楯持ちを探し、「テルムティス！　テルムティス！」と幾度もその名を呼んだ。ところがテルムティスがどこにも見当たらなかったので、ひとしきり悪態を吐《つ》くと、駆け足で自分の小舟に急いだ。すでに戦端は開かれており、沼の縁にある入口近くに住む者たちが敵の手にかかる様を、遠くからでも見ることができた。襲来した敵は、戦で倒れ、逃げまどう者の小舟や小屋に火をかけた。その炎が付近一帯の沼地に広がって、そこに鬱蒼と茂っている葦を次々と呑み込んでいくと、なんとも名状しがたい眩《まぶ》しいばかりの火炎の輝きが眼を打ち、ぱちぱちと燃える音が耳に伝わってきた。戦に付き物のあらゆる光景がくり広げられ、あたり一面が阿鼻叫喚の巷と化した。土地の住民は闘志を燃やし力の限りをつくして防戦に努めたが、人数が多い上に突然の攻撃で圧倒的な優位に立った敵勢は、住民たちをあるいは地上で倒し、あるいは小舟や小屋ごと沼に沈めた。かくて敵味方入り乱れて地上や水面で戦ううちに、こうした光景全体から、殺す者と殺される者の、あるいは沼を血で赤く染め、あるいは火に焼かれ水に溺れる者の叫び声や呻き声が渾然一体となり、恐ろしい轟音のようなものとなって、空に向かって立ちのぼったのである。

このありさまを眼にし、この騒音を聞くと、イシス女神の姿と、その神殿全体が松明の光と犠牲獣に満ちているのを見たあの夢のことがテュアミスの胸をよぎり、彼には今眼前に展開していることこそあの夢の光景に他ならないように思われた。そこで彼はあの夢見を前とはまったく逆の方向に解釈し直した。すなわち、戦によって自分から奪われるから、カリクレイアを「持ちながら持たぬ」のであり、愛の営みで傷つけることなく、剣で「殺す」ことになる、という意味にとったのである。彼は女神を嘘吐き呼ばわりしてさんざんに侮辱し、どこの馬の骨ともわからぬ者がカリクレイアを手中にするのは赦《ゆる》されないことだと考えて、手下の者たち数名に少しのあいだ待機するよう命じた。そしてその口実(22)として、足元を固めた上で戦闘を遂行する必要がある、小島のまわりで時間稼ぎをし、周辺の沼地の茂みから奇襲を掛けるのが上策だ、そうすれば敵の大群をなんとか支えることができるかもしれない、と説明した。テュアミス自身はいかにもテルムティスを探し、土地の守り神である竈《かまど》の神に祈りを捧げるためであるかのように装って、だれも随《つ》いて来てはならぬと言い置き、踵《きびす》を返すや狂ったように隠れ家へ向かった。

蛮族の気性はいったん何事かにはやり立つと止まるところを知らない。だから、自分の命が救からないことを見極めると、死ぬ前に自分の愛する者を、死後いっしょになれると思いこんでいるためか、それとも敵の手にかかって陵辱されるのを阻止するためか、ことごとく殺してしまうのが習いである。そのような次第でテュアミスも、あたかも網に搦《から》め捕られるかのように敵に囲まれているにもかかわらず、目下進行中の事態をすっかり忘失し、恋と嫉妬と怒りに我を忘れ、足を限りに洞窟に駆けつけた。そして、エジプトの言葉でしきりと大声に叫びながらそのなかに跳びおりると、入口を入ってすぐのあたりで、だれか彼に向かってギリシア語で応じる女の声に行き当たった。テュアミスはその声を頼りに女のかたわらに近寄ると、左手で女の頭をつかみ、胸元深く剣を埋めたのである。

31

女は鋭く悲痛な断末魔の悲鳴を上げて倒れ伏した。テュアミスは駆け戻って外へ出ると敷石で入口に蓋をし、その上に土くれを少しばかり盛って涙ながらに呟《つぶや》くのだった。

「これが俺からおまえへの婚礼の贈物だ」

テュアミスが小舟のところへ戻って来ると、仲間たちは敵の姿が間近に見えるというのですでに逃走の計画を立てているところだった。また、楯持ちのテルムティスも帰っていて、犠牲の獣を屠《ほふ》ろうとしていた。テュアミスは彼に罵詈雑言を浴びせ、犠牲式なら一番立派な獣を選んで先に済ませたぞと怒鳴って、みずから小舟に乗り込み、テルムティスともう一人の漕ぎ手を同舟させた。この沼の舟はたった一本の木材、つまり太い樹の幹を荒削りに彫って造ったものなので、それ以上乗せるのは無理だった。テアゲネスもクネモンといっしょに別の小舟でそのあとを追い、それから同じように全員が次から次とそれぞれの小舟に乗って水上に漕ぎ出した。

彼らは島から付かず離れずまわりを周航して、少し離れたところまで舟を進めると漕ぐのを止め、敵を真っ正面から迎え撃とうとするように、舳先《へさき》をそろえて整列した。だが、接近してはみたものの、みな敵の舟の立てる櫂の水音にすら耐ええず、敵の船影を認めるや逃走にかかった。ある者は敵の吶喊《とっかん》の雄叫《おたけ》びを聞いただけで震え上がって逃げ

(22) 原典は壊れていると考えられ、A. Coraes の校訂に従った。

出す始末だった。テアゲネスとクネモンも退却し始めたが、これには逃走のためというより大きな目的があったのは言うまでもない。ただ一人テュアミスだけが、多少は逃走を潔しとしなかったためもあろうが、恐らくはカリクレイア亡きあとも生き残るという思いに耐えられずに、敵の船陣目がけて突入した。

32

いざ戦闘開始というとき、だれかが「この男がテュアミスだ！　みんな気をつけろ」と叫んだ。すると敵はたちまち小舟をめぐらせて輪を作り、そのなかにテュアミスの舟を閉じ込めた。テュアミスは槍を振るって敵を傷つけ、殺して防戦に努めたが、その光景は世にも不思議なものだった。だれ一人として彼を剣で切ろうとか突こうとする者はなく、だれもがテュアミスを生け捕りにすることに全力を傾けたからである。テュアミスはしばらく抵抗を続けたが、とうとう幾人もの敵に同時に摑みかかられて槍を奪われ、しかも楯持ちのテルムティスをも失った。テルムティスは首領を救けて勇敢に戦ったが、一見致命傷かと見える傷を受けて絶望に駆られ、湖水に飛び込んだ。そして、水練の心得があったので、飛び道具のとどかぬ所まで来ると水面に浮かび上がり、葦の茂る岸辺まで泳いで辛うじて逃げおおせた。敵のほうにしても彼を追跡しようとする者は一人もいなかった。なぜなら、彼らはすでにテュアミスを手中にしており、この男さえ捕獲すれば彼らには完璧な勝利と思われたからである。また、彼らは大勢の仲間を失ったが、身内を亡くした悲しみよりも、彼らを殺した男を生け捕りにしたことを喜ぶ気持ちのほうが強かった。かくのごとく盗賊たちにとっては金銭のほうが命そのものよりも価値があり、友情とか血縁関係といったものも利益にのみ照らして評価されるのである。それはこの男たちの場合も同じことであった。

33

というのもこの盗賊たちは、ヘラクレス河口付近でテュアミスとその一隊を見て逃げ去った盗賊たちの仲間だったからなのだ。すなわち彼らは、他人の財産を奪われたことに腹を立て、つまりは、略奪品を失ったことを自分の持ち物を取られたように憤慨して、家に残してきた仲間を呼び集め、さらに、襲撃で得たものは公平かつ均等に分配すると約束して近隣の村々にも援軍を求めたのだった。こうして彼らがこの略奪行の首謀者となったわけだが、テュアミスを生け捕りにした理由はおよそ次のようなことであった。テュアミスにはペトシリスという弟がいて、メムピスに住んでいた。この男が、自分のほうが年下であるにもかかわらず、謀略を用い祖国の掟に背いて、テュアミスから大神官職を簒奪したのである。ところが彼は、兄が盗賊団の首領になっていることを聞くと、いつか好機をつかんで攻撃を仕掛けてくるのではないかと恐れた。それでなくともペトシリスは、時がたつうちに謀略が発覚しないかと恐れて戦々恐々としていたし、おまけに、テュアミスの姿が見えないのは自分が殺したからではないか、という疑いが多くの人々のあいだに広まっていることを知っていた。そこで彼は、方々の盗賊村に使いを送って、テュアミスを生け捕りにして連れて来た者には莫大な金と家畜を褒美として与える旨、告げさせていたのである。盗賊たちはこの儲け話に心を奪われ、戦のさなかにも損得を忘れぬような連中のことで、相手がテュアミスであることに気づくや、多くの仲間の死をも厭《いと》わず生け捕りとしたのだった。盗賊たちはテュアミスを縛り上げると、仲間たちの半数をその見張りに割り当て、テュアミスがしきりと見せかけのお情けに悪態を吐き、縄目の辱めを受けるよりいっそ殺してくれと苛立たしげに言うのもかまわず、陸地へ護送していった。残りの半数は、この遠征の本来の目的である財宝や略奪品が見つかるものと期待して島に向かった。ところが、彼らが島じゅう駆けめぐり、残る隈なく探し回ったにもかかわらず、期待したものはひとつも見つからず、あるものといえば洞窟の底に隠し込まれずにそこらに放り出されたつまらぬ物ばかりだった。そこで盗賊たちは、すでに夕闇が迫り、殺戮を免れた者たちに不意を襲われる恐れもあるから、島に止まるのは危険と見て、小屋に火をかけ、仲間たちのもとへ引き返していった。

巻二

1

こうして島は火炎に包まれたが、テアゲネスとクネモンは太陽が地上を照らしているあいだ、その惨禍に気づかなかった。というのも昼間は炎の光が太陽の輝きに圧倒されて朧《おぼろ》になるからである。だが、日が沈んで夜闇《よやみ》が訪れると、火炎は眩しいばかりの輝きを取り戻して遠目にも著《しる》く見えるようになった。テアゲネスとクネモンは夜陰に気力を回復して隠れていた沼地から姿を現し、すでに島が炎に包まれて赤々と燃え輝いているのを見た。テアゲネスは頭を叩き髪を掻きむしって叫ぶのだった。

「僕の命も今日でつきてしまえ！　なにもかもおしまいに、ご破算になってしまえ！　恐怖も、危険も、不安も、愛も！　カリクレイアは死んだ！　テアゲネスは破滅だ！　この哀れな僕は臆病者にもなり、いやいや不面目な逃亡も試みて、カリクレイア、君のために自分の命を救おうとしたが、それも無駄になってしまった。だが、僕ももはや生きていようとは思わないよ、最愛のカリクレイア、君が亡くなったというのに。それに、なによりも辛いのは、君が愛する者の腕に抱かれて息を引きとることもなく、非業の死を遂げたことだ。ああ、君は炎の餌食となったのだ！　神は君のため、婚礼の松明《たいまつ》の代わりにこんな篝火《かがりび》を灯《とも》された。そして、この世でもっとも美しいものが焼きつくされ、嘘偽りでない美の名残をとどめる君の遺体すら残されなかった。ああ、神はなんと残忍なことか！　その嫉妬のなんとおぞましいことか！　僕は最後の抱擁さえ拒まれたのだ。死者への最後の口づけすら許されなかったのだ！」

2

テアゲネスはこんなことを口走りながらあたりを見回して剣を探した。クネモンはそれを見ると、咄嗟《とっさ》にテアゲネスの手から剣を叩き落として言った。

「なぜそんなことを、テアゲネス、どうして生きている人のことを悼《いた》んだりするのですか。カリクレイアは生きているし、無事でいますよ。元気をお出しなさい」

「そんなことは馬鹿か子供相手に言うがいい、クネモン。君はもっとも甘美な死を奪いとって僕を破滅させてしまうのだ」

クネモンは誓いを立てて、テュアミスの命令のこと、洞窟のこと、彼みずからカリクレイアを地底へ導いて行ったときの様子、洞窟の形状、無数の曲がりくねった坑道に遮《さえぎ》られるため、火が地底にまで達するおそれはまったくないことなど、事の次第をつぶさに物語った。テアゲネスはその話を聞くと息を吹き返したようになり、今度は一刻も早く島に辿り着こうと急いだ。彼はそのあいだもかたわらにいないカリクレイアを心に見、あたかも自分たちの婚礼の寝室であるかのように洞窟のことを胸に描いたが、そこで彼を待ち受けている惨事など知る由もなかったのである。ともあれ、二人は自分たちの手で櫂を漕ぎ、必死になって舟を進めた。というのも、彼らの舟を漕いでいた男は、小競り合いが始まった途端、吶喊《とっかん》の雄叫《おたけ》びに恐れをなし、まるで釣り罠に引っ懸かったような勢いで、湖中に飛び込み、逃げ失せていたからである。そういうわけで二人は、不慣れなせいで櫂を揃えて漕ぐことができないのと、その上、風が真っ正面から吹きつけてきたこともあって、正しい進路から右へ左へ逸れてしまうのだった。

3

しかし、熱意が不器用さに勝った。二人は難渋して汗だくになりながらも島に舟を漕ぎ着けると、小屋を目がけて全速力で駆けた。小屋はすでに丸焼けになっており、その跡だけが残るに過ぎなかったが、洞窟の入口の隠し蓋になっている敷石は剝《む》き出しですぐわかった。風が火勢に吸い寄せられてまともに吹きつけ、それでなくても沼地に生える細い葦で組まれた小屋を吹きすさぶ勢いで焼きつくしたため、ほとんど地面と同じ高さに敷かれた石が丸見えになっていた。猛火はたちまち燃え鎮まり、燃え崩れて熾《おき》になり、灰は大半が強風に吹き払われてしまい、残ったわずかの熾も風に晒されてほとんど燃えつき、踏んで歩けるほど冷たくなっていた。二人は半焼けの松明と燃え残りの葦を見つけて火を点け、洞窟の入口の蓋を開くと、クネモンが先に立ってなかへ駆け下りようとした。だが、ほんの二、三歩下りると、突然クネモンが叫び声を挙げた。

「おお、ゼウスよ！　なんということだ！　もうおしまいだ。カリクレイアが殺《や》られた！」

彼の手から松明が地面に落ち、火が消えた。クネモンは両手で顔を覆い、蹲《うずくま》って泣きはじめた。テアゲネスは横たわる女の遺体の上に突き飛ばされたように倒れ込み、しっかりと腕に抱きかかえると、根が生えたようにいつまでも離そうとしなかった。一方クネモンは、テアゲネスがこの不幸に茫然自失し、すっかり苦悩に溺れているのに気づき、彼がなにか自分を傷つけるようなまねをしないかと心配になった。それで、テアゲネスの腰に下がっている鞘からひそかに剣を抜き取ると、松明に火を点けるためにテアゲネス一人をあとに残して駆けもどった。

4

そのあいだテアゲネスは哀切で悲痛な呻き声をあげ続けた。

「おお、なんと耐えがたい苦しみ。おお、神のもたらすなんという禍。このように飽くことなく僕らの不幸を貪る復讐の女神《エリニュス》とはいったいどんな方なのか。僕らを祖国から追放し、海難と海賊の危険にさらし、盗賊どもの手に引き渡し、再三再四僕らの財産を取り上げるとは。ひとつだけ残されたものがあったのに、それすら奪い去られてしまった。ここに倒れているのはカリクレイア、最愛の人が敵の手にかかったのだ。彼女が純潔をつらぬき、僕のために身を守ろうとしたことは明らかだ。それなのに彼女は、彼可哀相に、息絶えて横たわっている。彼女自身青春を謳歌することなど一度もなく、僕にも少しの喜びも与えることなしに。さあ、恋しい人よ、もう一度だけいつもの言葉を聞かせておくれ。まだ少しでも息の根が残っているのなら、最期の望みを聞かせておくれ。ああ、君は黙ったままだ。神の霊感を受けて語るあの予言者のような口を沈黙が鎖《とざ》し、神々の祭殿から浄火を運ぶ者を闇と空虚が取り籠めてしまった。その美しさですべての人間を射竦《いすく》めた双の眼《まなこ》は光を失ってしまった。はっきりとわかる、下手人は君の眼を見なかったのだ。でも、ああ、君をなんと呼んだらいいのだろう。花嫁と？　だが、嫁いだことがない。妻と？　だが、夫を知ったことがない。それではいったい君をなんと呼んだらいいのか？　これから先、なんと呼んで話しかけたらいいのか？　そうだ、すべての名のなかでもっとも甘美な名をそのまま、カリクレイアと呼ぼうか？　安らかに眠っておくれ、カリクレイア。君の恋人が心変わりすることはない。僕もまもなく君のところへ行こう。ほら、君の供養に僕自身が犠牲となって血を捧げよう。君の愛するこの僕の血を注ごう。この洞窟が僕たちの殯《もがり》の宮となってくれよう。生きているあいだは神がお許しにならなかったが、せめて死後は結ばれることができるだろう」

　そう言うが早いか、剣を抜こうと柄《つか》に手をかけようとしたが、その手はいたずらに空を切り、テアゲネスは大声で叫んだ。

5

「クネモン、おまえのために僕は破滅だ！　それにおまえはカリクレイアにも怪《け》しからんことをしたのだ。僕といっしょというもっとも甘美な喜びをカリクレイアから奪ったのは、もうこれで二度目だからな」

彼がそんなことをくどくどとかき口説いていると、洞窟の奥のほうから「テアゲネス」と呼ぶ声のかすかな響きが聞こえてきた。彼は少しもとり乱さずにその声に耳を傾け、次のように言うのだった。

「僕もすぐに行くよ、最愛の魂よ。君がまだ地上をさまよっているのが眼に見えるようだ。無理やり引き剝がされた、こんなにも綺麗な身体から離れるのに忍びないのだね。それに恐らく、埋葬されていないため、地下の亡者たちから締め出しを食っているのかもしれないね」

そのときクネモンが火の点いた松明を手に戻ってかたわらに立ったが、ふたたび同じ声が聞こえてきて「テアゲネス」と呼んだ。クネモンが叫び声を挙げた。

「おお、神々よ、あの声はカリクレイアでは。テアゲネス、あの人は無事なようだ。わたしの耳を打つこの声は、洞窟の一番底の、たしかにわたしがカリクレイアを残してきた場所からのものに間違いない」

「止めないか。僕を何度騙したら気がすむのだ」

「わたしがあなたを騙しているとすれば、半分はわたし自身を騙しているということだ。ここに倒れている女がカリクレイアであることがはっきりすればね」

そう言うとクネモンは、横たわっている女を仰向けにして顔をのぞき込むと、「なんということだ!」と叫んだ。

「おお、神々よ、これは奇跡か! この顔はティスベじゃないか!」

クネモンは二、三歩後ずさり、ぶるぶる震えながら呆けたように立ちすくんだ。

6

一方、テアゲネスのほうはこの事態に息を吹き返し、胸の内に希望が湧いてくるのを覚えた。彼は茫然自失の体のクネモンを元気づけるとともに、一刻も早くカリクレイアのところへ連れて行って欲しいと懇願した。クネモンはまもなく正気をとりもどし、あらためて死体を子細に観察した。それは紛れもなくティスベの死体だった。かたわらに剣が落ちており、クネモンは柄を見てそれがだれのものかわかった。それはテュアミスが逆上し、気が急《せ》いていたために、死体の傷口に突き立てたまま忘れていった剣だった。なにか書板《しょばん》のようなものが胸元から脇の下にずり落ちそうになっていた。クネモンはそれを拾い上げてなにが書かれているか読もうとした。だが、さんざん気を揉んでいるテアゲネスがそれを許すはずがない。

「まず、カリクレイアを取り戻すのだ。神様方のうちのどなたかが今も僕たちのことをからかっているのでなければな。それを読むのはあとでもいいじゃないか」

　クネモンも了解し、二人は書板を手にとり、剣を拾い上げると、カリクレイアのところへ急いだ。彼女は四つん這《ば》いになって松明の光の射すほうへ這い上がり、駆け寄ってテアゲネスの首に噛《かじ》りついた。カリクレイアが「いっしょになれたのね、テアゲネス」と言うと、テアゲネスは「生きていたんだね、カリクレイア」と言い、二人は何度も同じことをくり返して、しまいには一塊になって地面に崩れ伏すと、言葉もなく、まるで一体となったかのようにしっかりと抱き合っていたが、その様はまるで二人とも死に瀕した者のようだった。このように過剰な喜びは時として悲哀に姿を変え、際限のない愉悦は苦痛を引き寄せるものなのである。ちょうどそのようにこの二人も、思いがけず虎口を逃れたにもかかわらず、死の危機に直面したのだったが、しまいにクネモンが手で地面を掻いて湧き水を掘り、少しずつ溜まってくる水を掌《てのひら》に掬《すく》って二人の顔にふりかけ、また何度も鼻を擽《くすぐ》って正気づかせたという次第である。

7

　テアゲネスとカリクレイアは、自分たちが、再会した瞬間とは異なり、地面に横になっていることに気づくとはっとして跳び起き、顔を赧《あか》らめた。とくにカリクレイアはそんなありさまをクネモンに見られたことを恥じて、気を悪くしないよう頼んだ。するとクネモンはにっこりと笑い、二人の気持ちを浮き立たせるように言った。

「わたしに言わせると、あなたたちのふるまいは賞賛に価することですよ。いや、恋の神《エロス》と角力《すもう》を取って敗れる喜びを味わい、この神の組み手が抵抗しがたいことを悟った者ならだれでも同じ思いでしょう。でもね、テアゲネス、あれは誉められることじゃなかったし、見ていて本当に恥ずかしくなった。あなたときたら見ず知らずの、それも全然不釣り合いの女の死体を搔き抱いて、無様に泣き叫んだんだから。最愛の人は無事で生きているって、わたしが口を酸っぱくして言ってるのにね」

するとテアゲネスは言うのだった。

「おい、クネモン、カリクレイアの前で僕をからかうのは止してくれ。僕が抱いたのが他の女の死体であったとしても、それは倒れているのがこの人だと思いこんだからで、僕が嘆いたのはやはりこの人のことだったのだ。でも、神々のうちのどなたかが親切にも誤りを正して下さったからには、君こそあのご大層な武勇伝を思い出す番だぜ。僕のことで涙を零《こぼ》したのは君が先だったし、死んでいるのが思いもよらぬ他の女だとわかったとき、まるで舞台で亡霊に出くわしたみたいに跳び退《の》いたのも君のほうだった。武装して剣も携えているやつが、女から、それも死体から逃げだしたんだ。血筋の良いアテナイの若武者がさ！」

8

彼らはこの言葉にちょっと笑い声を立てたが、それはとって付けたような涙混じりの笑いであり、これほどの不運のなかでは当然ながら、むしろ悲しみの色の濃い笑いとなった。カリクレイアは少し間を置くと、片頰の耳の下を掻きながら言った。

「クネモンの言うテアゲネスに悼まれた女は、それとも、口づけされた女は、たとえだれであろうと幸せだと思うわ。でも、こんなことを言うとわたしが焼餅を焼いているように取られるかもしれないけれど、テアゲネスを泣かせたほどの、その幸せな女とはいったいだれだったのでしょう。また、あなたが見知らぬ女をわたしと勘違いして口づけしたとはどういうわけなのかしら。わかっているなら教えて欲しいわ」

するとテアゲネスが「聞いたら吃驚《びっくり》するよ」と言った、「クネモンがそれはティスベだと言うんだ。例のアテナイの竪琴弾きで、彼とデマイネテに対して陰謀を企んだという、あの女だ」

カリクレイアは驚いて叫んだ。

「なんでそんなことが！　ギリシアの真んなかにいた人が、機械仕掛け(1)に乗ったみたいに、エジプトの地の涯まで運ばれて来たなんて！　それに、わたしたちがここへ来る

（1＊）「機械仕掛け」とは、前五世紀アテナイの劇場で主に神を突然舞台の上に登場させるために用いられた、一種のクレーンのようなもの。deus ex machina（機械仕掛けの神）は演劇用語となっている。

途中でその女の人に出会わなかったのはどうしたわけでしょう?」

「その辺はわたしにもわかりません」とクネモンはカリクレイアに応えた、「あの女についてわたしが知っているのは、まあ、次のようなことです。罠に嵌《は》まったデマイネテが坑《あな》の底に身を投げたあと、父は民会に事の次第をつぶさに報告すると、真っ先に寛恕を請い受けた。そして、民会からわたしの帰国許可を勝ち取ってわたしを捜すために船出しようと、みずから工作にとりかかった。ティスベのほうは、父が忙しくしているせいで自分が暇なのを好いことに、なんのためらいもなく酔客相手の商売に芸と体の両天秤。やがて、軽快な竪琴の弾奏やキタラ(2)に合わせて唄う声の艶っぽさに評判は日々に高く、間延びした笛の音のアルシノエを凌ぐ勢いで、いつの間にか娼妓たちの妬みを一身に受けるようになった。そしてその妬みは、ティスベがナウクラティス(3)の金満商人ナウシクレスの抱えになるとますます強まった。しかもこの男は依然アルシノエと情を通じていたが、彼女が笛を吹く様を見て暇を出した。なにしろその姿ときたら、力まかせに吹くものだから頬が膨れて鼻が隠れようというみっともないありさまで、眼の玉も充血して眼窩から飛び出しそうになったものだ。

9

さて、そのためにアルシノエは腸《はらわた》が煮えくり返るような怒りを覚え、嫉妬に燃えて、デマイネテの親族に近づき、ティスベがデマイネテに対して奸策をめぐらした次第を話した。もっともそれにはティスべが彼女に友達として打ち明けたことばかりでなく、彼女が腹のなかで憶測を逞《たくま》しゅうしたことも含まれていた。それで、デマイネテの親族は結束してわたしの父を敵に回し、父の告発のために大枚の金をはたき、一流の弁護士を雇って登壇させた。彼らは、デマイネテが裁判も有罪判決も受けずに殺されたのだと叫び、デマイネテの姦通の話は殺害の隠れ蓑としてでっち上げられたのだと主張した。そして、その間夫《まぶ》なる男を生死にかかわらず突き出して見せるよう要求し、せめてその名だけでも明らかにするよう求め、しまいにはティスべを拷問に掛けるよう請求したのだ。ところが父はティスべの引き渡しを約束したものの、その約束を果たすことができなかった。というのも、ティスべは裁判が始まるやいなやこのことを予見し——例の商人とそのように語らってあったので——跡を晦《くら》ましてしまったからだ。民会はこれを遺憾としたが、出来事をすべてありのままに説明した父を殺人者と断定するわけにもいかず、デマイネテに対する陰謀とわたしの不当な国外追放の幇助者として、父に市外追放と財産没収の罰を与えた。父が二度目の結婚で味わったのはこんなことだっ

（2）キタラはリュラと似た竪琴で大型のもの。
（3）ナウクラティスはナイル三角洲にあった古代ギリシアの植民市。アマシス王治下の前五七〇年以降、ギリシア―エジプト貿易の唯一の拠点として栄えた。

たのだ。

こうして一代の毒婦ティスベは、アテナイから船出した末に、わたしの目の前で今や罰が当たったというわけだ。わたしが知りえたのはこれだけです。このことはアイギナ島のあたりでアンティクレスという男が教えてくれました。その男とは後にエジプト行きの船のなかで乗り合わせたのです。わたしがエジプトに向かったのは、もしやナウクラティスでティスベを見つけることができはしないか、そして彼女をアテナイへ連れ戻して父の嫌疑と冤罪を晴らし、逆にわたしたち二人に対して謀議を企んだ者たちに裁きが下るよう訴えることができはしないか、と思ったからです。その挙げ句、今、ここで、わたしはお二人と似たような境遇に置かれることになったわけです。でもまあ、その事と次第とか、そのあいだわたしがどんなに大変な目に遭ったかというようなことは、その内また聞いていただくとしましょう。ところでティスベがどうしてこの洞窟に来たか、だれに殺されたかは、やはり神様でも教えてくれない限りわかりゃあしません。

10

でも、よかったらこの女の胸元にあった書板を調べてみようじゃありませんか。ひょっとするとなにかわかるかもしれませんよ」

二人も賛成し、クネモンが書板を開いて(4)読み始めた。

そこには次のようなことが書かれていた。

あなた様の仇《かたき》にして救い手であるティスベよりわがご主人クネモン様へ。まず最初に善い話をお伝え申し上げましょう。デマイネテが死んだのです。その死は、あなた様をお慕いするわたくしが仕組んだものでした。詳しい顛末は、もしやあなた様がわたくしを迎え入れて下さったなら、じかにお話しできましょう。次にお伝えしたいのは、わたくしがこの島におります盗賊どもの一人に捕らえられ、ここに来てからすでに十日になることでございます。その男は盗賊の首領の楯持ちであることを鼻にかけ、わたくしを家に閉じ込めて、戸口から外を覗くことすら許さないのです。本人の言葉によりますと、こんな目に遭わせるのもわたくしを愛しているからだということですが、察するところ、わたくしをだれかに奪われはせぬかと恐れてのことなのでございます。ところが、ご主人様、いずれかの神の思し召しにより、わたくしは通りかかったお姿を見て、それがあなた様であることに気づいたのでした。そこでこの書板を、一つ家《や》に寝起きをともにする婆やに託し、人目を忍んであ

（4）「書板」は蠟を引いた二枚の板を蝶番で留めたもので、持ち運びのさいなどは書面を内側にして畳むようになっていた。

なた様にお送り申し上げた次第です。首領のお気に入りで美男のギリシア人に手渡してくれるようにと申しましてね。どうかわたくしを盗賊どもの手から取り上げ、あなた様ご自身の婢女《はしため》として召し抱えて下さいませ。どうぞ、どうぞ、わたくしを救って下さいませ。わたくしは罪を犯したように見なされましたが、それは強いられてのことであり、あなた様の敵に加えた仇討ちはわたくしが心から成し遂げたものであることを、どうぞお汲みとり下さいますよう。それでもあなた様の怒りが鎮まらぬと言われるのなら、わたくしをなんなりと好きなようになさって下さいませ。死を免れぬとしても、ひたすらあなた様の下《もと》へ参りとうございます。アッティカの女として、死より過酷な忍苦の生を送り、憎悪よりも厭わしい異国の男の愛を耐え忍ぶよりは、あなた様の手にかかって死に、ギリシア式の葬儀に付されるほうがよろしゅうございますもの。

11

ティスベの書面は以上のごとくであった。「ティスベよ」とクネモンが言った、「おまえが死に、わたしたちにおまえの不運をみずから知らせてくれたのは、身から出た錆というものだ。おまえの死体の傷口のあたりから、手ずからこの書き物を渡してくれたとはな。こうして見ると、どうやら復讐《エリニュス》の女神は地上隈なくおまえを追い立てて正義の鞭を振るうのを止めず、ついにはエジプトまで追って来て、不当な仕打ちを受けたわたしがたまたまここに居合わせたのを幸い、おまえに天罰が下るのを見届けさせて下さったということか。それにしても、この書き物でおまえがわたしに対して企てた狡猾で邪《よこしま》な企みはいったいなんだったのか。もっとも、それを実行する前に正義の女神が食い止めて下さったけれど。死体となって転がっていてもおまえは胡散臭《うさんくさ》い。デマイネテが死んだというのは作り話じゃないのか。それを報せてくれた連中がわたしを騙したのじゃないか。おまえがわざわざ海を越えて来たのも、舞台はエジプトだが、もう一度わたしを相手に別のアッティカ悲劇を演じるつもりだったのじゃないか。そんな風に思われて、恐ろしくてたまらないよ」

「止したまえよ」とテアゲネスが口を挟んだ、「いっぱしの役者ぶって、亡霊だの妖怪変化だのを恐れるのは。ティスベが僕に魔法をかけ、眼を眩ましたとは君も言うまい。その悲劇とやらに僕はなんの関係もないんだからな。ほら、このとおり彼女は本当に骸《むくろ》となって横たわっているんだ。だから、クネモン、気をしっかり持ってくれ。それにしてもこの女を殺した君の恩人はいったいだれだ？　いつ、どうしてここで横死することになったんだ？　そこがまったくわからなくて不気味ではあるな」

「他のことはわたしにもわかりませんがね」とクネモンが応じた、「死体のかたわらで見つけた剣から判断するなら、殺したのはまずテュアミスに違いありません。これがテュアミスのものだということはわたしが保証します。ほら、ここの象牙の柄《つか》のところに鷲の紋章が彫られているでしょう」

「それじゃあ、テュアミスがどうやって、またなんのために人殺しをしたというんだ？」

「そんなことわたしにもわかりっこありませんよ。この洞窟はピュト(5)の祠《ほこら》と違ってわたしにお告げの能力は授けてくれませんでしたからね」

するとテアゲネスとカリクレイアが一斉に嘆声を発し、泣きながら「ああ、ピュトよ、デルポイよ」と叫んだ。クネモンは吃驚《びっくり》し、なぜ二人がピュトという言葉を聞いてそんなに心を動かされたのか推察しかねるのだった。

12

一方、テュアミスの楯持ちテルムティスは、戦闘で傷つき、泳いで陸地へ逃れてから、夜の帳《とばり》がおりると、たまたま破損を免れて沼地を漂ってきた一艘の小舟を見つけて乗り込み、ティスベのいる島へ急いでいるところだった。この女が商人ナウシクレスに連れられ、とある険しい山の隘路《あいろ》を歩いているところをテルムティスが待ち伏せして捕らえたのは、ほんの数日前のことだった。テルムティスは、敵勢が押し寄せて戦闘が始まろうとしたとき、その混乱のなか、テュアミスが彼に犠牲の獣を取りに行くよう命じたのをこれ幸いと、戦の火の粉が掛からぬところへ女を連れ出し、自分のために生かしておきたいと考えたのだった。ところが女をひそかに洞窟にもぐり込ませたのはいいが、気が急いて焦っていたものだから、そのまま洞窟の入口のあたりに置き去りにすることになった。ティスベはそこへ放り込まれると、自分を襲った恐ろしい事態に肝をつぶし、また底のほうまで路が通じていることも知らなかったため、最初おり立った場所にじっとしていた。ちょうどそこへテュアミスが来合わせ、彼女をカリクレイアと思いこんで殺したのである。

さて、テルムティスはこの女が戦禍を免れたものと信じてそこへ急ぎ、舟を島に漕ぎ寄せるや大急ぎで小屋のほうへ走った。小屋は跡形もなく消え失せ、残るのは燃え殻ばかりだった。テルムティスは洞窟の入口の石蓋を苦労して見つけ、そのあたりに燃え残って燻《くすぶ》っている葦に火を点けて松明代わりにし、大急ぎで洞窟のなかへ駆け下り、名前だけはギリシア語でティスベを呼んだ。そして、ティスベが倒れているのを見つけ、しばし呆然と立ちつくした。だが、そうするうちに洞窟の奥のほうから響いてくる呟《つぶや》くような物音が彼の耳に入った。それはテアゲネスとクネモンの話し声だった。テルムティ

（5）ピュトはアポロンの神託所として名高いデルポイを指す古語ないし雅語。

スはその声の主がティスベの殺害者ではないかと見当を付けたが、実際にどうしたらいいものか途方に暮れてしまった。盗賊の激しい気性と、欲望の対象を失ったことで今やいっそう熾烈《しれつ》に燃え上がった荒々しい怒りに駆られ、下手人と思われる者たちを相手にすぐに渡り合おうかとも思ったが、甲冑もなし剣もなしではぐっと堪《こら》えておとなしくしているのもやむを得ないという気もしたのである。

13

結局テルムティスは、最初の遭遇では敵でないように装い、うまいこと武器が手に入ってから仇を討つのがよいと思いついた。そう決めると彼はテアゲネスたちに近づき、かたわらに立ったが、野蛮でとげとげしい眼を光らせてあたりを探る様子から、彼の胸に隠された意図は明らかだった。傷だらけになって顔から血を滴《したた》らせた裸の男が不意に現れるのを見て、カリクレイアは洞窟の奥へ引っ込んだ。それは危険を察知したのかもしれないが、むしろ出現した男の裸で無様な格好を見て羞恥を覚えたからだった。また、クネモンもテルムティスに気づき、思いがけぬところで出会った上に、男がなにかとんでもないことを始めるのではないかと懸念して、少しばかり後ずさった。だが、テアゲネスは男を見て肝を冷やすどころかむしろ奮い立ち、怪しからぬことを企てようものなら斬り殺すぞ、という勢いで剣を振りかざし、「おい、止まれ」と命じた。「さもなくば、叩き斬るぞ。おまえの首がまだつながっているのは、ほんの少しばかり見覚えがあるのと、今のところおまえがなにしにここへ来たかわからないからだ」

テルムティスは這いつくばって命乞いをした。もっとも彼が助命を乞うたのは本心からというよりその場しのぎに過ぎない。さらにクネモンにも救けを求め、なにひとつ悪いことはしていないし昨日までは仲良くしていたではないか、ここへ来たのも友人としてだ、などと言い張り、命を救けてもらうのが当然だと主張した。

14

それを聞くとクネモンは心を動かされて近づき、テアゲネスの膝にすがっているテルムティスを救け起こしてテュアミスがどこにいるか問い質《ただ》した。テルムティスはテュアミスが敵と交戦したこと、戦場の真っ只中に身を投じて相手ばかりか自分の命をも顧みずに戦ったこと、近づいた敵はすべて片づけたが、テュアミス自身は敵勢に伝わっていた「何人《なんぴと》といえどもテュアミスの命を奪ってはならない」という命令に守られていたことを語り、最後に、テュアミスがどうなったかはわからないが、自分は負傷したため泳いで岸に逃れ、たった今ティスベを捜して洞窟にやって来たことなど、一切合切を物語った。そこで二人はテルムティスに、彼が捜しているティスベという女が彼にとってなんだというのか、どこから手に入れたのかを訊ねた。テルムティスはこの問いにも答えて、女を隊商から奪ったこと、その女を狂おしいほど愛するようになったこと、これまではひそかに囲っておいたが敵の攻撃を迎えて洞窟のなかに潜ませたこと、そして今、女が何者かによって殺されているのを発見し、その下手人がだれかはわからないが、殺害の動機を知るためにもぜひとも突き止めたいと思っていることなどをくどくどと話すのだった。するとクネモンが、自分の嫌疑を晴らしたいと思い、真顔になって「下手人はテュアミスだ」と言い、その証拠として死体のかたわらで見つけた剣を見せた。テルムティスは、ほんの少し前に殺人が行われたことを告げるようにまだ血を滴らせている、生温かい剣を見てテュアミスのものであることを認めるや、深く沈鬱な呻き声をあげた。そしてこの出来事がどういうことなのかわけがわからず、朦朧として押し黙ったまま洞窟の入口へ戻って行き、女の亡骸《なきがら》のところまで来ると、その胸に顔を埋め、「ああ、ティスベ、ティスベ」と名前ばかり幾度もくり返し呟いていたが、しまいにはその声さえ途切れがちになって、いつともなく眠りの淵に沈んでしまった。

15

他方、テアゲネスとカリクレイア、それにクネモンにはそれぞれ自分たちを襲った不幸な出来事がいちいち思い起こされ、それがそぞろ身にしみて感じられた。なにか方策を練りたいと思ってはみるのだが、通り過ぎていった数々の苦難や、どうにもならない現在の不幸や、見通しのつかない今後のことが彼らの理性を曇らせた。互いに長いこと顔を見合わせて、それぞれだれかがなにかを言うのを期待したが、その当てが外れて眼を地面に落とし、それからまた首をもたげて息を吸い、ため息を吐《つ》いてせめてもの慰めにした。しまいにクネモンは地べたに寝そべり、テアゲネスは石に腰を下ろし、カリクレイアは彼に身をもたせかけて、現状を打開したいと思いながら襲いくる睡魔としばらく戦っていたが、放心と疲労のあまり自然の摂理には逆らえず、不本意ながら睡魔に身をゆだね、ひどい心労のせいでかえって心地よくすら感じられる微睡《まどろみ》に落ちてしまった。かくのごとく魂の知的な部分も時には肉体の苦しみに譲るものなのである。

16

彼らが束の間の、瞼《まぶた》の表面を撫でるだけのかすかな眠りに落ちると、たちまちカリクレイアをこんな夢が訪れた。髪をおどろに乱し、眼が据わり、手を血塗《ちまみ》れにした男が剣を突き立てて、あっという間にカリクレイアの右眼を抉《えぐ》りとったのである。カリクレイアはその途端に悲鳴をあげ、眼をとられたと言ってテアゲネスを呼んだ。テアゲネスはその声を聞くとすぐにカリクレイアに寄り添い、まるで自分もその悪夢を見ているように苦痛に身もだえした。カリクレイアは顔に手を当てて撫でまわし、夢のなかで失ったところを探ってみた。そして、夢だったことがわかると、

「夢だったんだわ。眼があるわ。安心してちょうだい、テアゲネス」と言った。

テアゲネスはそれを聞くとほっと安堵の息を吐いて言った。

「ああよかった、君の眼は日の光みたいに輝いているよ。だけど、どうしたの？　ど

んな恐ろしい夢を見たの？」

「獰猛な顔つきの残忍そうな男が、向かうところ敵なしのあなたの力さえ恐れずに、あなたの膝に凭《もた》れていたわたしに剣を振るって、右眼を抉りとったような気がしたの。ねえ、テアゲネス、この幻が夢でなくて現《うつつ》だったらよかったのにね」

テアゲネスは「縁起の悪いことを言うもんじゃない」と叫んで、なぜそんなことを言うのか訊いた。

「だって、あなたの身を案じなくて済むなら、眼のひとつぐらい失ったほうがましだからよ。この幻はあなたを狙っているんじゃないかと思うと、とても心配だわ。あなたこそわたしの眼であり命であり一切だと思っているんだから」

「およしなさい！」とクネモンが言った。彼は最初カリクレイアの叫び声に眼を覚ましてから二人のやりとりを逐一聞いていたのである。

「その夢はなにか別のやり方で占うべきものと思います。そこでまず、ご両親が健在かどうか答えて下さい」

カリクレイアが「ええ、変わりがなければ生きているはずだけど」と言うと、彼は「そういうことでしたら、お父さんが亡くなられたのだと思います」と言うのだった。

「そう推測する理由はこうです。知ってのとおり、この世に生を享《う》けて日の光に浴するのは両親のおかげです。したがって夢のなかで一対の眼は、光を感知して、物が見えるのを助けるものとして、父母を象徴すると考えるのが理に適っていますからね[6]」

「それも辛いことだわ」とカリクレイアが言った、「でも、さっきの解釈よりもそのほうが真実であって欲しいわ。あなたの占いが優っていて、わたしはへぼ占い師であることが明らかになりますように」

「それは明らかになるでしょうし、そうなるものと信じなければいけません。それにしても僕たちはまるで夢でも見ているみたいじゃないですか。夢だの幻だのについて頭を絞りながら、自分たちの置かれた事態についてはちっとも考えてみようとしない。まだ、その余裕はあるんですよ。あのエジプト人が——これはテルムティスのことである——あっちへ行って、死んでしまった女のことを恋々と嘆いているあいだはね」

17

テアゲネスがそれを受けて言った。

「それじゃあ、クネモン、いずれかの神が君と僕たちを引き合わせ、不運をわかち合う仲間として下さったのだから、君が率先して計画を練ってくれたまえ。君はこ

（6）後二世紀頃のアルテミドロス『夢判断の書』一・二六に右眼を失うことについて同様の解釈が見られる。

のあたりの地勢や言葉に通じているし、それでなくとも僕らは、君の不幸以上に底知れぬ不幸の大波に呑まれて呆けたようになり、必要なこともわからないというざまなんだから」

するとクネモンはちょっと間を置いてから次のように話し始めた。

「テアゲネス、だれがより不幸かなんてわかりはしません。神様は僕にも禍をふんだんに浴びせかけてくれましたからね。でもまあ、この土地の先輩としてなにか提案がないかというなら言わせてもらいましょう。この島はご覧のとおり無人島で僕ら以外にはだれもいません。それでいて、金、銀、衣装なら山ほどあるのです。テュアミスとその仲間たちがあなたたちから奪いとったり、他の人々から略奪してこの洞窟に隠したものは莫大な量にのぼりますからね。でも、食料その他の必需品ときたら有るか無しかといったところです。このままここに留まっていたら餓死するか、賊に襲われて殺される恐れがあります。じっさい、敵がまた戻ってくるかもしれませんし、前にいっしょにいた連中の餌食になるかもしれません。散りぢりになっていたやつらがいずれひとつにまとまれば、ここが宝庫になっていることを知らぬではなし、金目当てにやって来るでしょう。そのときはもう手遅れで即座に殺されてしまうか、よくしたところでやつらの嬲《なぶ》り者になるのは知れています。「牧人」と呼ばれる輩《やから》はそれでなくても信用できないのに、あいつらの激しい気性を抑えて、多少ともおとなしくさせていた首領がいない今はなおさらです。だから、僕たちとしては罠か監獄のようなこの島をあとにして逃げるのが最善です。その前にテルムティスを、テュアミスの消息がわかるかどうか訊ね回ったり、いろいろ探ってもらうという口実で追い払いましょう。今後どうしたらいいか考え、実行するにはあいつがいないほうがなにかと都合が良いでしょうし、それでなくても、根っから気まぐれで盗賊らしく喧嘩っ早い男などやっかい払いしたほうがよいに決まってます。その上、やつはティスベの死について僕らに疑いを抱いていますし、好機をとらえたら復讐せずにはいないという気配ですからね」

18

この提案が可とされ、実行に移されることとなった。三人は夜が白々と明けてきたのに気づいたこともあって洞窟の入口へ急ぎ、正体もなく眠りこけているテルムティスを起こすと、計画どおりもっともらしいことを並べ立て、この頭の軽い男をいとも容易に説き伏せてしまった。それから彼らは、ティスベの死体をとある窪みにおさめ、小屋が燃えたあとに残った灰を土の代わりにふりかけ、切迫した状況が許す限りの形ばかりの弔いをし、正式の葬儀とはほど遠い一掬《いっきく》の涙とため息を手向けたのだった。それから、計画どおりにテルムティスを送り出そうとした。だが彼は二、三歩歩み出すとすぐに踵《きびす》を返して、一人で行くことを拒み、クネモンも行をともにする気がなければ、偵察などという大変な危険を冒すわけにはいかない、とごねたのである。テアゲネスは、それを聞くクネモンが尻込みしているのを見、またエジプト人の言葉を説明するあいだも彼が明らかに困惑しきっている様子なのに気づくと、次のように励まして言った。

「君は頭のほうは実に大したものだけど、胆力はいささか欠けているようだ。それはなにより今の君の様子からわかった。さあ、気合いを入れて、勇気を奮い起こしてくれ。逃走を疑われないよう、今はこいつの言うことを聞いて、とりあえずいっしょに行くしかないだろう。君は剣を持っていて身の守りは万全だから、手に武器のない男と同行するのを恐れる理由などありはしない。その後、折りを見てそっとこいつを置き去りにし、どこか打ち合わせておいた場所で僕らと合流するのだ。異存がなければ近くの村にしよう。どこか人あしらいのいい村を知らないかな」

それは妙案とクネモンが持ち出したのはケムミス(7)と呼ばれる村だった。そこは富み栄えて人口も多く、ナイル河畔の小高い丘の上にあって「牧人」の輩に対する要害となっている。沼を渡っていくと百スタディオン近くも離れている。また、真南に向かって進まなければいけない、ということだった。

19

「それは厳しいな」とテアゲネスが応えた、「とくにカリクレイアがね、あまり長く歩くことに慣れていないものだから。でも、やはりそこへ行くことにしよう。食い物欲しさに流れ歩く乞食にでも身を窶《やつ》してね」

「そうこなくっちゃ。あなた方は見るからに酷い格好をしてるんだから。その点カリクレイアのほうがたった今片眼を抜かれただけあって一枚上手だな。でも、二人とも「食べ残しではなく太刀や三脚釜を」ご所望になりそうな様子に見えますよ[8]」

　これを聞いて二人は苦笑したが、その笑みもぎこちなくほんの口許をかすめたに過ぎない。三人は決めたことを守ると誓い合い、互いに、自分から仲間を見捨てるようなことは決してないと、神々を証人に立てて約束し合うと、計画の実行にとりかかった。

　クネモンとテルムティスは夜明けとともに沼を渡り、鬱蒼と茂っていつ尽きるとも知れぬ深い森のなかを進んだ。先頭にはクネモンの求めに応じてテルムティスが立った。テルムティスのほうが剣呑《けんのん》な地勢に慣れていることを理由に露払いを任せた格好だが、それは口実、クネモンとしてはむしろ身の安全を確保し、脱出の機会に備えたわけであ

（7）ケムミスというエジプトの都市は二つあったがともに文脈に合わず、ここでは架空の名である。

（8*）ホメロス『オデュッセイア』一七・二二二に、乞食姿のオデュッセウスに向かって山羊飼いのメランテウスが口汚く罵る言葉のなかに「太刀や三脚釜ではなく、食べ残しをねだる輩」とある。上流人士のように太刀や三脚釜を所望すると乞食とは見えないと案じている。

る。こうして進んで行くうちに二人は羊の群に行き当たった(羊飼いたちは逃げだして森の奥深くに身を潜めた)。二人は群を先導していた雄羊のなかの一頭を屠《ほふ》ると、羊飼いたちが用意してあった焚き火でその肉を炙《あぶ》り、背中と腹がくっつきそうなほど空腹だったため、十分に焼き上がるのももどかしく、腹一杯になるまで詰め込んだ。まるで狼か山犬のように次から次と切りとった肉片をちょっと火で炙っては貪り食えば、食べるにつれて生焼けの肉から血がにじみ出し、頬をつたって流れた。こうして腹が一杯になるまで食べ終えると、乳を飲んでから二人はまた先へ進んだ。

時はすでに牛を軛《くびき》から解く昼下がり(9)、二人がとある丘を登って行くところだった。テルムティスが、その丘の麓に村があるのだが、捕縛されたテュアミスはそこに監禁されているか、さもなくば殺されているかもしれない、と言った。そのときクネモンが、食い過ぎで腹具合が悪い、乳を飲んだせいかひどい下痢気味だと訴えて、自分は後で追いつくから先に行くようにとテルムティスを促した。そして二度、三度いかにも具合が悪いふりをして嘘でないように見せかけ、追いつくのが大変だと言ったりもした。こうしてクネモンは自分の姿が見えないことにこのエジプト人を慣れさせ、しまいには気づかれずに間合いをとると、樹林のもっとも密なあたりに向かって丘の斜面を全速力で駆け下り、まんまと逃げおおせたのである。

20

一方、テルムティスは山の尾根に達すると岩に腰をかけて休み、夕闇が訪れるのを待った。というのは、クネモンとの打ち合わせでは暗くなってから村に入り、テュアミスの消息を探ることに決めていたからである。それと同時にテルムティスはクネモンに対して良からぬ企みを抱いていたので、いつ来るものかとじりじりしながらあたりに気を配っていた。ティスベを殺したのはクネモンではないかという疑いを捨て切れずに、彼をどう始末してくれようと思案し、クネモンのあとにはテアゲネスたちも片づけようという狂気じみた欲望に駆られていたのだ。ところがクネモンがどこからも現れぬまま夜がとっぷりと暮れるうちに、テルムティスはふと眠りに落ち、それがいわゆる「青銅の眠り」、すなわち永遠に続く最後の眠りとなった。毒蛇に咬まれたのである。彼がその生き様に似つかわしい最期を遂げたのは恐らく運命《モイラ》の女神たちの意志によるものであったのだろう。(10)

(9)「牛を軛から解く時分」というのはすでにホメロスに見られる漠然とした時刻の表現法。ホメロスでは日暮れ時を指す。

(10) 死を「青銅の眠り」と呼んだ例はホメロス『イリアス』一一・二四一に見られる。また、アイリアノス『動物奇譚集』一〇・三一によると、エジプト人がテルムティスと呼ぶ蛇はイシス神の聖なる蛇であり、その咬傷は邪悪な者にのみ死をもたらすという。

クネモンはいったんテルムティスを置いてきぼりにすると息も継がずに逃走し、夜闇が迫るころになってようやく走るのを止め、闇に包まれたその場所で、できるだけたくさんの落ち葉をかき集め、そのなかに埋もれるようにして身を隠した。こうして落ち葉の山に埋もれ、眠れぬままにクネモンは辛い一夜を過ごした。物音、風のそよぎ、木の葉の動き、それらがすべてテルムティスの接近を告げるもののように思われた。うっかり暫時の微睡《まどろみ》に沈むことがあっても、そのたびに悪夢に襲われた。夢のなかでも彼は逃げ続け、絶えず後ろを振り返ってはどこにもいない追跡者に気を配るのだ。覚めているときは眠りたいと願いながら、眠れば現実よりも恐ろしい夢の世界に踏み込むのが関の山だから、眠りたくても眠り込まないよう神々に祈った。その夜がかつてないほど長いような気がして、クネモンは夜が怨めしくてならなかった。夜明けを迎えたクネモンの喜びはいかばかりであったろう。まず彼は、「牧人」たちのあいだにいたとき多少とも盗賊らしく見えるように長く伸ばしていた余分な髪を切り落とした。それは、行き逢う人々に疎《うと》まれたり疑われたりしないようにという配慮からだった。というのは、「牧人」どもはもとより自分たちがなるべく恐ろしげに見えるよう気を使ったが、そのひとつとして前髪を眉にかかるほど伸ばし、肩までとどく髪をおどろに振り乱すことで威嚇の手段にしたからである。長い髪が美男をいっそう魅力的にし、盗賊をいっそう恐ろしく見せることを彼らはよく知っていたのだ。

21

さて、クネモンは髪を少々切って盗賊姿から品のいい若者に変身すると、かねてテアゲネスと打ち合わせておいたケムミス村へ直行した。ところが、すでにナイル河の岸辺に辿り着き、対岸のケムミスへ渡ろうとする彼の眼に映ったのは堤を低徊する一人の老人の、流れに沿って往きつ戻りつ、あたかも河に思いを託すがごとき姿だった。見た目も著《しる》き白髪は神官のそれのように長く垂れ、厚く密生した顎鬚は厳かな雰囲気を醸《かも》しだし、その上外衣をはじめとする衣服はどちらかというとギリシア風に見えた。それでクネモンはしばし立ち止まったが、老人が何度も往ったり来たりしながら人がかたわらにいるのに気づくでもなく、考え事に耽って他のことは眼中になく、ひたすら思案を凝らしているので、まずは正面にまわって「ご機嫌よう」と挨拶をした。すると老人が、機嫌良くはできないのだ、そうはいかぬのが自分の宿命だから、とギリシア語で応じたものだから、クネモンは吃驚《きっきょう》して訊ねた。

「もしやあなたはギリシア人では？」

「ギリシア人ではありません。この地の出身で、エジプト人です」

「それではどうしてギリシア風の外衣を身につけておられるのですか」

「不幸な出来事のためなのですよ。わたしがこの華やかな衣に着がえることになったのは」

そこでクネモンが、人は不幸に遭って身を飾り立てるものだろうかと驚いて、その不幸とはなんなのか教えて欲しいと言うと、老人は応えて、

「「イリオスから運んで」というわけですな。[11] あなたは禍の蜂の巣をつついて無数の羽音に襲われることになりますよ。いや、それよりも、お若い方、あなたはどこから来てどこへ行かれるところかな？ また、エジプトにいながらどうしてギリシアの言葉を？」

「それはおかしい。ご自分のことはなにも教えてくれずに、それもあなたのほうが先に訊かれたのに、わたしのことを聞き出そうなんて」

「なるほど、ごもっともですな。あなたはギリシア人とお見受けしたが、どうやら大変な災難に遭われて身を窶《やつ》しておられるご様子。また、ぜひともわたしの身の上をお聞きになりたいと望んでおいでのようだし、このわたしもだれかに打ち明けてしまいたいと切に願っていたところなのです。たまたまあなたにお会いしなかったなら、昔話にあるように、[12] 恐らくこのあたりに生えている葦にでも語り聞かせたことでしょう。それでは、このナイル河の堤を離れて、ご覧のとおり向こう岸に見える村へ参るとしましょう。もし、お急ぎの用がおありでなければな。昼時、日が照りつけますとここいらは長話をする場所としては居心地がよろしくありません。もっとも、あなたをおもてなしするの

はわたしの家でではなく、わたしが保護を求めてきた折りに匿《かくま》って下さった好人物のお家でなのですが。その方の家で、お望みとあればわたしの来歴を聞いていただきましょうし、その代わりにあなたご自身のことも話して聞かせて下さい」

「参りましょう。それにわたしもその村へと道を急いでいるところなのです。友人たちとそこで落ち合うことになっていましてね」

22

老人とクネモンは小舟に乗り込み（舟賃を取って河を往き来する渡し舟が堤に沿って何艘も揺れていた）、村へ渡って老人が逗留している宿に着いた。館の主人は不在だったが、すでに年頃になった主人の娘をはじめ、家中の女中たちが彼らをたいそう快く迎え入れ、あたかも父親のごとく老人をもてなすのだった。これはどうも主人から常々そう言い含められていたものらしい。一人は足に水を注いで脛《すね》から下の埃

(11)『オデュッセイア』九・三九に「風はイリオスからわたしを運んで、やがて……」とあって、ここからオデュッセウスがトロイア戦争後の悲惨な漂流譚を語り始める。

(12)ミダス王のロバの耳の伝説に基づく。ミダス王はアポロンの怒りを買ってロバの耳にされてしまう。王はこれを隠していたが理髪師がそれを見て黙っておれず、地面に穴を掘ってささやき、穴を埋めておいた。後にその場所に葦が生えてさやさやと風にそよいでは「王様の耳はロバの耳」とささやき、その話をばらしてしまう。オウィディウス『変身物語』一一・一五三以下を参照。

を洗い清め、一人は寝床に気を配って寝心地の良いように準備を整え、また一人は水を入れた器を運んできて火を灯《とも》し、さらに一人は小麦のパンやさまざまな旬の果物をたっぷり載せた食卓を運び込むという具合。クネモンは驚いて、

「いやはや、われわれはどうも歓待の神ゼウスの広間に来てしまったようですね。どうです、この嘘偽りない、心のこもったもてなしぶりは」

「わたしたちが参ったのはゼウスの広間ではなく、歓待の神にして嘆願者の神たるゼウスを崇《あが》めること寸分の隙もない方の屋敷なのですよ。その方も商人として放浪の生活を送り、訪れた国は数知れず、多くの人々の気質や考え方を実地に見てきたそうです。他の人々は言うにおよばず、このわたしがほんの数日前、途方に暮れてさまよっているのを同じ屋根の下に泊めて下さったのも、思うにそうした経験のしからしむるところなのでしょう」

「あなたが「さまよった」とおっしゃるのはどういうことでしょう」

「わたしは子供たちを盗賊どもに奪われたのです。そして、その犯人を見ていながら防ぐこともできずにそのあたりをうろうろし、涙に暮れて悲しみを紛らしているのです。ちょうど、一羽の親鳥のように。蛇が巣を荒らし、目の前で雛を呑み込もうとしているのに、立ち向かうのは恐ろしい、逃げるのも忍びない、胸のなかで愛情と恐怖が闘い、

ピーピー鳴きながら襲われた巣のまわりを飛び回るが、自然が哀れみというものを教えなかった残忍な蛇の耳には訴えの声がつうじない。母鳥に嘆かせるのも自然だというのに[13]」

クネモンが訊ねて言った。

「よろしかったら、いつ、どんな風にそんなひどい目に遭われたのか話していただけますか」

「それはまたあとにしましょう。今は腹をこしらえるのが一番です。ホメロスもそのことには眼を向けましてな、胃の腑のやつが他のことはなんでも後回しにさせるものだから、それを「忌まわしい」と見事に形容しておりますよ[14]。だが、まずエジプトの賢者たちの顰《ひそ》みに倣《なろ》うて、わたしたちも神々にお神酒《みき》を捧げておくとしましょう。どうか、いかな飢えとてわたしを口説いて道を踏み外させることのありませんよう。また、神事を忘れさせるほど悲しみが力を増すことの決してありませんよう」

23　そう言うと老人はつねに水を飲料としていたので器から真水を注いで、

(13)『イリアス』二・三一一以下、および伝モスコス『メガラ』二一以下に類似の比喩がある。
(14)『オデュッセイア』一七・二八六―二八七。

「お神酒を捧げたてまつる、土地の神々とギリシアの神々、ことにピュトなるアポロン神に、それに加えてわたしが神々のうちに数える、美と徳を兼ね備えたテアゲネスとカリクレイアの二人に」

老人はそう言いながら涙を流したが、それはあたかも哀悼の意を示して二人に別の灌《かん》頂《じょう》を捧げるかのようであった。

クネモンは二人の名を聞くとぎょっと凍りついたようになった。それから、老人を頭の天辺《てっぺん》から足の爪先まで打ち眺めて言った。

「これはなんと、テアゲネスとカリクレイアは本当にあなたのお子さんなのですか」

「そうですとも、もっとも母なくしてわたしの子となったのですが。というのは、神々があの二人をわたしの子としてお授けになったのは偶然の賜物でして、あの子たちを生んだのはわたしの心の陣痛なのでした。二人に対するわたしの愛情は心からのものと信じられたのです。それで二人はわたしを本当の父のように思い、またそう呼んでくれました。ところであなたはいったいどこから二人のことをお知りになったのですか」

「お知りになったなんてものじゃありません。良い報せがあります。お二人はご無事ですよ」

すると老人が叫んだ。

「アポロンよ！　神々よ！　それであの子たちはいったいどこにいるのか、教えて下され。わたしはこれからはあなたを救い主と、また神に等しき方とも思いましょう」

「で、その褒美になにを下さるんでしょう？」

「さしあたって、感謝の気持ちを。心ある人にとってはそれが友情の贈物のなかでもっとも素晴らしいものだと思いますし、わたしは多くの人がそれを宝物のように胸の内に納めることを知っておりますから。しかし、わたしたちが我が祖国の地を踏む日が来ましたなら、――程なくそうなるという予兆を神々が示しておられるのです――思う存分の富を汲み上げていただきましょう」

「そんな将来のあやふやなものを質草にしようというんですか？　今手元にあるもので返していただけるのに」

「手元にあるものでよいなら言って下され。たとえ体の一部であっても投げ出す覚悟でおりますのでな」

「手足をもぎとるにはおよびません。ただ、あの二人がどこの出なのか、親はだれなのか、どんな運命に翻弄され、どうしてこんな所へ辿り着いたか、といったことをすべて話して下さるなら、お代は全部いただいたと考えることにします」

「あなたのお受け取りになる代価は大変大きなもので、仮にこの世のすべての富を求めて得たよりも貴重なものとなるでしょう。しかし、とりあえずご馳走に少しばかり口を付けるとしましょう。聞くほうも話すほうもなかなか時間がかかりそうですから」

こうして二人は胡桃《クルミ》や無花果《イチジク》やとれたての棗椰子《ナツメヤシ》の実など、老人が常食としているものを――というのは、彼は食べるために生き物の命を奪うことを肯《がえ》んじなかったので――食べ、そのかたわら老人は水を飲み、クネモンは葡萄酒を飲んだ。こうしてしばしの時が過ぎてからクネモンが口を切った。

「さて、ディオニュソス神が物語を喜び、面白おかしい話を愛《め》でることはご存じでしょう。その神様が今わたしのなかに入り込んで、あなたからお話を聞いてお約束の代価を取り立てるよう急きたてています。いわば、舞台に上がって劇の前口上を述べる段というわけですね」

「お聞かせしましょう。それにしてもあの才覚あるナウシクレスがここにいてくれるといいのですが。彼が何度もうるさくせがんで話を聞き出そうとするのを、わたしはあれこれと言い訳をしては、はぐらかしていたものですから」

24

「その人は今どこにいるのですか?」と、ナウシクレスの名を聞き咎めてクネモンが訊ねた。

「狩りに出かけておりますよ」

クネモンがさらになにを狩りに行ったのかと訊ねると、

「一番獰猛な獣ですよ。人間とか「牧人」とか呼ばれておりますが、暮らしぶりは盗賊に異ならず、実に捕まえるのがやっかいな者どもです。沼地を巣や岩穴の代わりにしておりますのでな」

「ナウシクレスはそいつらになにか文句でもあるんですか」

「囲っておったアッティカ女を攫《さら》われたのです。ティスベとかいっておりました」

するとクネモンは「ふーん」と言ったきり、自分を押し殺すように突然黙り込んだ。

「どうかなさったか」と老人が訊ねると、クネモンは話を逸らして、

「いえ、驚いたんですよ。どうして、また、どんな成算があってそんな大胆なことを思い立ったのかってね」

「それはあなた、こういうわけなのです。ペルシア大王配下の地方太守としてオロオンダテスという者がエジプトを支配しておるのですが、このオロオンダテスの下知《げち》により守備隊長ミトラネスがこの村を管轄しておるのです。ナウシクレスは大枚の金を積んでこの守備隊長を丸め込み、騎兵と重装歩兵からなる大部隊を出動させたのです。ナウシクレスがアッティカ女を強奪されて腹を立てたのは、女が彼の思い者でしかもその歌が天下一品だったためばかりではありません。自分で話していたところでは、その女を

エティオピア王のもとへ差し出し、王の正室の遊び友達、ギリシアの文物に関する話し相手という地位に納まらせようと目論んでいたためでもあるのです。だから、女のおかげで期待される莫大な金がふいになってしまうというので、八方手をつくしあれこれ画策している次第でして。じつはわたしもこの作戦を実行するよう彼を励ましたのです。ひょっとするとわたしの子供らも救い出してくれはすまいかと思いましてな」

そのときクネモンが話を遮って言った。

「もうたくさんですよ！　「牧人」だの地方太守だの、それに王様たちもね！　いつの間にか話がほとんどおしまいに来ちゃったじゃありませんか。あなたが次々と持ち出すそんな挿話は「ディオニュソスとなんの関係がある」というやつですからね[15]。お約束のところまで話を戻して下さいよ。あなたの話ときたらまるでパロス島のプロテウスみたいだ[16]。もっとも、さまざまに形を変えて偽りの姿を現すというんじゃなく、まるで僕を道に迷わせようと努めているみたいだ、という点でね」

「もちろん、聞いていただくつもりですよ」と老人が言った、「でも、その前に手短にわたし自身の話をお聞かせしたいのです。わたしはあなたがお考えのように話をはぐらかそうというわけではなく、これから申し上げることと関連づけ、秩序だてることで話をわかりやすくして差し上げようというつもりなのです。わたしの生地はメムピスでして、名は父と同じカラシリスと申します。今わたしは放浪の生活を送っておりますが、元からそうだったわけではなく、じつは以前、大神官の職に就いておりました。わたしは国の法に則って妻を娶《めと》り、自然の定めによってその妻を失ったのです。妻が亡くなってあの世へ去ってからしばらくは、亡き妻とのあいだにできた二人の倅《せがれ》を誇りとして何事もなく日々を過ごしておりました。ところが、それから数年を経ずして、運命によって決定される、星辰をちりばめた天の回転がわたしどもの運勢を傾け、クロノスの眼光(17)に貫かれたわが家は落ち目となったのです。占星術の知識はわたしにこの変化を予示したのですが、そこから逃れることは許しませんでした。というのも運命女神《モイラ》たちによる不動の定めは、予見することはできても、免れることはできないものだからです。しかしそれはそれとして、予知にはそれなりの値打ちがあります。それは焼け付くような

(15*) 要点を外れていることを指す諺的表現。一説に、ディオニュソス崇拝に起源をもつ悲劇が、この神に無関係な英雄を登場させることが多く、観客からこんな野次がとんだという。

(16*) プロテウスはギリシア神話で海の老人。ナイル河口のパロス島に住み、自在に姿を変えるところから、摑みどころのないものの譬えとなる。
(17) ゼウスの父であるクロノスはローマ神話のサトゥルヌスと同一視された。「クロノスの眼」とは土星を指す詩的表現であるが、占星術師たちは土星が人間に悪影響をおよぼすものと考えた。

恐怖の苦しみを和らげてくれますからね。なぜなら、あなた、禍といっても耐えがたいのは思いがけず襲ってくるという点でして、予知されていることはまだ我慢できるものだからです。人の心というものは、気構えもできぬうちに恐怖に襲われると竦《すく》んでしまいますが、禍を予期してそれに慣れるようにしておりますと、理性を働かせ、切り抜けていけるものです。

25

わたしの場合次のようなことが起ったのです。トラキア出身の若い女で、カリクレイアに次ぐほどの美貌をそなえた者がおりました。名はロドピスと申しました。その女がどこから、どのようにして来たかは存じませんが、男と関係を結んでは金を巻き上げてエジプト中を渡り歩き、ついに浮かれ騒ぎながらメムピスの市《まち》にやって来たのです。女は大勢の取り巻きを従え、莫大な金銀を携えており、またその身体には男を虜《とりこ》にするありとあらゆる欲情の罠を張りめぐらせているのです。ロドピスに出会った男でこの罠に掛からなかった者はありますまい。彼女がその目許《めもと》から投げかける色香の網はそれほどに逃れがたく、また抗《あらが》いがたいものだったのです。実にこの女が、大神官としてわたしの勤めておりましたイシスの御社《おやしろ》に足繁く参詣し、大枚の金がかかる犠牲式や奉納物をもって女神への祭事を絶やさなかったのです。

語るも恥ずかしいことながら話してしまいましょう。しばしば眼にするうちにロドピスはこのわたしをも虜にし、長年かかってわたしが培《つちか》っておりました自制心を打ち負かすほどになったのです。長いあいだわたしは肉体の眼に魂の眼を対抗させましたが、ついには力つきて色欲の重圧に屈し去ったのです。わたしはこの女こそ神のお告げがあった将来の苦難の先駆けであることに思い至り、ロドピスは運命によって定められたことどもを演じる役者の一人に過ぎない、そのころわたしに取り憑いていた悪霊が、いわばロドピスという仮面の陰に隠れて訪れたのだ、と悟りました。そこでわたしは、子供時代から親しんできた神職を辱めるようなことはするまい、神々の御社や聖域を穢《けが》すことはするまい、と決心したのです。わたしの過ちは実現されたわけではなく、――どうかそのようなことの起こりませんよう――ただそれを心に欲したというに過ぎないのですが、わたしはその過ちにふさわしい罰をみずからに加えようとしました。すなわち理性をもってわたし自身を裁く裁判官とし、追放刑をもって色欲に対する罰としたのです。不幸に打ちひしがれてわたしは郷里をあとにしました。ひとつには運命《モイラ》の女神たちの決定に従い、わたしに関する限り、なんなりと女神らの御意にお任せしようという気持ちでありましたが、もうひとつはあの忌まわしいロドピスから逃れ去ろうということだったのです。

と申しますのは、お客人よ、当時猛威をふるっていた星がさらに圧力を加えたなら、わたしはその力に圧倒され、恥ずべき行いに走るのではないかと懸念されたからです。しかし、なににも増して故郷を逃れるよう駆り立てたのは倅たちのことでした。なぜなら、神々から授けられた、口にするのも憚《はばか》られる知恵は、倅たちが剣をとって互いに争い合うであろうことを、わたしに対してしばしば予言していたからなのです。そこでわたしは、そのような無惨な光景を——太陽すらそのありさまには日の光を雲で覆い隠し、顔を背《そむ》けることでしょう——この眼から遠ざけ、父親として倅たちの殺し合う様を見ぬことだけをせめてもの慰めとして、父祖の地と屋敷からわたし自身を放逐したのです。旅立ちのことはだれにも言わずに、倅たちの一人、長男のほうが大テーバイにおりましたので、それに会いに行くというのを口実と致しました。長男はその当時、そこの母方の祖父のところで暮らしておったのです。名はテュアミスと申しました」

クネモンはテュアミスという名を聞くと雷に打たれたように身体を強《こわ》ばらせたが、話の先を聞きたいのでぐっと堪《こら》えて沈黙を守った。老人はさらに話を進めた。

26

「放浪の旅のあいだに起こった出来事については省かせていただきましょう。

あなたがお訊ねのことにはなんの関係もありませんのでね。わたしはギリシアにデルポイという名の都市があり、そこがアポロンの聖なる市であるとともに他の神々の聖地であること、またそこが世間の喧噪から遠く離れた高みにあって賢者たちの修行の場となっていることを知っていました。そこでわたしは、神事や秘儀に捧げられた市こそ、神官職にあった者の身にふさわしい隠棲の地と思い定め、そこへ向かったのです。そして、船がクリサの入江を抜け、キッライアに錨を下ろすと、わたしは下船してすぐにデルポイの市へ向かう登り道を駆けるように上って行きました。さて、市に着いてみると、たちまちわたしの耳朶《じだ》を打ったのはまことに神々しいお告げの声でした。また、その市はなによりも周囲をとり巻く自然の光景のおかげで、至高の神々の宮居《みやい》かとも思われたのでした。パルナッソスの山塊が、あたかも砦のごとく、天然の要塞のごとく、その支脈にあたる山腹によって、市を抱きかかえるようにして聳《そび》えているのですから」

「素晴らしい描写です」とクネモンが言った、「本当にピュトの巫女《みこ》を通して語られる神託の息吹を感じた方ならではですね。わたしの父もデルポイの佇《たたず》まいについてはちょうど同じようなことを言ってました。アテナイ市が近隣諸国同盟の自国代表として父をそこへ派遣したときのことですが[18]」

「えっ、ではあなたはやはりアテナイの方だったのですね」

(18) アムピクテュオン同盟会議のこと。これはデルポイ近隣諸国の代議員によって構成され、デルポイの神域とそこで四年に一度催されるピュティア競技祭の管理運営を司った。

「そうです」

「お名前はなんと?」

「クネモンです。でも、他のことはあとで聞いていただきましょう。今は話をお続けになって下さい」

老人は「そう致しましょう」と言って話題をデルポイに戻した。

「さて、わたしは市の柱廊や広場や水汲み場を賛嘆の眼で眺めましたが、なかでも名高いカスタリアの泉に感激してその水で身を浄め、それから御社のほうへ急ぎました。大勢の人々のざわめきに舞い上がるような心地でおりましたところへ、ピュトの巫女が神憑《かみがか》りになる刻限だという話が耳に入ってきたからです。御社のなかに入って跪《ひざまず》き、自分の行く末についていてなにやら祈りを捧げておりますと、ピュトの巫女が次のようなお告げの声を発したのです。

汝　穀物のさわに稔る　ナイルの河辺より歩を運び
大通力の運命女神《モイラ》らの　繰《く》る糸を逃れんとす
耐え忍べ　われ汝に　畝《うね》黒きエジプトの地を与うる日の
遠からざれば　されど今は　汝　わが友たるべし

27

巫女がこのお告げを誦《しょう》した途端、わたしは祭壇の前にひれ伏し、何事につけ神がお慈悲を垂れて下さるよう祈りました。周りに立っている群衆は、初めての参拝にもかかわらず、わたしが神託を授けられたというので神を讃え、わたしを幸せ者だと嘉《よみ》して、以来ありとあらゆるやり方でわたしをもてなそうとするのでした。ここへ来た者で神の友と呼ばれたのはスパルタ人のリュクルゴス以来だと言って、(19)望みどおり社の境内に住まうことを許可してくれたばかりか、しまいには生活費を国庫から支給するよう決議するというありさまです。要するに、わたしには余すところのない幸せが転がり込んできたのでした。わたしは、よそから来た訪問客や土地の人々が神のご加護を願って毎日のように執り行う、さまざまな祭礼や犠牲式に参列致しましたし、あるいはまた、哲学者たちと議論を交わすこともできたのですから。ピュトの神の神殿のまわりに群がる人々のなかにはそのような生活を送る者が少なからず見受けられるのです。まことに、詩女神《ムーサ》たちを率いる神によって霊気を吹き込まれた都は、学芸の殿堂に他なり

(19*) 半ば伝説的なスパルタの立法家リュクルゴスと神託のことはヘロドトス『歴史』一・六五に見える。

ません。

初めのうちわたしはなににつけさまざまなことを訊ねられました。わたしどもエジプト人が、土地の神々をどのようなやり方で祭っているのか訊ねる者もあれば、また部族によって神に祭り上げられる動物が異なるのはどういう理由によるのか、それぞれの神をめぐる神話はどのようなものがあるか問い質す者もありました。また、ある者はピラミッドの建築法を、他の者はファラオの埋葬される地下の迷宮について訊くという具合で、要するに彼らはエジプトに関することならなんでも訊いてやろう、なにひとつ聞き漏らすまいという様子でした。これは、エジプトの見聞や伝承はどれもギリシア人の耳目を惹きつけてやまない、大変な魅力をそなえているからなのです。

28

こうして毎日が過ぎていきましたが、ある日のこと、話題がナイル河におよびました。そうした知識人の一人が、ナイル河の水源や他の河と比べて変わっている点について、また、あらゆる河のなかでナイル河だけが夏季に洪水を起こす原因などについて、わたしに質問を向けたのです。わたしは自分が知っていることを話しました。すなわち、神官職にある者だけが知っていて読むことのできる神聖な書物があるのですが、この河に関してその書物に書かれている事実をすべて語って聞かせたのです。わたしの説明は次のようなものでした。ナイル河はリビュアの辺境を越えたエティオピアの高地、つまりオリエントがつきて南方地帯の始まる地域にその水源を発しているのです。夏季に水嵩《みずかさ》を増すのは、一部の人々が考えるように正面から吹きつける北西の季節風に流れを押し戻されるからではなく、まさにその季節風が夏至の時分に北から南へとすべての雲を追いやり、押しつけるため、ついには熱帯地方において雲を伴った風が互いにぶつかり合うことになります。ここにおいて風がその地域一帯の猛烈な暑さによってそれまでの勢いを減殺されるとともに、前から少しずつ集まって密度を増した湿り気がことごとく水滴と化し、その結果一挙に豪雨となって降り注ぐのです。その結果ナイル河は膨れあがり、持ちこたえることができなくなって堤から溢れ出し、エジプトを水浸しにしてしまいますが、事のついでに畑の地味も肥やしてくれるというわけです。したがって、ナイルの水は雨水を供給源としているので飲むにもっとも甘く、肌触りももっとも柔らかいのです。なぜなら、もはや源流の発する地域から考えられるほどの熱さは失っているとはいえ、元がもとだけに温もりが残っているからです。またそれゆえにこそ、数ある河のなかでもナイル河だけは冷たい微風が吹かないのです。仄聞《そくぶん》するところによると、ギリシアで名のある先生方がそう主張しているそうですが、仮に雪解けの水でナイルの水量が増すのだとすれば、当然、そんな冷たい風が吹くはずでしょうがね。(20)

29

わたしがそんなことをあれこれ説明しておりますと、ピュトの神の神官でとくに懇意にしていた方が――名はカリクレスと申しました――わたしにこう言うのです。

「おっしゃるとおりです。わたしもあなたのお説に賛成なのです。カタドゥポイ[21]にいたナイル河の神官たちからもそのように聞いておりますからね」

それでわたしは彼にこう訊ねました。

「といいますと、カリクレス、あなたはあそこへ行ったことがおありなのですか」

「行きましたとも、賢いカラシリス」

わたしはさらに「どんな用があって行かれたのですか」と訊ねました。

「わたしの家庭に不幸がありましてね。もっとも、それがわたしに幸運をもたらしてくれることにもなったのですが」

わたしがその矛盾した言い様《よう》を訝《いぶか》しがりますと、

「事の次第をお聞きになればご不審が晴れるでしょう。お望みとあればいつでも聞いていただきますが」

「もちろん、今がお話しになる絶好の機会です。すぐにお聞きしたいものです」

すると、カリクレスは人払いをしてから切り出しました。

「では、お聞き下さい。じつは、ご援助を請いたいという気持ちもありまして、しばらく前からわたしの過去の出来事をあなたに聞いていただきたいと思っておりました。わたしは結婚してからなかなか子が授かりませんでしたが、絶えず神に願を掛けていたおかげで、遅くになって、かなり年を食いましてから、女児の父となったことを告げられたのです。しかし、神はあらかじめ、その子がわたしにとって慶賀すべきものとはならぬであろう、という神託を下されていたのです。ともあれ、その娘も年頃になりまして、たくさんおりました求婚者たちのなかから、わたしとしては一番良いと思った男に嫁がせたのです。ところが、花婿と添い伏した初夜のその晩、雷でも落ちたのか火付けがあったのか存じませんが、寝室に火が燃え移りまして、娘は可哀相なことに亡くなってしまったのです。まだ歌われている最中だった婚礼の歌に代わって挽歌が歌われ、娘の遺体は夫婦の閨《ねや》から墓地へ運ばれて行き、婚礼の灯を輝かせていた松明はそのまま火

(20) ヘロドトス『歴史』二・一九以下を参照。
(21) カタドゥポイは語源的には「落ちて地響きを立てる所」というほどの意味で、ナイル河の最初の瀑布を指すが、ここでは本章末に見られるように都市名と混同されている。その位置は今日のアスワンのあたりであり、エジプトとエティオピアの境界とされていた。また、エジプト人はナイル河を神として崇拝していた。ストラボン『地誌』一七・一・四八およびヘロドトス『歴史』二・九〇を参照。

葬の薪に火を灯《とも》すこととなったのでした。しかも、神霊はこの悲劇に加えてもうひとつの悲劇を演じてわたしの苦しみを増したのです。つまり、娘を失うという悲しみに耐えられなかったその母親をもわたしから奪うことによって。

わたしは禍が神によってもたらされたことに耐ええず、かといってみずから命を絶つことは、神学者の言うとおり罪深いことと考えておりますからできません。そこで生まれ故郷をひそかに抜けだし、もぬけの殻となったわが家を離れることにしたのです。不幸な出来事を忘れるには、それを思い起こす縁《よすが》となるものを眼に見ないのが一番ですから。それ以来多くの土地をさまよって、とうとうあなたのお国のエジプトに至り、ナイル河の大瀑布を一見するため、カタドゥポイまで参ったという次第です。

30

まあ、これがあすこへ行った理由というわけですよ。でもこの話には余談が、というよりもっと正確に言うなら、さわりがありまして、ぜひそれを聞いていただきたいのです。わたしが暇にまかせて街をぶらぶらしながら、ギリシアでは珍しい品などを買い求めておりますと——というのは、激しい悲しみも時とともにうすらぎ、すでに帰郷を真剣に考えるようになっていたからですが——一人の男が近づいてきたのです。見たところ品のいい、才走った目つきをした、年のころは二十歳前後、肌の色は真っ黒なその男がわたしに挨拶し、片言のギリシア語でちょっと内密に話したいことがあると言うのです。わたしが二つ返事で同意すると、男はかたわらにあった社《やしろ》のなかへ連れ込んで次のように言いました。

『わたしはあなたがインドやエティオピアやエジプトの薬草の葉や根を買っているところを拝見しました。そこで相談ですが、混ぜ物なしの上物をまったく掛け値なしで買いたいと思っておられるなら、わたしには売る用意があるのですがね』

『それは買いたいものです。見せてくれますか』

『見ていただきましょう。ただ、この取引のことで細かなことは言いっこなしですよ』

『法外な値をふっかけないと約束して下さいよ』

男が脇の下に抱えていた袋のなかから取りだして見せたのは、なんと、見事な宝石の数々だったのです。そのなかには胡桃《クルミ》ほどの大きさがあり、完璧な球形で皎々《こうこう》と輝く真珠、春の草のように鮮やかな緑で、オリーブ油のようにつややかな光沢が底のほうから煌《きら》めいて見えるエメラルド、深い海に臨む断崖絶壁の下でさざ波を立てながら海底を紫に染める潮の色そのままのアクアマリンが含まれていました。ただもうそれらすべての宝石が混じり合って放つ燦然たる輝きが眼を喜ばせるのでした。わたしはそれを見ると言いました。

『ねえ、あなた、これを買ってくれる人なら他に探したほうがよろしいでしょう。わたしにはこのうちのたったひとつでも買う余裕などありそうもないのでね』

『まあ、買えないにしても、贈物としてなら受け取ることはできるでしょう』

『そりゃ贈物に貰えるのなら文句はないんだが、あなたはなんだか知らないが魂胆があってわたしをからかっているのでしょう』

『からかってるわけじゃありません。わたしは真剣なんです。ここに鎮座まします神々にかけて、なにもかも差し上げるつもりなんです。ただし、条件があります。それは、これだけじゃなく、他にこれより遥かに貴重な贈物をあなたが受け取る気があればということなのです』

わたしはそれを聞いて笑い出しましたが、その男がなんで笑うのかと訊くので、こう言ってやりました。

『だって、あなた、こんな大層な贈物を約束しておいて、しかもその贈物よりも遥かに高額な代価まで支払ってくれようというんだから、滑稽じゃないかね』

『信用して下さい。そして、あなた自身贈物を必ず最善のやり方で用いると、また、それについてはわたしの指示どおりにすると、誓って下さい』

わたしはどうしたらよいか解らず呆然としましたが、結局は莫大な宝物に心を奪われて、誓いを立てる気になったのです。

男の言うままに誓いを立てると、男はわたしを家に連れて行き、幼い少女を見せるのです。それは神の子かと見紛うばかりの、信じがたいほど美しい少女です。男がその子は七歳になったと言うのですが、わたしの眼にはもう適齢期に近いように見えるのでした。並外れた美しさというものは、背丈まで一回り大きいような印象を与えるものですな。それでわたしはもう無我夢中、飽くことなく目の前の美少女を眺めながら、ものも言えずに突っ立っておりました。

31

最初に口を切ったのは男のほうでした。

『ねえ、よそのお方、あなたがご覧になっているこの子は、生みの母親がわけあって——そのわけというのはすぐあとでお聞かせしますが——襁褓《むつき》にくるんで捨てたものなのです。つまり、この子の運命は天に任せたというわけです。で、たまたまわたしが見つけて拾い上げたのです。いったん命を授かって人の姿となったものが危険に曝されているのに、それを見て見ぬふりをするなど、わたしには許されることではありません。またそれは、わたしどものところにいる裸行者たち(22)の教えのひとつなんです。少

（22＊）「裸行者（ギュムノソピステース）」は普通インドのそれを指すが、ピロストラトス『テュアナのアポロニオス伝』六・五には、アポロニオスがエティオピアの裸行者を訪問する話が見え、裸行者たちは殺人者の罪を浄めるとある。

し前からわたしはその先生たちのところへ出入りを許されているのです。ともかく、この少女の眼にはもうそのときからなにか偉大な神々しいものが煌めいていました。こうやって覗き込もうとすると、この子は恐ろしいような、魅入るような目つきでわたしを見つめるんです。それから、この少女のかたわらについさっきお見せした宝石や首飾りや、絹織りの帯などが置かれていました。帯には土地の言葉でこの子にまつわる話が刺繍されていました。将来この子が何者であるかわかるようにと思って、母親が気を利かせたものでしょう。わたしはそれを読んでこの少女がどこの出身で親はだれかを知ると、町からずっと離れた田舎に連れて行き、わたしの使っている羊飼いどもに、だれにもしゃべってはならぬぞと脅しつけた上、養育を任せました。いっしょに置かれていたものは、なにか少女に対する悪巧みの種になりはしないかと心配で、わたしが身につけていました。

そうして数年のあいだ、少女は人目に触れずにいました。ところが、時が経つにつれ、少女の容色は、芳紀に達するころには常軌を逸したものとなるだろう、と予感されるようになると(その美しさときたら、土に埋めても消え失せるどころか、そのなかから輝き出すであろうと思われるほどです)、わたしは少女のことが露見しはしないか、そして彼女は命を落とし、わたしまでもひどい目に遭うのではないかと恐ろしくなったのです。そこでわたしは自分が大使としてエジプト太守のところへ派遣されるよう工作しました。そして、この子のことを解決してあげようと心に決め、この子を連れてこの地へやって来たわけです。もうすぐわたしが来た用件について太守と会見する予定になっています。今日わたしを接見するという通知が届きましたのでね。とにかく、あなたとわたしのあいだで誓いを立てて約束を取り交わし、この少女の運命を、あなたとこのような宿命を授けられた神々とにゆだねようというのがわたしの腹なのです。わたしたちの交わす約束とは、天地神明にかけてこの少女の自由身分たることを保障し、将来やはり自由身分の者と結婚させること、またこの帯は、わたしからではなく、それを捨て子に添えておいた母親からあなたが直接受け取ったものとして、嫁資に加えること、というものです。わたしは、あなたが約束したことをすべて確実に守って下さるものと信じています。誓約が強い味方ですし、あなたがここで過ごされるようになってから随分と日にちが経ちましたが、そのあいだにあなたがギリシア人気質《かたぎ》そのものだということは十分に観察させていただきましたからね。大使としての仕事に追われているので、わたしが今あなたにお話しできるのは簡単ですがこれだけです。この少女のことは明日イシスの神殿のあたりで落ち合って、もっと詳しく、はっきりしたことを聞いていただくことに致しましょう』

32

わたしは言われたとおりに、少女の顔をベールで包み隠してわたしの住居へ連れ帰りました。そして、その日は一日、なにくれとなく厚くもてなし、少女の世話を焼いて過ごしました。一方では神々に感謝の祈りを捧げたものです。そしてわたしはもうそのときから少女をわたし自身の娘とも思い、そう呼ぶようにもなったのです。翌日、夜が明けるとともにわたしは例の異邦人と約束しておいたイシスの神殿に駆り立てられるような思いで飛んで行き、だいぶ長いこと境内をうろうろしておりました。というのも、彼の姿がどこにも見つからなかったからです。それからわたしは太守の館へ参上し、だれかエティオピアの大使を見た者がないか訊ねました。するとある者がわたしに告げて言うには、大使は急遽出立した、いやむしろ追放されたといってもよい、日没前に国境を越えなければ死刑に処する、と太守に警告されたのだ、というのです。わたしが追放の理由を訊ねると、『エメラルドの採掘場はエティオピアのものだから手を引くよう、大使が要求したからだ』ということでした。わたしは、まるで重い一撃を喰らったような衝撃を受け、悄然《しょうぜん》と踵を返しました。なにしろ、少女のことは名前はおろか生国も父母も、もはやわたしには知ることができなくなったのですから」

「それも不思議はありません」とクネモンが口を挟んだ、「このわたしにしたって、それを聞けなくてじりじりしてるんですから。でも、いずれ聞かせてくれるんでしょう？」
「お聞かせしましょう」とカラシリスが言った。

33

「しかし今は、カリクレスの話をしまいまで聞いていただきましょう。彼はさらにこう語ったのです。

「わたしが小屋に帰ると少女が駆け寄って来ました。まだギリシア語ができなかったのでなにひとつ言うでもありませんが、手を振って出迎えてくれたのです。わたしはその姿を見ただけで沈んでいた心が晴れる思いでした。子犬でも血統や性質の良いものは、少しのあいだでも見知ったことのある人にはだれにでも尾を振るように、彼女も自分に対する好意を敏感に感じとって、わたしを父親のように慕ったのでしょうか。さてわたしは、邪神の悪意のようなもののせいで二人目の娘も奪われては堪らない、カタドゥポイに長居は無用と決意しました。そして、海を目指してナイル河を下り、たまたま居合わせた故国行きの船に乗り込んで出帆したのです。そして今、少女はわたしの家に住み、わたしの娘として、わたしの名を名乗っているのです(23)。じっさい、あの子こそわたしが生きる頼りなのです。あらゆる点であの子はわたしの期待を越えていました。どんどん

(23*) 少女の名を聞きそびれたカリクレスは、自分の名前から少女の名前を作った。

ギリシア語を吸収する一方で、あたかも旺盛に繁茂する樹木の若枝のようにすくすくと育ち、若盛りの年齢となりました。姿形の美しさで彼女はあらゆる女たちを遥かに凌駕したので、ギリシア人ばかりか異国の男たちの眼差しも一斉に彼女に注がれるようになり、神殿であれ遊歩道であれ広場であれ、あの子が現れるところではどこでも、理想美を体現する彫刻のように、衆人の視線と心を一身に惹きつけるのです。ところが娘は、そのような素晴らしい女性であるだけに、わたしにとっては癒しがたい苦痛の種でもあるのです。娘は自分の判断で結婚を拒み、なんとまあ、一生乙女のままで過ごすと言い張って、アルテミスの巫女として身を捧げ、絶えず狩りにいそしんで弓術の稽古に余念がないというありさま。それが、わたしには生きているのも耐えがたい苦しみの元なのです。妹の息子の嫁にやろうと願っておったものですからね。その息子というのがまた、言葉遣いといい人柄といい実に上品で優雅な好青年なのですよ。それなのに、娘の頑《かたく》なな決意のために、彼の当ても外れてしまったわけです。といいますのも、わたしは宥《なだ》めたり賺《すか》したり情理を説いたりしましたが、どうしても娘を説得することができず、逆に（これが一番痛い点なのですが）、いわゆる『自縄自縛』(24)というやつで、自分の武器を逆手に取られるようなことになりました。つまり、わたしは娘が最良の人生を選ぶ準備にさまざまなことを教えたのですが、彼女はその言葉から得た豊富な知識を振りかざして処女性を神格化し、それがほとんど不死の神々に匹敵するものであることを証明しようとするのです。処女性とは無垢で純粋で穢れのないものだと申しましてね。また一方では、エロスやアプロディテなど結婚に関わる連中はみな烏のところへ失せろと罵っているのです。あなたに手助け願いたいのはそのことなのです。たまたま好機が訪れたのを幸い、くどくどとあなたにお話ししたのもそのためなのです。どうしても必要だったのです。お願いですカラシリス。どうか、なにかエジプトの知恵というか呪文のようなものを娘にかけてほしいのです。言葉でなり行為でなり、娘が自分の本性に目覚めるよう、また、女の身であることを悟るよう、説得して下さいませんか。あなたがその気になればそんなことは朝飯前でしょう。というのは、あの子は男と口を利くのを嫌がるわけではなく、むしろたいていは男たちに立ち交じって成長しましたし、ここでもあなたと同じ所を——つまり境内や神殿の近辺のことですが——住居としているのですから。どうか救けを求めているこのわたしを見捨てないで下さい。わたしが子もなく、慰めもなく、跡継ぎもないまま惨めな老年を送るのを見過ごしにしないで下さい。アポロン神とあな

（24*）この箇所の直訳は「彼女はわたしの羽をわたしに対して用いた」で、自分の羽を矧《は》いだ矢で射られた鷲が嘆く話（『イソップ寓話集』二七六「射られた鷲」Perry 版）を連想させる。

たのお国の神々にかけてのお願いです」

わたしはそれを聞いていて、クネモン、つい涙が出ましたよ。カリクレスにしても眼を泣き腫らしながら切々と訴えましたのでね。それでわたしは、なにかできることがあれば助力を惜しまないと約束したような次第です。

34

そうしたことについてわたしたちがなおもああだこうだと頭をひねっているときでした、一人の男が駆け込んできて告げるには、アイニアネス人の神聖使節団長が門まで来て先刻からの居催促《いざいそく》、神官にお出ましを願って聖儀を始めていただきたい、と要求しているとのこと。わたしが、アイニアネス人とか神聖使節団とはなんのことか、どんな犠牲式を行うのか訊ねますと、カリクレスは次のように応えました。

「アイニアネス人とはテッサリア人のなかでももっとも血筋の良い一部族でして、デウカリオンの子ヘレン(25)を祖と仰ぐ生粋のギリシア人なのですよ。彼らはマリス湾沿いに住んでおり、ヒュパタを母市として誇りにしています。彼らの主張するところによると、ヒュパタとは他の上に立って《ヒュパテウェイン》支配するところから名付けられたそうですが、一般にはオイテ山の麓《ヒュポ》にその都市が築かれたためと考えられています。犠牲式と神聖使節団というのは、四年に一度、ちょうどピュティア競技祭(26)の行われる年に——ご存じのとおり今がその真っ最中ですが——アキレウスの子ネオプトレモスを祭るためにアイニアネス人から派遣されるものです。ネオプトレモスが、まさにこのピュトのアポロンの祭壇のかたわらでアガメムノンの子オレステスの騙し討ちに遭って死んだというのがその由来でして。(27) 今年の使節団はいつもより華やかですな。団長がアキレウスの子孫であることを誇りにしているという方でしてね。じっさい、昨日その青年に会いましたが、いかにもアキレウス家の一員たるにふさわしい人物と思われました。眉目秀麗で見るからに丈高く、一目で家柄の良さが偲《しの》ばれましたよ」

わたしが驚いて、どうしてアイニアネス人の男がアキレウスの末裔だなどと公言できるのか、と口を挟みますと（だって、エジプトの詩人ホメロスの詩から、(28) アキレウスが

---

(25) デウカリオンは「ノアの方舟」のノアのギリシア版で、大洪水で人類が滅びた後も妻とともに生き残り、次の人類の祖先となったとされる。その息子ヘレンはヘッレーネス、つまり古代ギリシアにおけるギリシア民族の総称に名を与えたとされる。

(26*) オリュンピア競技祭と並ぶ全ギリシア的な競技祭。アポロンの聖地デルポイ（ピュト）で開催され、音楽と運動の技を競った。

(27) ネオプトレモスの死についてはさまざまなことが言われるが、ヘリオドロスはエウリピデス『アンドロマケ』に見られる伝承を採用している。

(28) ホメロスの生地については古来キオスないしスミュルナとする説が一般的である。ホメロスをエジプト人とするのは奇説の類いだが、ヘリオドロスはこの説を本作の巻三・一四で展開している。

プティアの人であることは明らかではありませんか）、カリクレスはこう応えました。

「その青年が、かの英雄アキレウスは絶対にアイニアネス人だと頑強に言い張るのですよ。女神テティスはマリス湾から現れ出てペレウスと結ばれたのだし、湾の周辺は大昔からプティアと呼ばれているのだ[29]。よその連中は、英雄の名声に引かされて、あたかも自分たちの祖であるように虚言を弄しているに過ぎないと申しましてね。それに加えて、メネスティオスを父祖に数え上げ、したがって自分はアイアコス家に属していると言っております。メネスティオスというのは、河神スペルケイオスを父、ペレウスの娘ポリュドラを母として生まれた剛の者で、イリオス遠征の先陣に混じってアキレウスとともに出征し、両者の血縁関係をもってミュルミドン勢の第一部隊の指揮を執った男なのですがね。ともかく、やっこさん、なにがなんでもアキレウスに固執しておりまして、是が非でもアキレウスをアイニアネス人のなかに引きずり込もうとしているわけです。そのためにいろいろなことを言っておりますが、とりわけネオプトレモスの霊前に送られる御供《ごく》が一番の証拠だというのです。彼の言うところでは、御供を捧げる権利はテッサリア人が全体の合意の上でアイニアネス人に譲ったものであり、これはアイニアネス人こそアキレウスに血縁上もっとも近い関係にあることを確証したに等しいというわけです」

「いやまあ、カリクレス、別に構いはしません」とわたしは申しました、「それが彼らの身贔屓《みびいき》だろうと、思いこみだろうとね。それより、その神聖使節団長殿に入室を許すよう命じて下さい。わたしのほうはもうぜひともその青年にお目にかかりたくて飛び立つような思いなのですから」

35

カリクレスが頷《うなず》き、やがて青年が部屋に入って来ました。本当にどこかアキレウスもこうあろうかという雰囲気を漂わせ、眼差しに現れた気位の高さにはかの英雄を彷彿とさせるものがありました。頭を昂然ともたげ、豊かな髪を額際《ひたいぎわ》からまっすぐに掻き上げ、鼻筋は勇気を示し、鼻孔には自由闊達の息づかい。眼はまあ青といいますか、青みがかった黒色でして、その目つきがまた威厳があると同時に愛嬌をも湛《たた》えているのです。まあ、海の波がたった今鎮まって凪《なぎ》に変わろうとしているところ、とでも申しましょうか。さて、彼はわたしたちに型どおりの挨拶をして二、三言葉を交わすと、もう神に犠牲を捧げるべき時だと催促するのです。それに続いて定刻に合わせ、英雄に御供を供えもし、英雄を祭る行列行進をも執り行うためには、ぐずぐずしている余

(29)『イリアス』においてアキレウスはプティア人とされており、古代ギリシアでプティアはテッサリアのパルサロス周辺の地域を指していた。ここの主張は、ホメロスがいうプティアはもっと南方の地域を指すものであり、したがってアイニアネス族はアキレウスを祖先に持つというものである。

裕はないと申しましてね。

「よろしいでしょう」とカリクレスが応じました。

それからカリクレスが立ち上がってわたしに向かって言うには、

「今日あなたはカリクレイアをご覧になることでしょう、前にご覧になったことがないとすればですが。というのは、アルテミスの巫女もネオプトレモスの行列行進と御供には列席するのが代々の仕来りですから」

ところが、クネモン、わたしはその少女をもう何度も見かけもし、いっしょに犠牲式に参加していたばかりか、いつぞやは経典の言葉について訊ねられたことすらあったのです。それでもわたしは、これからどうなるかと楽しみで、そのことについては黙っておりました。こうしてわたしたち一同は急いで神殿に向かいました。といいますのも、すでにテッサリアの人々によって犠牲式の準備がすっかり整えられていたからです。わたしたちが祭壇のかたわらを占めると、青年は早くも犠牲式に取りかかろうとしました。神官が前の祈りを捧げておりますうちに、内陣より次のごときピュトの巫女の言葉が朗々と響いてきたのです。

初めに「優雅」を持ち　終わりに「名誉」を有する女を　また

「女神」より「生まれし」男を　デルポイの町よ　見守りたまえ(30)
この二人の男女はわが社を去り　大洋の高波を切って進み
か黒なる日輪の地へと至るであろう　そしてその地で
至善の生を送りし者への大いなる報奨を授かるであろう
すなわち　黒いこめかみに映える純白の花冠を

36

そのように神はお告げを下されたのですが、周りに立ち並ぶ者たちは、その神託がなにを言わんとするものか解らず、すっかり困り果ててしまいました。各人各様にそのお告げをひねくりまわし、自分の好き勝手な解釈を持ち出すというありさまでしてね。そういうわけで、だれにも本当のところは摑めないのでした。なにしろ、たいていの場合神託だの夢だのは結果を見てから判断できる体のものですから。それに、それでなくても、デルポイの人たちは贅をつくした行列行進を早く見たくて浮き足だっており、神託の内容を厳密に詮索するどころではなかったのです」

(30)　カリクレイアは「優雅（カリス）」と「名誉（クレオス）」、テアゲネスは「女神（テアー）」「生まれた（ゲネス）」の意味の複合固有名詞である。

巻三

1

「祭りの行列と犠牲式が滞りなく済んでしまうと――」

「いやいや、まだ済んではいませんよ」とクネモンが口を挟んだ。「それっぽっち聞いたって、とても行列や犠牲式の観客になった気分にはなれません。わたしのほうは、諺にある「後の祭り」という状態で、その祭典を自分の眼で見たい、せめてなんとか詳しい話だけでも聞きたいと思っているのに、あなたの端折《はしょ》りようときたら、芝居の幕を開けた途端に閉じるようなものじゃないですか」

カラシリスがこれに応えて言った。

「それはね、クネモン、わたしとしてはできたらそんな些末なことであなたを煩わせたくないと思うから、この話の核心であり、そして最初からあなたが知りたがっている事柄に話題を絞ろうと思ったわけです。でも、事のついでに見物人になりたがるとは、それだけでもあなたが歴《れっき》としたアテナイ人であることが知られますよ。それじゃあ、あの儀式のことをかいつまんでお話しするとしましょう。それは、それ自体のためにも、それから生じた結果のためにも有名になった、数少ない儀式のひとつだったのです。

行列の先頭を「百牛の大贄《ヘカトンベー》」の群が祭儀を執行する男たちに牽《ひ》かれて進んで行きまし

た。この男たちは粗末な衣を着た田舎の人々です。めいめい下帯を締めて真っ白な衣を膝までたくし上げ、片肌脱ぎになって肩と胸を出し、右手に両刃の斧を高く掲げて揺り動かすのでした。牛はみな黒牛で、見事な膨らみを見せる逞しい首を悠然ともたげ、歪みのないすらりと尖った角を生やし、その角はあるいは金箔を被せられあるいは花輪で飾られていました。下脚は頑丈そうで、喉袋が膝までたっぷりと垂れ下がっているのでした。その数はまさしく百牛の大贄にふさわしく、本当にその名のとおり百頭はゆうに数えられました。この牛たちのあとにも他のさまざまな犠牲獣がたくさん続きました。それらの動物たちは種類ごとに別々にまとめられ、整然と導かれていくのです。そうこうするうちに、笛と笙《しょう》が犠牲式の開始を告げる厳かな曲を奏で始めました。

2

さて、この犠牲獣の群と牛を追う男たちを迎えたのは、絢爛たる帯を深く締め（1）、打ち垂れ髪にした、テッサリアから来た乙女たちです。この娘たちは二組に分かれていました。第一組の乙女たちは、花と季節の果物で一杯の小籠を運ぶのもあれば、菓子や香料を入れた聖なる籠を捧げるのもあるという具合で、あたり一帯を芳《かぐわ》しい香り

（1）「深く締め」と訳した βαθύζωνοι《バテュゾーノイ》 という語は正確な意味は不明である。ホメロスでは異国の女にしか用いられないので、ギリシアの女との着方の相違を示すと考えられるが、一説に帯の上から服地が垂れるように帯を結んだものという。

で満たしていました。もっとも、乙女たちはそれには一切手を使わずに、籠を頭に載せたまま互いに手をつなぎ、対角線となるように舞の列を作っているのでした。そうすれば、みな同時に歩を進めたり、舞を舞ったりすることができるからです。この乙女たちに対し、もう一組の娘らが歌の前奏の部分を奏でて、開始の合図をしました。こちらの組には讃歌を最初から最後まで歌う役割が課されていたのです。さて、こうして讃歌が歌われましたが、これは女神テティスとペレウスを讃え、それに次いで二人のあいだにできた子と、さらにまたその子を讃えるものです。そのあとで、クネモン――」

「『クネモン』とは何事です?」とクネモンが口を挟んだ。

「だってそうでしょう、お父さん、その讃歌というのをそのまま通しで暗唱してくれなくては、また一番おいしいところでわたしにお預けを食わすことになりますよ。行列の様子を眼に見えるようにしてくれただけではだめです。耳にも聞こえるようにしてくれなくてはね」

「お聞かせしましょう」とカラシリスが応じた、「そんなにお望みとあればね。歌はまあ次のようなものでした。

女神テティスを謳《うた》わむ　黄金の髪のテティスを

そは海に棲むネレウスの　いのち永遠《とわ》なる御娘
ゼウスの唆《そそのか》しによりて　ペレウスに嫁がれたもう
まばゆき海の輝き　われらが愛の女神
胎《たい》より生みたまいしは　軍神アレスのごとき
荒々しき槍武者　ギリシアの稲妻
勇名を天に轟かす　気高きアキレウスなりし
その寵を得てピュッラ　ネオプトレモスを生みたもう(2)
トロイアの町を滅ぼし　ギリシアの町を救う者を
われらに恵みを垂れたまえ　幸《さきわ》える英雄ネオプトレモスよ
今はピュトの地に　葬られたまえば
恩愛厚き者どもより　この贄《にえ》の祭りを受けたまえかし
してわれらが町よりことごとく　恐れの種を遠ざけたまえ
女神テティスを謳わむ　黄金の髪のテティスを(3)

(2＊) ネオプトレモスの母は一般の神話ではデイダメイアとされる。ネオプトレモスは別名ピュッロスと呼ばれるので、それを女性形にして母の名としたか。なお、アキレウスがスキュロス島で女に身を窶《やつ》していたときの名がピュッラとされる（ヒュギヌス『神話伝説集』九六）。

3

わたしの思い出せる限りでは、クネモン、讃歌はほぼこのようなものでした。

歌い手と舞い手の息がぴったりと合い、踏み鳴らす足音が歌声に合わせて心地よくリズムを刻むと、見物人たちは耳に聞こえる響きに酔ったようになって、眼前の光景などどうでもよくなり、あたかも歌拍子に引きずられるかのように、絶えず場所を変える乙女らにつられて動くのでした。だが、そうこうするうちに、背後から若い騎兵たちの一隊とそれを率いる騎兵隊長が輝くように現れ出て、華やかな光景のほうがどんな心地よい響きよりも勝っていることを証明したのでした。若者たちは総勢五十名を数え、左右二十五名ずつに分かれて、中央を行く神聖使節団長を警護しております。若者たちの姿をいうなら、緋色の革紐で編み上げた長靴が踝《くるぶし》の上のところでしっかりと締められ、濃紺の笹縁《ささべり》でぐるりと縁取られた純白のケープが、金色の留め金で胸前にとめられていました。馬はみなテッサリア産で、かの平原に培《つちか》われた自由な気概はその眼差しにも明らかでした。じっさい、馬たちは轡《くつわ》に操られることを嫌がって、吐き出そうとしたり、口許から泡を吹いたりしていましたが、それでいて彼らを操ろうとする騎手の意志には黙って従ったのです。どの馬も金銀の頬革や頭飾りで、まるで競い合うかのように飾り立てられておりました。だが、クネモン、並みいる見物人の眼はそんな素晴らしい光景をも意に介さずに通り過ぎ、ことごとく騎兵隊長の姿に釘付けになったのです（その人こそわたしの大切なテアゲネスでした）。ともかく、それはもう初めに輝いていたものすべてが稲妻の一閃でかき消えてしまったかのようでした。わたしたちの眼には彼の姿がそれほど偉大に、光り輝いて見えたのです。隊長自身も馬に跨《また》がり、武具を着込んで、青銅の穂を付けたトネリコの槍をかざし、兜を被らぬ頭を剝《む》き出しのまま行列の先頭を切って進みます。身に羽織る深紅のマントは、一面にラピテス族とケンタウロス族の争いを描く金糸の刺繡が施され(4)、その留め金は、楯の代わりにゴルゴンの首を胴鎧《どうよろい》の前に突き出した琥珀のアテナ像がはめ込まれたものです。さわやかに吹き渡る風もこの場面に一抹の魅力を添えていました。穏やかなそよ風が肩まで垂れる髪をやさしく梳《くしけず》ったり、カールした前髪を額の左右に吹き分け、またマントの裾を吹き払って馬の背や腿にさらさらと打ちつけるのでした。また、その馬自身、主人の男ぶりを知っており、世に二つとない美貌の騎手を乗せるのがいかに晴れがましいことかを理解しているかのように、

（3）海の女神テティス崇拝はテッサリア以外の土地では行われていなかったようである。

（4）ラピテス族とケンタウロス族の争いはラピテス族のペイリトオスの婚礼の席で起こった。ラピテス族はテッサリアの住民であり、婚礼もテッサリアのラリサで行われたので、騎兵隊長（テアゲネス）がその神話を描いたマントをまとっていることが頷ける。

頸《くび》を打ち振り打ち振り、耳をピンと立てて頭をもたげ、眉は眼の上で誇らしげに弧を描き、手綱に合わせて歩を運び、人馬一体となって意気揚々と進んで行きます。そして、己の体重を双肩に交互に載せてバランスをとり、蹄《ひづめ》の先で戛々《かつかつ》と大地を踏んで、滑らかな動きにリズミカルな足音を添えるのでした。人々はみなこの光景を見て驚嘆の念に打たれ、こぞって雄々しさと美に対する勝利の一票をこの若者に投じたのです。早くも、心の昂ぶりを抑えることのできない市井の女たちが、林檎《リンゴ》や花を投げつけ始めましたが、これはどうやら彼の気を惹こうとしたものなのでしょう。じっさいその場の人々は、テアゲネスの美貌を凌ぐものは人間界には現れないだろう、という意見一色に染まっていたのです。ところが、

4

朝まだきに生まれる、薔薇色の指をした曙《エオス》の女神が姿を現すと、(5)とホメロスなら歌ったでしょうか、アルテミスの神殿のなかから才色兼備のカリクレイアが車を駆って現れたとき、わたしたちはテアゲネスですら時には見劣りする場合があることを知ったのです。といっても、完璧な女性美は男たちのなかで最高の美貌よりも心を魅了するものがある、というそれだけの違いなのですが。カリクレイアは一対の白牛に牽かれる天蓋付きの牛車《ぎっしゃ》に乗って進み出ます。日の光のごとく放射状に金糸の刺繡

を施した、足首まである紫衣を身にまとい、胸には飾り帯を掛けています。これまたそれを作った金細工職人が己の持てる技術のすべてを封じこめたもので、以前にもそれほどのものは作ったことがないし、また二度と作れそうもないという代物なのです。その細工は、二匹の蛇が衣の背中のところで尾を結び合い、胸元で首を交差させて縒《よ》った輪を作るように絡まって、頭部をその輪からするすると出し、結び目の端のように両脇で鎌首をもたげたものでした。それを見た者は、二匹の蛇が這っているように見えるのではない、本当に這っているのだと言うことでしょう。でもそれは、総毛立つような冷酷な目つきで人を恐れさせるのではなく、まるで乙女の胸に抱かれる心地よさにあやされるように、懶惰《らんだ》な眠りに浸っているのでした。蛇の素材は金ですが、表面は青黒い色をしていました。つまり、技術の粋を凝らして黄金に黒っぽいエナメルをかけ、金色と黒みが一体となって鱗《うろこ》のざらざらした感じや、色合いの変化を出すようにしてあるのです。娘の飾り帯は以上のとおり。髪の毛はすべて編んでいるでもなく、かといって散らし髪でもありません。首より下まである豊かな長い髪は肩と背に沿って波打ち、一方、薔薇の蕾のようにカールし、日輪のように輝く頭頂と額際《ひたいぎわ》の金髪は、しなやかな月桂樹の小

(5*)『イリアス』ととりわけ『オデュッセイア』に頻出する定型句《フォーミュラ》。次の日になったことを表す。

枝の輪で左右に分けてまとめてあって、風に吹かれても見苦しく乱れることはありません。娘は左手に金箔を被せた弓を持ち、箙《えびら》を右肩に下げ、右手に火の点いた小さな松明を掲げていました。それでいて、彼女の眼から発する光は松明のそれよりも明るく煌《きら》めいていたのです」

そのとき、「それがあの人たちだ！　テアゲネスとカリクレイアだ！」とクネモンが叫んだ。

するとカラシリスが「えっ、いったいどこに。どうか教えて下さい。神々にかけてこのとおりお願いです」と、二人の所在がクネモンにはわかっているものと思いこんで哀願した。

「お父さん、わたしにはここに居ない二人が眼に見えるような気がしたのです。あなたのお話がとても生きいきしていて、この眼で見て知っているのと寸分違《たが》わぬ二人の姿を描いてくれたのでね」

「あなたがご覧になった姿が、あの日ギリシアとお日様が見たのとそっくりであったかどうかは存じませんが、ともかく二人はみなの大層な注目と祝福を浴び、カリクレイアは男たちの、テアゲネスは女たちの渇仰《かつごう》の的となったのです。つまり並みいる人々には、二人のうちのどちらかと結ばれることが天に昇るにも等しいことに思われたわけですが、強いて言うなら、土地の者は若者に、テッサリアから来た人たちは娘のほうにいっそう心を奪われたと言えましょう。どちらにとっても初めて見る者に対する賛嘆のほうが強かったのです。見慣れたものよりも見知らぬもののほうに驚きを呼び覚まされるのは当然のことですからね。

それにしても、ああ、なんと心地よい欺瞞だったのでしょう。なんと、甘美な妄想だったのでしょう、クネモン。おかげで羽が生えて飛び立つ思いがしましたよ、あなたが最愛の二人の居場所を知っていて今にも教えてくれるものと期待しましたのでね。だがね、あなたはわたしをすっかり騙しているんじゃないかと思えてならないのですよ。だって、最初の話では二人が今にも姿を現すことを保証なさったし、それを条件に二人についての話を代償として要求されましたが、もう宵も過ぎて夜になったというのに、二人がどこにいるものやら、さっぱり教えて下さらないのですからね」

「どうぞ安心して大船に乗った気でいて下さい。二人がいずれやって来るのは本当なんですから。ただ、今のところなにか支障があって、予定より到着が遅れているだけですよ。それに、近くに来ていても、お代を全部いただかないことには教えるわけにはいきませんからね。早く会いたいとお思いなら、約束を果たして最後まで話をして下さることです」

「わたしとしてはね、それでなくても数々の苦渋が思い出されるような話は避けて通りたいのです。それになにより、あなたがもうこんな大層な長話には飽きあきしていて、死ぬほど退屈しているのではないかと思ったのですよ。しかし、あなたは話を聞くのが大好きで、珍聞奇聞の類いを聞いて飽きることがないようですから、話が逸れたところからまた始めるとしましょう。だが、その前に灯明を灯《とも》して、夜の神々にこの日最後のお神酒《みき》を捧げるとしましょう。習わしのとおりにしておけば、わたしたちも安心して夜語りに興じることができようというもので」

5

老人はそう言うと、小間使いに命じて火の点いた灯明を持ってこさせた。それから、お神酒を注ぎながらすべての神々とくにヘルメス神[6]に呼びかけ、夜の夢見が良いよう願って、せめて眠りのなかで最愛の人たちが彼の前に現れるよう祈るのだった。

それを済ませるとカラシリスは言葉を継いだ。

「さて、クネモン、行列がネオプトレモスの墓のまわりを取り巻き、若い騎士たちが馬を駆って三度墓のまわりを巡ると、女たちはかん高い叫び声を挙げ、男たちは野太い声を発しました。その途端、あらかじめ打ち合わせてあったように、牛が、羊が、山羊が犠牲に供されたのです。それはまるで、たったひとつの手ですべての生贄に一撃が加えられたかのようでした。そして、テッサリアから来た一行は巨大な祭壇に数え切れぬほどの薪を積んで、その上に慣例に則り犠牲獣の頭部や脚の先をすべて載せ、お神酒を注ぎ、祭壇に火を点けるようピュトのアポロンの神官に求めました。するとカリクレスがこう応えました。

「お神酒を注ぐのはわたしの役目ではありますが、神聖使節団の長たる者が、御社《おやしろ》を守る巫女《みこ》より松明を受け取り、祭壇に火を点けられるがよろしい。それが古来からの仕来りなのです」

そう言ってカリクレスはお神酒を注ぎ、テアゲネスは火を取りに行きました。そのときですよ、クネモン、魂は神々しいものであり、元来が同質性を具えていることを、わたしたちが事実をもって悟ったのは。というのも、若い二人はお互いを見ると同時に恋に落ちたのです。あたかも魂が最初の出会いからすでに互いに同質のものを認め、自分にふさわしいものに向かって突き進むように。最初二人ははっとしたように同時に立ち止まり、それから松明をゆっくりと、一方は差し出し、一方は受け取ろうとしました。

（6）ヘルメスは死者の霊を冥界へ導く役割を担っていたため、夢に霊が出没するのを防ぐなど、眠りと夢の神でもあった。

そのあいだも、以前どこかで見たか面識があるかのように、しばらくは眼を互いの上にじっと釘付けにして、記憶を探っているようでしたが、やがてほんの短い、密やかな、和《なご》んだ目許《めもと》でやっとわかるほどの笑みを交わしたのです。それに次いで二人は、今の出来事が恥ずかしくなったように顔を赧《あか》らめたかと思うと、熱情が胸にこみ上げてきたのか、今度はまた蒼ざめるのでした。要するに、ほんの少しのあいだに二人の顔には実にさまざまな表情が浮かんでは消え、顔色と目つきの多様な変化が心の動揺を顕《あらわ》にしたのです。しかしそれは、各々別々の欲求や思念に囚われている多くの人々の眼にはとまらなかったようですし、代々引き継がれてきた祝詞《のりと》と祈願文を高らかに捧げているカリクレスも気づかなかったのです。だがこのわたしは若い二人を観察することにのみ心を奪われていました。というのも、クネモン、わたしは社でテアゲネスが犠牲を捧げようとしたときに神託が歌われたあのとき以来、そこに出た名前から将来のことが推測されるものと胸を騒がせていたからです。もっとも、神託の後半で言われたことについては、まだ正確なことはなにひとつわかりませんでした。

6

さて、ややあってテアゲネスが無理やり身を引きはがすようにして娘から離れ、松明を置いて祭壇に火を点けると、儀式ははや終わりとなり、テッサリア人は祝宴に向かい、他の民衆はそれぞれわが家へ帰って行きました。カリクレイアは白無垢の礼服を羽織って、少数の仲間と神殿の境内にある宿坊へ急ぎます。聖なる務めのために完全蟄居《ちっきょ》の状態にあって、父親でとおっている方の家には住んでいなかったからです。

　さて、今見たり聞いたりしたことによっていっそう好奇心を掻き立てられたわたしは、そんなことで頭が一杯になったままでカリクレスに会いに行きました。すると彼はわたしにこう訊くのです。

「ご覧になりましたか、わたしとデルポイの誇り、カリクレイアを」

「今度が最初ではありません」とわたしは申しました、「以前にもたびたび、御社で会っておりますよ。それも、いわゆる行きずりにではなく、何度もいっしょに犠牲式を捧げておりますし、カリクレイアは聖俗を問わずなにか疑問が生じるたびに、わたしに質問して学ぼうとしたことがあるのです」

「それであなた、今のあれはどう思われましたか。儀式にいささかなりと花を添えたでしょうか」

　わたしは答えました。

「カリクレス、言わずもがなですよ。それは月が他の星々のなかで抜きんでて輝いているかどうか訊ねるようなものです」

「ところで、テッサリアの若者を誉めそやす者もおりましたな」

「いやいや」とわたしは申しました、「その人たちは二位か三位を与えようというので、本当は儀式の目玉として錦上花《きんじょう》を添えるのがあなたのお嬢さんであることは百も承知だったのです」

カリクレスはそれを聞くと満足そうに——もっともわたしにしても、彼の厚い信頼を得たいという期待が現実に叶えられようとしていたわけです——微笑み、こう言いました。

「わたしはこれからカリクレイアのところへ参ります。あなたもよろしければご同道願って、ひょっとして俗世間の煩わしさにあの子が悲観してしまったのではないか、いっしょに様子を見てやっていただけませんか」

わたしは喜んで頷《うなず》き、他の用事よりも彼の抱えている問題のほうが自分にとっても大事なのだ、と胸中を披瀝しました。

7

さて、カリクレイアが戻って行った宿坊に着いて部屋に入ったとき、わたしたちが見いだしたのは落ち着かない様子でベッドに腰掛け、愛に瞳を潤《うる》ませている一人の女の姿でした。だが、彼女はいつもと変わらぬように父親を抱き、なにかあったのかと訊ねられると、ひどく頭痛がして、できたら静かに休ませてもらいたいと申しました。それを聞くとカリクレスは慌てて、下女たちに騒がぬよう命じてからそっと部屋を退出し、わたしもそれに続きました。宿坊を出ると彼はこう問いかけてきました。

「いったいこれはどうしたことでしょう、カラシリス。どんな病があの娘に降りかかったのでしょう」

「驚いてはいけませんよ」とわたしは申しました、「あれほど大勢の群衆の注目を浴びて行列行進に加わったために、なにか邪悪な眼のようなものを惹き寄せたとしてもね」

するとカリクレスがからかうように笑って、

「それじゃあ、あなたまでも世間の人々のように『邪視』とかいうものが存在すると信じているのですか」

「それが本当でなくてなにが本当でしょう」とわたしは答えました、「それはこういうことなのです。(7) われわれを取り巻いている大気は眼や鼻や呼吸器その他の経路を通って体の深部まで入り込んできますが、そのとき、外界にあるもろもろの成分をいっしょに運び込むのです。そして、それを取り込んだ人間の内部に、流入した成分に応じた性質を植え付けるのです。こうして、だれかが悪意をもって美しいものを見つめるときはつ

（7）以下、八章の終わりまでの記述はプルタルコス『モラリア』六八〇C—六八三B（『食卓歓談集』中「いわゆる邪視の持ち主について」）との類似が指摘されている。ヘリオドロスがプルタルコスを模倣したのか、共通の資料に基づくものか明らかでない。

ねに、まわりの大気を悪意の成分で満たすとともに、自分からも邪気に満ちた息をそばにいる者に向かって発散し、その邪悪な成分は大変細かな粒子から成り立っているので骨と髄にまで浸透するのです。こうして病の原因となったのが人の悪意であった例は多く、それにふさわしい呼び名として『邪視』といわれるようになったのです。そら、あれがいい例ですよ、カリクレス。眼炎や疫病に罹った人は必ずしもみなが病人に触れたわけでも、寝床や食卓をともにしたわけでもなく、同じ空気を吸ったに過ぎないわけでしょう。しかし、なによりもよくこの理論を証明してくれるのは愛の生成なのです。見られる対象が愛にきっかけを与えると、愛のもろもろの成分がいわば風のようにすばやく、眼を通して見る者の魂に射込まれるのです。これは実に合理的な説明なのですよ。視覚はわたしたちの知覚器官やもろもろの経路のなかでもとくに活動的でもっとも熱い器官として、さまざまな発散物を比較的受け入れやすい傾向があり、己に具《そな》わっている火のように熱い霊気によって、移ろいやすい愛の成分を引き寄せるからです。

8

しかし、実例を挙げてなんらかの博物学的な説明をする必要があると言われるなら、動物に関する聖なる書物に次のような記録が残されています。石千鳥《イシチドリ》には黄疸《おうだん》に罹っている人を癒す力がある。その病気を患っている人は石千鳥を見つめるとよい。鳥は逃げまどい、眼を閉じて視線から逃れようとする。これは一部の人たちが考えているように人間の役に立つことを惜しんでいるのではなく、石千鳥には見るだけでその病気を引き寄せ、流れのように己のなかに引きずり込もうとする性質が生まれつき具わっているからである。それゆえ、石千鳥は危害を逃れるかのように病人の視線を避ける、ということです。また、お聞きになったことがあるかと思いますが、蛇のなかでもバシリスクという種は、通りかかった生き物ならなんでも、吐く息と眼光だけで金縛りにして害を加えるということです(8)。

ですから、ある人たちが最愛の人や好意を抱いている人に、いわゆる『邪視』によって害を加えることがあっても、驚くには当たらないのです。なぜなら、本性として羨望の心を持つ人たちが結果的に害を加えるとしても、それは望んでしているわけではなく、生まれつきの性質によるものなのですから」

9

これを聞くとカリクレスは少し間《ま》をおいてこう応えました。

「疑問点はあなたがきわめて賢明に、かつもっとも信頼できる説明で解決して下さいました。娘にも情とか愛とかいうものをそのうちに理解してほしいものです。そ

(8*) 石千鳥の迷信はプルタルコス『モラリア』六八一Cに見える。またアイリアノス『動物奇譚集』一七・一三は石千鳥のことを、同書二・五はバシリスクの話を記す。

のときこそ、娘は病んでいるどころか健康を回復したものと判断できるのですがね。ご存じのとおり、わたしはそのためにあなたの援助を請《こ》うたのです。今のところ、カリクレイアがなにか妙なことになっているという心配はまったくありません。あの子は男女の交わりを嫌悪し、愛の欲望を憎んでおりますからね。むしろあの子は本当に『邪視』のせいで病んでいるようです。そして、あなたがこの『邪視』の魔力から娘を解き放って下さるおつもりであることは確かだと思われます。あなたはわたしどもの友人であり、かつ何事にも精通した賢人でおいでなのですから」

わたしは約束しました、もしカリクレイアがなにかに悩まされているとわかったなら、できる限りの助力を惜しまない、と。

10

さて、わたしたちがなおもこうしたことについて思案をめぐらせていると、一人の男が急いでやって来てそばに立ち、こう言うのです。

「あんたら、遅いじゃないか。招かれた先は祝宴であって、戦場じゃないんだ。この祝宴は美男の誉れ高いテアゲネス殿が主催され、もっとも偉大な英雄ネオプトレモス様がご照覧あらせられるのだ。さあ、あっちへ来てくれ。もうみな揃っているんだぞ。あんたらだけが欠けているために酒宴を夕刻まで引きのばすわけにはいかんのだ」

すると、カリクレスがわたしの耳元に口を寄せて、囁《ささや》きました。

「この男は招待状の陰に棍棒を携えて来ていますよ。なんと場所柄を弁《わきま》えぬ輩《やから》でしょう。しかも、酔っ払っています。だが、行くとしましょう。しまいには、殴りかかってきかねませんからね」

「まさかそんなことはないでしょう。でも、それなら参るとしましょうか」とわたしは応えました。宴会場へ着くと、テアゲネスはカリクレスを自分のかたわらの寝椅子に着かせ、またカリクレスの相伴《しょうばん》として、わたしにもそれなりの礼をつくしてくれました。祝宴の細々とした内容、乙女たちの歌舞や、笛吹き女の演奏や、武具を身につけた若者たちの戦勝踊り、その他テアゲネスが饗宴を和やかで楽しいものとすべく、贅を凝らしたご馳走の並ぶ宴会にめりはりを付けるのに用いたさまざまな工夫について話しても、あなたを退屈させるだけでしょう。しかし、ぜひともあなたに聞いていただく必要があり、またわたしにとっても話すのが楽しいことがあります。テアゲネスはいかにも楽しげに装い、そばにいる人々に無理して笑顔を振りまいていましたが、本当はどこに心があるのか、わたしの眼を欺くことはできませんでした。あるときは視線を宙にさまよわせ、あるときはなんのためともわからぬ深々としたため息を吐き、たった今伏し目になって物思いに沈んでいたかと思うと、今度は突然、我に返って気持ちを奮い起こすかのように、前にも増して陽気な様子を取り繕ったりするのです。まあ、流れにまかせて気分がころころ変わってゆくといったところです。なにしろ、恋する者の頭のなかは酔っ払いのそれと同じで、形の定まらぬ情動の上に乗って心が右に左に揺れ動くがまま、変わりやすく不安定なものだからです。恋する者が酔いを求めやすく、酔っている者が恋に傾きがちなのはそういう理由からなのです。

11

さて、テアゲネスが心ここにあらぬ体でしきりと生あくびをかみ殺すのが目立つようになると、他の出席者たちも彼の様子がおかしいことに気づき始めました。それでしまいにはカリクレスも異常を悟ってわたしに囁いたのです。

「この男も『邪視』に魅入られたのですな。どうもカリクレイアと同じ病に罹ったらしい」

「イシス神にかけて、まさしく同じ病ですよ」とわたしも言いました、「大いにありうることです。行列行進のときもカリクレイアに次いで目立っていましたからね」

そんなことをわたしたちが話しているうちに、杯の回し呑みをする段となり、テアゲネスが客人たち一人一人の幸せを祈って親愛の杯を呑み交わしはじめました。もっとも、ご本人は気乗りがしない様子でしたがね。そして、席を巡ってわたしのところへ来たときです。わたしがご厚意だけいただきますと言ってどうしても杯を受け取ろうとしないでいると、テアゲネスは侮《あなど》られたと思ったのか、きっとなり、燃えるような眼でわたしを睨《にら》み付けたのです。カリクレスがそれに気づいて、この人は酒を呑まないし、生き物の肉も断《た》っているのだ、と言いました。そして、テアゲネスがその理由を訊ねると、わたしがメムピス市出身のエジプト人であり、かつイシスの神官であることを告げてくれたのです。テアゲネスは「エジプト人」とか「神官」とかいう言葉を聞くと、まるで宝の山でも掘り当てたみたいに、突然喜色を溢れさせ、つと立ち上がって水を持ってくるよう命じ、それを一口飲んで言いました。

「これはお見それしました。しかし、もっとも甘美な飲み物のなかからあなたの幸せを祈って飲んだ、この親愛の杯なら受けて下さるでしょう。また、この食卓がわたしたちのため友情を取り結んでくれますよう」

「ぜひ取り結んでくれますよう」とわたしも応じました、「もっとも、テアゲネス、わたしは前からあなたに親愛の念を抱いておりましたがね」

わたしは杯を受け取って飲みました。

さて、それで宴会がお開きとなり、わたしたちはそれぞれ自分の住居へと帰って行きました。別れ際にテアゲネスは、短い出会いとしては意外に思われるほど熱烈に、何度もわたしを抱きしめました。寓居に着くと、わたしは寝床に就いたまま最初はまんじりともせずに時を過ごしました。若い二人のことについてあれこれ思いをめぐらせ、また神託の後半部分がいったいなにを言わんとしたものか頭を捻《ひね》っていたのです。そして、すでに深更を過ぎたころ、アポロン、アルテミスの二神が姿を現しました。わたしはそれを想像の産物とは思ったのですが、今でも本当に見たのではないかという思いを捨て切れません。ともかく、アポロン神はテアゲネスを、アルテミス女神はカリクレイアを差し出し、わたしの名を呼んで次のように告げたのです。

「汝、はや故郷へ帰るべき時なるぞ。なんとなれば、運命女神《モイラ》らの定めがそのように指示しているからじゃ。されば汝みずからもこの国を出で、またこれら二人の者をも引き取り、汝の子として連れて行くのじゃ。そして、エジプトより、神々の心に適うならどこであれ、行き先と方法の如何を問わず連れて行ってやるがよい」

12

こう述べると二神は、わたしが見たものが夢ではなく現《うつつ》であることを示されてから消え失せました。わたしはこの幻視が言わんとしたことはほぼ理解しましたが、ただ一点、だれのところへ、どの土地へ若者たちを連れて行けば神々の心に適うことになるのか、皆目見当がつきませんでした」

そのとき、クネモンが口を挟んだ。

「その点は、お父さん、あとでわかったということで話して下さる気なんでしょう。でもさっき、神々は夢に見えたのではなく現《うつつ》に現れたことを示された、とあなたは言われたけれど、それはどんな方法で？」
「それはあなた、賢者ホメロスが謎めいた言葉で述べているのと同じやり方でですよ。一般大衆はこの謎を見過ごしていますがね。どこでしたか、ホメロスは次のように歌っているのです。

　軽々と立ち去るときに残してゆかれた足と脛《すね》の跡で
わたしにはわかったのだ。まったく神々とは隠れもないものだ。(9)

とね」
「いや、どうやらこのわたしも一般大衆の一人らしい。カラシリス、あなたは恐らくそれを確かめたくてその二行を暗唱したのでしょう。まあ、上っ面の意味なら、読み方を習ったときに教わったから知っていますがね、でもそこに籠められた神学的な意味などは知りませんでした」

（9）『イリアス』一三・七一―七二。「足と脛の跡」を厳密にとるとわかりにくく、校訂が施されている場合も多い。ここでは、一部カラシリスの解釈に従って、直訳に近い訳としておいた。ただし、注（11）を参照。

13

カラシリスは少しのあいだ口を閉ざして心を神秘の世界に馳せ、それから言葉を継いだ。

「神々や神霊はね、クネモン、わたしたちのところを訪れたり立ち去ったりするとき、他の動物に姿を変えることもあるがそれはごく希《まれ》で、ほとんどは人間に身を窶《やつ》すのです。それは、姿を似せることでわたしたちに神の顕現をいっそう受け入れやすくするのですね。こうして現れた神々は世俗の人々にはそれと気づかれないかもしれませんが、賢者の直感を免れるものではありません。まず、力強く見開かれて決して瞼《まぶた》を閉じることのない眼で神とわかりますし、それ以上に歩きぶりでわかるのです。というのは、脚を開いては踏みかえて歩くのではなく、まあなんというか、なにものにも妨げられない素早さで空《くう》をなめらかに滑るように、地上を歩行するというよりも、まわりの空気を切り裂いて行くからです。だからエジプト人は、神像を建てるときも両足をそろえて、まるでひとつに溶け合ったように造るのですがね。それはホメロスも知っていて――だって、彼はエジプト人であり神学上の知識も身につけた人ですから――叙事詩のなかにそうした現象を象徴的にとりこみ、その発見は洞察力のある者にゆだねたわけです。たとえば、アテナについては「その両眼は凄まじいばかりに輝いた」(10)と述べ、ポセイドンについては先ほどの、

軽々と立ち去るときに残してゆかれた足と脛の跡で
わたしにはわかったのだ。

と述べて、あたかもポセイドンの歩きぶりは流れるかのようです。「軽々と立ち去った」とはそういう意味であり、一部の人たちが「わたしには容易にわかった」と解釈するのは誤りなのです[11]」

14

「その点については、先生、わたしの眼を開かせて下さいました」とクネモンが言った、「でもね、あなたはホメロスをエジプト人だと何度かおっしゃったけれど、そんなこと恐らくこの世のだれ一人として今日まで聞いたことがありませんよ。いや、あなたを信用できないというのじゃなく、大変驚いたものですからね、ご卓説に

---

(10)『イリアス』一・二〇〇。

(11) カラシリスによる解釈は現代の文献学の立場からはむしろ異端であり、「立ち去るときにあとに残してゆかれた足と脛の跡で／わたしには容易にわかった」ととるのが普通。カラシリスは「容易に」を意味する ῥεῖα《レイア》 を「流れる」の意味の動詞 ῥέω《レオー》 と語源的に結びつけているが、今日この関連は認められていない。

ついては、どうか端折《はしょ》らずに、詳しく話して下さるようお願いします」

「クネモン、今そうした問題について細々と説くのは場違いなのですがね。まあ、かいつまんでお聞かせしましょう。ホメロスは、あなた、いろんな人がいろんな場所を出身地としていますし、どの国もこの賢人の祖国に挙がっていますが、それは言わせておけばよいことです。だが、本当のところ、ホメロスはわたしと同じ生まれのエジプト人でしたし、またその祖国は、彼自身の言葉を借りるなら――「百の城門を持つ」――テーバイだったのです。さらに、彼の父親は表向きはある大神官なのですが、偽りないところはヘルメス神なのです。つまり、この神様を祭る大神官が父親に擬《ぎ》せられている方だったのですな。すなわち、大神官の妻が代々伝わる祭儀の一環として御社に伏せっていたときに、神が交わりを持たれ、ホメロスを授けたのです。それでホメロスには少しばかり異種間交配の徴《しるし》が具わっていました。誕生したその瞬間から彼の片方の太腿は長い毛で一面に覆われていたのです。そのため、彼がよその土地とりわけギリシアを、詩を朗唱して聴かせながら放浪していたころに、ホ・メーロス、すなわち「太腿」という名を付けられたのです。つまりそれは、彼自身は自分の名を名乗ることもなく、それどころか国や生まれに触れることすらなかったのですが、身体的な特徴を知った者たちが捻りだした名前なのですよ[12]」

「ホメロスはなにを思って生まれた国のことを黙っていたんですかね」

「それは追放の身であることに屈辱を感じていたからでしょうか。というのもホメロスは、丁年に達して神官職の卵に数えられようとしたとき、身体に欠陥があることから庶子であると認定され、父親によって国外へ追放されたからです。それとも、これも彼の知恵のしからしむるところか、本当の祖国を隠すことによって、あらゆる国が自分の祖国だと言いたかったのかもしれません」

15

「なるほどね、それは大変説得力のあるご意見ですね。そう言えば、ホメロスの詩のなかでも謎めいた言葉で書かれていて、しかもその余すところのない面白さにうまく調和しているところなど、いかにもエジプト風に思われますし、また、彼の才能の偉大さにしても、あのようにどんな詩人をも凌駕するほどの域に達しているのは、彼の出生になにか神秘的なものが、はっきり言って彼が神の落とし子だという事実が関係しているとしか思われません。ところで、カラシリス、あなたがホメロスの流儀で神々を見破って、それからあとのことはどうなったのか話して下さい」

(12) ホメロス(正確にはホメーロス)という名の語源説はいくつかあるが、この定冠詞と名詞に分解した語源説はもっとも奇矯なものの一つである。

「それまでと似たりよったりですよ、クネモン。また、不眠と物思いと夜に付き物の心細さが戻ってきました。なるほど、わたしは幸せでした。なにか思いもかけないものをひとつ発見したような気になり、生国に戻れそうだという希望が湧いてきたからです。しかし、カリクレスが娘を失うことになるのを思うと、やはり気が重くなるのでした。わたしは、どんなやり方で二人の若者を招き寄せ、出国の打ち合わせをする手筈を整えたらよいか、途方に暮れました。どうやって気づかれずに失踪するか、どこへ向かうか、陸地を行くか海を渡るか、そんなことを考えて悩みに悩みました。要するに、さまざまな心配事の波のようなものに呑み込まれ、その夜の残りも結局一睡もできずに苦しみ悶えていたのです。

16

さて、ようやく夜が白み始めたころ、庭の戸口を叩く音がし、だれかが「小者《こもの》はいないか！」と呼ぶ声が聞こえました。下男が、戸を叩くのはだれか、どんな用事で来たのかを訊ねますと、声の主が「テッサリア人のテアゲネスが来たと告げてくれ」と言ったのです。わたしは若者の来訪を聞いて欣喜雀躍し、偶然が手のうちの計画を実行するきっかけを与えてくれたと思って、彼を部屋に通すよう命じました。わたしには察しがついていました。テアゲネスは宴会の席でわたしがエジプト人であり、しかも大神官であることを聞いたものだから、わたしに恋の取り持ち役になってもらおうとして来たのだろう、恐らくこの若者も多くの人々と同じ偏見を持っていて、エジプト人の知恵はまったく同じ種類のものひとつきりだと誤解しているのだろうってね。だが、それは誤りなのです。たしかに、ひとつには庶民的な、言ってみれば、地べたを這うごとき低俗な知恵がまかりとおっております。それは亡霊に仕え、死者の骸《むくろ》のまわりに群がり、魔法の薬草にのめり込み、呪文を専売特許にしておりますが、この知恵はそれ自体なんら良い結果に至るものでもなければ、それを用いる人に良い結果をもたらしてくれるものでもありません。自縄自縛で失敗する場合がほとんどですし、成功したときもなにかしら不愉快で胡散臭《うさんくさ》いものです。ありもせぬものをあるように見せかけるだけで、希望が叶うわけではありませんのでね。だからそれは、無法な行為を発明し不埒《ふらち》な快楽に奉仕する、それだけの知恵なのです。

しかしね、あなた、これとは別の真の知恵があるのです。今述べた知恵などは、その道に外れた鬼子に過ぎません。真の知恵とは、わたしたち聖職者や神官の一族が若いころから研鑽を積んで得られるものでして、遥か天界の事柄に眼を向けているのです。したがってそれは神々と近い関係にあって、その超自然的な力に与《あずか》っており、星辰の動きを研究して未来のことを予知しますが、先ほど述べた知恵のような地上的な悪行とは無縁であり、すべては善にして人類のために有益な物事の探求を宗《むね》としているのです。わたしにしても、時を失せずに生国を離れたのは、この知恵のおかげでした。前にもあなたにお話ししたように、この知恵によって予言されたことを無効にし、子供たちの骨肉の争いをなんとか防ぐことができないかと思いましてね。しかし、そのことは神々、なかんずく運命女神《モイラ》たちに任せておくとしましょう。物事を惹き起こすも起こさぬも、その権能は神々にあるのですから。それに、神々がわたしに祖国からの流離を課されたのは、そのためというより、むしろカリクレイアを発見させるためだったような気がされてなりません。そう思うようになった顚末は以下の話を聞いて下さればおわかりになるでしょう。

17

テアゲネスが部屋へ入ると、挨拶を交わしてから寝床の上、わたしのかたわらに掛けさせ、

「こんな朝っぱらからお出でになるとは、どんなご用件ですかな」と訊ねました。

テアゲネスはしばらく顔をなで回していましたが、

「僕はこれ以上ないほどの苦しみを味わっているのですが、恥ずかしくてとても打ち明けられません」

とだけ言って、黙ってしまいました。わたしは、ここは彼をちょっとひっかけて、すでに知っていることを、まるで予言するかのように見せかける絶好の機会だと判断しまし

た。そこで、眼差しに慈愛を籠めて彼を見つめ、

「あなたはご自分で言うのを躊躇《ためら》っておられるが、わたしどもの知恵と神々にとって未知のものはなにひとつないのです」

と言ってやりました。そしてしばらく間をとり、指を折ってなにやら意味もないのに数を勘定するふりをしてから、激しく髪を振り乱し、神が取り憑いた様子をよそおって、

「わが子よ、汝は恋に落ちている」と告げたのです。

この予言を聞くとテアゲネスは跳び上がりました。そして、わたしが「カリクレイアに」と付け加えますと、わたしが神の霊感を受けて話しているものと信じ込み、あやうく身を投げ出して跪拝《きはい》しかねないありさま。わたしが押し止《とど》めると、彼は近づいてわたしの頭に口づけの雨を降らせ、期待は裏切られなかったと言って、神々に感謝の言葉を捧げるとともに、わたしに救い主となってくれるよう訴えるのです。助力が、それも今すぐに助力が得られないなら、自分が救われる見込みはない、自分はそれほど大きな危機に襲われ、こんなに情熱に身を焦がしており、しかも恋の感情に囚われたのはこれが最初なのだ、と申しましてね。じっさい、テアゲネスは女性をまだ知らないのだと、何度も誓いを立てて頑強に主張しました。彼の話では、これまでずっと女はみな汚らわしく思ってきたし、色恋だの、それどころか結婚すらも、耳にするたびに軽蔑したものだ。

だが、カリクレイアの美貌を見て自分の誤りに気づき、自分は生まれつき朴念仁だったわけではなく、つい昨日まで愛するに価する女性に出会ったことがないだけだと気づいた、というのですな。テアゲネスはそのように話しながら涙を流していましたが、それはまるで小娘への恋心に負けたことが不本意だとでも言いたげでした。そこでわたしはテアゲネスを励まし、

「ご安心なさい」と言ってやりました、「いったんあなたがわたしのところへ難を避けて来たからにはね。あのお嬢さんにしても、わたしどもの知恵を打ち破るのはそうそう容易なことではありますまい。たしかに、彼女は相当な堅物で簡単に恋に落ちるような女性ではありません。アプロディテや結婚なんぞは軽蔑していて、耳にするのも嫌といった風ですからな。しかしあなたを通してすべてが変わらねばなりません。英知さえあれば、自然を思いのままにするのは難しいことではないのですよ。あなたはただ、自信を持つこと、そしてわたしの道案内に従って必要なことを実行するだけです。よろしいかな」

テアゲネスは、何事であれわたしの指示どおり実行する、たとえ剣の山を踏んで歩けと命じられても、と約束しました。

18 さて、テアゲネスがいつまでも訴えつづけ、成功した暁には財産を全部くれる

などと約束しているところへ、カリクレスからの使いの者が来てこう告げたのです。

「カリクレス様があなた様にお出ましになるようご所望です。ここからほど近いアポロンの御社に居られます。なにやら夢に魘《うな》されたとかで、神に祈禱を捧げておいでです」

わたしは間髪を入れず立ち上がり、テアゲネスを帰してからその社に駆けつけました。そこでわたしが見いだしたのは、カリクレスがそこらにある腰掛けに座ったまま、ひどい苦しみに打ちひしがれて、しきりと嘆声を発している姿。わたしはそばへ寄ると、

「どうしました。なにか辛いことがあったのですか？　なにを嘆いておいでですか？」

と訊ねました。

するとカリクレスはこう言うのです。

「どうして嘆かずにいられれましょう。わたし自身夢に魘されましたし、それに娘も、聞いてみたところでは、あまり気分がすぐれず、一晩中一睡もできずに過ごしたというのですから。わたしを悩ませているのは、もちろん娘の気分がすぐれないこともありますが、それよりも定められた競技の日取りが明日に迫っておりまして、この日にはアルテミスに仕える巫女が武装競走の選手たちのために松明に火を灯し、判定を下すのが習わしとなっていることです。取るべき道は二つに一つです。職務を放棄して代々の決ま

り事を冒瀆するか、それとも無理を押して競技に立ち会い、ますます身体を悪くするか、どちらかしかないのです。

ですから、これまではともかく、今こそあなたのお救けが必要なのです。どうか、娘を癒すなにかうまい手段を見つけて下さいませんか。それがわたしと、わたしたちの友情に照らして正しいふるまいであり、また神意に照らしても敬虔な行いだと思うのですが。その気になればあなたにとってこんなことを、つまりあなたご自身の言葉によれば、『邪視』を癒すのはなんら困難なことでないのは存じております。大神官にとっては最大の難事を軌道に乗せることも不可能ではないはずです」

わたしはカリクレスに対しても煙幕を張って、これまで疎《おろそ》かにしてきたことを認め、お嬢さんを治すために少々準備することがあるからと言って、その日一日猶予をくれるよう頼みました。そしてこう言ったのです。

「ともかく、今はまずお嬢さんのところへ行って、もっと詳しく様子を観察し、できるだけ気持ちを鎮めてあげるとしましょう。それと、カリクレス、お願いしたいことがあるのです。あなたもわたしのためあれこれ言葉をつくして、わたしが気の置けない、信頼厚い友人であることをはっきりと示してほしいのです。そうすれば、お嬢さんもわたしに気を許し、安心して治療を受け入れてくれるでしょうから」

「もちろん、そうしますとも。さあ、参りましょうか」

とカリクレスが応えました。

19

さて、わたしたちがカリクレイアのかたわらに立つと――なにもくどくどと説明する必要はありますまい――彼女はもう身も心も情熱の奴隷となっておりました。その頬からはすでに華が消え失せようとし、燃えるようだった瞳の輝きも涙に消えてあたかも淀みのように見えました。それでも彼女は、わたしたちを見るとそんな自分の気持ちを押し殺し、なんとかして普段の表情と声音《こわね》を取り戻そうと努めるのでした。カリクレスは彼女を抱いて幾度も口づけをし、なにかと世話を焼いてから切り出しました。

「娘よ、わが子よ、なにがあったのかお父さんに隠しているのではないかね。そして、『邪視』に魅入られたために、本当は悪意をもっておまえを見る多くの眼によって傷つけられたのに、逆に自分のほうに罪があるように思いこんで黙っているのではないかね。だが、安心しなさい。おまえのためになにか良い治療法を工夫して下さるよう、このとおり賢者カラシリス様に来ていただいたからね。このお方にはそれが可能なのだよ。というのも、この方は神的な呪法については他の追随を許さぬ第一人者なのだ。なにしろ、子供のころから聖儀に一生を捧げてこられた大神官でおいでだし、それに加えてもっと大事なことは、わたしどもに対してこの上なく深い愛情を抱いておられるのだ。だから遠慮なく申し出をお受けして、呪文を唱えたりその他のやり方で癒してあげようと思っておられるこのカラシリス様に一身をお任せするのがよかろう。それでなくてもおまえは学者といわれる人たちと親交がないでもないのだし」

するとカリクレイアは黙ったままでしたが、わたしに相談があったことを喜んで受け入れるかのように頷いたのです。わたしたちは、そのときはこれで別れたのですが、そのさいカリクレスは、前に頼んであったことについて尽力してくれるよう、つまり、なんとかしてカリクレイアに結婚なり男性なりに対する興味を呼び覚ますことができるかどうか、考えてくれるようわたしに念を押したのです。それでわたしが、彼の望みが叶えられるのもそう遠い先のことではないと断言して別れを告げると、カリクレスは大喜びで帰って行きました。

巻四

1

「その翌日がピュティア競技祭の最終日でしたが、二人の若者の苦悩は最高潮に達しようとしていました。これは思うにエロス神が闘いをしかけ、かつ、判定も下そうとしたもので、神が組み合わせたこの二人の、いや二人だけの競技者をとおして、数ある競技のなかでも自分の主催する競技こそ最大のものであると世に知らしめることに執念を燃やしたのでしょう。

事の次第は次のとおりです。アムピクテュオン同盟が主催するこの競技祭を、ギリシア全土から集まった観衆が見守っていました。他の競技、幾種かの競走や角力《すもう》や拳闘などの試合が華々しく幕を下ろしたあとで、最後に布令《ふれ》の者が「武具を身につけた者、前へ!」と大声に叫びました。そのとき突然、アルテミスの巫女《みこ》たるカリクレイアが競技場の端に輝くように現れ出たのです。彼女は来ていました。それは慣習を守るために無理を押してのことだったのでしょうか。いや、わたしはそうは思いません。恐らくはテアゲネスの姿を一目見ることができないものかと期待してのことだったのです。カリクレイアは左手に火の点いた松明を掲げ持ち、右手で椰子の葉で編んだ冠を前に差し出していました。また、カリクレイアが現れると全観衆の眼が一斉にそちらへ向けられたのですが、それでもテアゲネスより先に目敏《めざと》く気づいた者はたぶんいなかったでしょう。なぜなら、恋する者ほど敏感に憧れの対象を見つけ出すものはありませんからね。やはりあの若者は競技祭の式次第をあらかじめ聞いていて、カリクレイアの姿を見つけることにのみ全神経を傾注していたのでしょう。そんなこんなで、テアゲネスは黙ってじっとしていることさえできずに、わたしにそっと――彼はわざとわたしのかたわらに座っていたので――「あの人です、カリクレイアですよ」と耳打ちするのです。それで、わたしは彼におとなしくしているよう言いました。

2

さて、布令役の呼びかけに応じて一人の軽装備に身を固めた男が進み出ました。その男はいかにも自信たっぷりで、栄光に輝くのは自分しかいないという顔をしていました。事実それまでに何度も競技の栄冠を勝ち得たことがあったのです。だが、今回は対戦相手がだれも出てきません。それは恐らく、競って勝つ自信のある者がだれもいなかったからでしょう。それでアムピクテュオン同盟の委員たちは彼を退去させようとしました。競技をしていない者に栄冠を授けることは規定に反するというわけですな。すると男は、希望者はだれでも競技に参加するよう、布令役に呼びかけさせてほしいと要求しました。そこで、審判員たちが指示を出し、競走で対抗する気がある者はだれでも出場するように、と布令役が呼びかけたのです。するとテアゲネスがわたしに言いました。

「あの男は僕を呼んでいるのです」

「どうしてそんなことを？」

「まあ見ていて下さい、お父さん。僕がここで指をくわえていては、カリクレイアの手から勝利のしるしを受け取る者はだれもいないでしょう」

「でも、失敗したらどうします？　その結果生じる不名誉は気にならないのですか」

「大丈夫です。いったいどこのだれが、僕を追い抜くことができるほど、カリクレイアを見たい、そばに寄りたいと気が狂わんばかりに思い詰めているっていうんです？　彼女を見ただけでたちまち翼が生えたようになり、宙に浮いたみたいに引き寄せられていく者がどこにいます？　あなたはご存じないのですか？　絵師たちもエロス神を翼あるものとして描くことで、この神に屈服した者の敏捷さを暗示しているということを？　最後にほんの一言自慢話を付け加えてよければ、今日に至るまで競走で僕を破って得意がった者は一人もいないんです」

3

テアゲネスはそう言うと弾《はじ》かれたように立ち上がり、競技場の真んなかに進み出て名を名乗り、部族名を告げ、籤《くじ》を引いて自分が走るコースを決めると、重装備を身にまとうがはやいか、出発点に立ったのです。彼の競走にかける意気込みは凄まじく、ラッパの合図が鳴るのももどかしそうな様子。それはちょうど、ホメロス描くところの、スカマンドロス河を相手に苦闘するアキレウスにも似て、なんとも言えず厳粛で衆目を惹きつける光景でした。(1) 気がつくと、思わぬ展開にギリシア中から来た観客はみな一斉に沸き返ったようになっていて、だれもがもう自分が競技に参加しているかのように、テアゲネスに声援を送っているのでした。まあ、見るほうの側からしても、好感を呼び覚まされる大きな原因のひとつは見た目の美しさですからね。カリクレイアも極度の興奮に襲われていました。わたしはずっと彼女を観察していて、表情が刻々と変化する様を見ていたのです。

さて、布令役が競走に出場する選手の名を告げて、

「アルカディア人オルメノス、並びに、テッサリア人テアゲネス」

と、満場の観衆に聞こえるよう高らかに叫ぶと、ただちに発走機が開かれ、二人は矢のように走り始めましたが、その速さときたら眼で追っていくのもやっとというほど。こ

---

(1)『イリアス』二一・二〇三―三八四。この箇所は、アキレウスがトロイア方の武士たちを次々と殺戮したため、死骸で一杯になったスカマンドロス河の神が怒って河水を岸から溢れさせ、これに抵抗したアキレウスもやむなく陸地へ逃げのびるという内容で、テアゲネスをアキレウスに譬えるにしてもあまり成功しているとは言いがたい。

こに至って、娘はもはや自分を抑えてじっとしていることができず、足踏みをしたり跳びはねたり。彼女の心はテアゲネスに併走して宙を飛び、必死になっていっしょに走ろうとしていたのでしょう。観客はみな結果がどうなるか気がかりではらはらしていましたが、今後はわが子として彼の面倒を見るつもりでいるわたしはなおさらです」

「そりゃ無理もありません」とクネモンが口を挟んだ、「間近で見物している人たちがはらはらするのは当然ですよ。わたしだって今、テアゲネスのことが心配でどきどきしてますからね。さあ、はやく話して下さい。彼の勝利が告げられたのですか、どうですか？」

4

「クネモン、テアゲネスはコース半ばに差しかかったとき、振り返ってオルメノスをちらっと見ると、楯を高々と掲げ、頭をもたげて視線をひたすらカリクレイアに集中し、矢のように突き進みました。それでアルカディア人を何オルギュイアも引き離したものだから、その差をあとで測ったほどでした(2)。さて、こうしてカリクレイアのところまで駆けて来るとテアゲネスは、勢い余ってという具合に見せかけて、わざと彼女の胸のなかにしっかりと倒れ込んだのです。そして、椰子の葉の冠を受け取るときに娘の手に口づけするのをわたしは見逃しませんでした」

「いや、ほっとしましたよ」とクネモンが口を挟んだ、「競走にも勝ったし、口づけもした、と。で、それからあとはどうなりました？」

「いやはや、クネモン、あなたは話を聞いて倦《う》むことがないばかりか、随分と眼がお堅い方ですな。いずれにせよ、夜もうすっかり更けたというのに、眠そうな顔も見せずにしゃんとしておいでだし、長話に疲れた様子もない」

「わたしはね、お父さん、他のことはともかく、愛についても満ち足りることがある、と語った点では、たとえ相手がホメロスでも賛成できないのです。(3) わたしに言わせると、愛とはその喜びを味わう当人にも、またその話を聞く者にも、満足をもたらして飽きさせてしまうものではないからです。また、テアゲネスとカリクレイアの愛について語ってくれる人がいるなら、その話に魅せられないような、鉄か鋼《はがね》みたいな心の人間がだれかいるでしょうか。たとえ、一年間その話を聞き続けることになるとしてもね。だから、

---

(2) この箇所については疑義が呈されているが、訳者にはさほどには思われない。二人の走者の差があまりに開いたので、(公式か非公式か解らぬが)どれほど差がついたか測ってみた、ということでよいのではないか。なおオルギュイアは長さの単位で、両手を広げた幅。日本の尋《ひろ》にあたり、約一・八メートル。

(3) 『イリアス』一三・六三六—六三七、「何事にも満ち足りるということがあるもの、眠り、色事、甘い歌、楽しい踊りなど……」(岩波文庫、松平千秋訳)。

それからどうなったのか、続けて下さい」

「テアゲネスは冠を授けられ、勝利を公に宣言されると、万雷の歓声に送られて退場しました。一方、カリクレイアのほうは、ふたたびテアゲネスを見て完璧に打ちのめされ、前にも増して情熱の虜《とりこ》となってしまいました。なぜなら、恋する者たちが見つめ合う眼差しは情熱を蘇らせ、相手の姿を見ることで、いわば薪が火にくべられるように、恋心がさらに燃え上がるものだからです。

それから、カリクレイアは家へ帰り、この数日来習い性《せい》となった切ない、いやそれ以上に悶々とした夜を過ごしたのです。わたしもまた眠れぬままに、どの方面に向かえばひそかに脱出できるか思案に暮れたり、神が若者たちを送り込もうとしているのはどこの土地なのか考えたりしていました。そして、とにもかくにも判断がついたのは、逃走は海路をもって行うべし、ということでした。というのは、例の託宣から役に立ちそうなところを取り出すと、二人についてこう述べられていたからです。

大洋の高波を切って進み

か黒なる日輪の地へと至るであろう

5

彼らをどこへ送るかという問題について、わたしが見つけた解決策はたったひとつしかありませんでした。つまり、捨て子にされたカリクレイアといっしょに置かれていたという帯をなんとかして手に入れることができないかということです。カリクレスが聞いた話によると、その帯には彼女の来歴が刺繍されているはずです。その刺繍から、あの子の生国はどこか、また――この点に関して、わたしには薄々感ずるところがあったのですが――生みの親はだれかわかりそうなものだし、あとは恐らく運命の定めるところによって二人はその地へ導かれることになろう、と考えたわけです。

そこでわたしは、翌朝早くにカリクレイアのところへ出向いて行ったのですが、なんと家内中がみな涙に暮れているばかりか、カリクレスもおいおい泣いているという始末です。わたしはかたわらへ寄って、

「どうしたことですか、この騒ぎは？」と訊ねました。

「病が重くなったのですよ、娘の病が。昨夜は前にも増してひどい一夜を過ごしたのです」

そこで、わたしは申しました。

「どうぞ、お立ち下さい。他の方もみな部屋の外へ出るように。それと三脚台と月桂樹の枝、それに火と乳香と、それだけ用意させて下さい。また、わたしが入ってよいと

言うまでは、だれ一人決して邪魔をしないよう」

カリクレスがわたしの言うとおりにするよう命じ、準備が整いました。わたしは一息つくと、舞台に上がった役者よろしく演技に取り掛かりました。まず乳香を焚くと、口先でぶつぶつ呟《つぶや》いてなにやら祈りを捧げるように見せかけ、月桂樹の枝をしきりと振り上げ振り下げ、カリクレイアの頭から足の爪先までお祓《はら》いする真似事をしたのです。そして、老婆がやるような眠たげなあくび(4)をくり返し、それをしばらく続けてから最後はゆっくりと仕上げるようにして止めました。要するにわたし自身にとっても娘にとってもなんの役にも立たぬことをさんざんやったわけです。カリクレイアはしきりと頭を振って微苦笑を浮かべていましたが、その心は、わたしが見当違いのところをうろついており、病についてはなにもわかっていないと、暗に知らしめているつもりだったのです。

わたしはかたわらに腰を下ろすと言いました。

「元気をお出しなさい、お嬢さん。この病は安上がりでしてね、治すのは簡単なのですよ。恐らく、行列行進に参加したとき、そしてそれ以上に競走の審判をしたときに、邪視があなたに取り憑いたのです。わたしには邪視の元凶となった者がだれかも、おおよその見当はついています。それはテアゲネス、武装競走に出たあの若者ですよ。彼があなたの姿を絶えず追い求め、食い入るような目つきを投げかけるのを、わたしは見逃しませんでした」

「あの方がそんな風に見たかどうかはともかく、ご苦労様なことですわ。で、あの人はどういう生まれですの？　どこから来ましたの？　だって、大勢の人があの人のまわりで興奮して騒いでいるのをわたし見ましたもの」

「生まれがテッサリア人だということは、すでに布令の者が告げたときに聞いていますね。さらに彼は、自分の祖先はアキレウスにさかのぼると言っていますし、わたしにも彼の言うことは本当だと思われます。若者の背丈や容貌をもとに判断してよいなら、あの育ちの良さはアキレウスの血筋からと信じられますからね。ただし、テアゲネスにはアキレウスほどの尊大さや強情さはなくて、むしろ強い自尊心を和らげるやさしさが具わっています。しかし、たとえそんな立派な男であるとしても、あなたを見ることで惹き起こしたよりもっとひどい苦しみに彼が悩まされますように。というのも、彼の視線には羨望が籠もっていて、そのせいであなたを見て邪視の虜にしてしまったのですからね」

（4）ギリシアでは邪視を祓う魔よけとして今日でも同様の呪法が、特に老婆によって行われるという。あくびは術を施す者が犠牲者のなかから邪視の成分を吸い取り、次いで吐き出して拡散させる、という意味を持つものらしい。

「まあ、おじ様、あなたがわたしのことで心を痛めていられることには感謝しますけれど、恐らくなにも悪いことなどしたことのない人に、いたずらに呪いをかけるのはどうしてですの？　わたしが病んでいるのは邪視ではなくて、なにか別の病のような気がしますもの」

「それなら、わが子よ、なぜ隠しているのですか？　勇気を出して言ってみたらどうですか？　そうすれば、わたしにもなにか良い解決策を見つけることができるでしょう。わたしは、年齢から言っても、またましてや、あなたに注いでいる愛情の点でも、父親と言っておかしくないではありませんか？　わたしはあなたのお父さんの親しい知人であり、肝胆相照らす仲ではありませんか？　なにを悩んでいるのか明かして下さい。あなたの信頼を裏切るようなことはありませんし、お望みとあらば誓いを立ててもよろしい。さあ、勇気を出してお話しなさい。黙ったままで、あなたを苦しめているものをますますのさばらせてはいけません。なぜなら、傷や病というものはすべて、早期に診断されたなら容易に癒やすことができるが、先送りにされているとまず手遅れになってしまうからです。じっさい、沈黙が病を肥やす餌となるのに対し、しゃべって表に出してくれたら癒すほうにしても楽なのですよ」

6

これを聞いてカリクレイアは少しのあいだじっと押し黙りました。だが、その眼を見れば心が千々に乱れ、せわしなく気持ちが動いているのは明らかでした。それから、彼女はこう言いました。

「どうか今日一日だけ猶予を下さいませ。改めて聞いていただきますわ、もし、あなたが予知なさらなかった場合には。だって、あなたは予言の能力があると豪語なさっておいでですもの」

わたしはすぐに立ち上がって退出しました。それは心のなかの恥じらいを吹っ切るために必要な時間的余裕をあの娘に与えるためでした。

カリクレスが出迎えて、「首尾はいかがですか？」と訊ねました。

「万事順調ですよ。明日までにお嬢さんはやっかいな病から解放されるでしょう。でも、まあ、だれか医者を呼びたいなら、それを妨げる理由もありはしませんがね」

わたしはそれだけ言うと、もうこれ以上カリクレスになにか訊かれないように駆け去ったのです。そして、庵室までもうほんの少しというところへ差し掛かったとき、テアゲネスの姿が眼にとまりました。彼はちょうど御社の境内のあたりをめぐり歩きながらぶつぶつ独り言を呟《つぶや》き、カリクレイアの住まいを眺めるだけで満足そうな様子でした。そこでわたしはそっぽを向いて、彼に気づかずに通り過ぎるふりをしました。テアゲネスは「今日は、カラシリス」と声をかけてきました、「聞いていただきたいことがあるのです。あなたをお待ちしていたんですよ」

わたしは急に振り返りました。

「おや、美男のテアゲネス。どうも、気がつきませんでした」

「カリクレイアに気に入られないような男がなんで美男なものですか」

わたしは顔つきまで苛立っているように見せかけて言いました。

「控えてもらえませんかな、わたしとわたしの法術を侮辱するなどということは。もはやカリクレイアはこの法術によって搦《から》め捕られ、あなたを愛するように強制されて、まるであなたが神々の一人であるかのように、あなたに会うことができるよう祈念しておるのですぞ」

「なんですって、お父さん、カリクレイアが僕を愛しているですって！　それならなぜすぐに彼女の下《もと》へ僕を連れて行ってくれないのです？」

そう言うが早いか、テアゲネスは先に立って走り出そうとします。わたしは彼の外套を摑んで、

「これこれ、止まりなさい。駆けっこは得意かもしれんがな。このことは棚から牡丹餅みたいに手に入るものではないし、欲しい人のために公に売りに出されている値頃の品というわけでもない。見事に夢を達成し確実に実行するには、しっかりした計画とち

ゃんとした準備が必要な、そんな微妙な事柄なのですよ。それとも、あのお嬢さんの父上こそデルポイの最重要人物だということをご存じなかったかな。また、そんな不埒な考えを抱いた輩に対して死罪を科している法律のことも、おわかりになっていないのでは？」

「僕はカリクレイアがわがものとなったなら、死ぬことなどどうでもいいのです。でも、それはともかく、よかったらお父上様のところへ出向いて結婚を申し出ようじゃないですか。まさか僕がカリクレスの女婿《むすめむこ》として身分違いということはないでしょうから」

「うまくいかないと思いますよ。それは、あなたに関してなにか不満があるからというのではなく、カリクレスは娘を自分の妹さんのご子息の嫁にやると前から約束しているからなのです」

「どこのだれだろうと痛い目に遭わせてやる」とテアゲネスが吠えました、「僕が生きている限り、だれもカリクレイアを妻に迎えることは許されないからな。この僕の手と剣をそうそう言いなりに遊ばせてはおくものか」

「お止しなさい」とわたしは口を挟みました、「そんな物騒な物など必要ありませんよ。ただ、わたしの言うことを聞いて、なんでも指示のとおりにすることです。今のところは宿に帰って、いつもわたしといっしょにいると思われないように注意しなさい。わたしと会うときは一人でそっとお出でなさい」

テアゲネスはうなだれて帰って行きました。

7

翌日、たまたまカリクレスに出会うと、彼はわたしを見るなり駆け寄ってきて、何度も頭に口づけをし、「知恵とはこのことです、友情とはこのことです」とくり返し叫びました。

「あなたは大事な仕事をやり遂げて下さった。罠に掛かりそうもない者が罠に掛かった、打ち負かしがたい者が敗れたのです。カリクレイアが恋に落ちたのですよ」

それを聞くとわたしは得意になり、眉を顰《ひそ》めてもったいぶって歩きながら、言ってやりました。

「初めからわかっていたのですよ、お嬢さんがわたしの最初の一撃にも持ちこたえられないだろうこと、しかも神々の介入を請うまでもない、ということはね。でも、カリクレス、カリクレイアが恋に落ちていると、どうして知ったのですか」

「あなたの忠告に従ったお陰です。というのは、あなたが言われたとおり、医者のなかでも評判の者たちを招いて、診察していただいたのです。少しでも治療の効果を上げることができたら、お礼として手元の財産を差し上げると約束しましてね。医者たちは部屋に入るやいなや、カリクレイアに加減を訊ねました。ところが、カリクレイアは顔を背けたままで彼らに対して一言も答えず、ただくり返しホメロスの次の詩句を声に出して暗唱するのです。

ペレウスの子、アカイア勢のなかにも並びなき勇士アキレウスよ、(5)

その隙を縫って、学識あるアケシノスが（たぶんあなたもその男のことはご存じでしょう）嫌がるカリクレイアの手首を摑み、脈をとって病を診断するように見えました。それは、動脈の血流が心臓の動きを教えてくれるからなのでしょう。彼はたっぷり時間をかけて綿密に診察し、頭の天辺から足の爪先まで何度も観察してから言いました。

『カリクレス、わたしどもをこちらへお呼びになったのは無用なことでした。なぜなら、医術をもってしてもこの方にはまったくなにひとつして差し上げられないでしょうからね』

わたしは思わず叫びました。

『おお、神々よ。なぜそんなことを言われるのか。それでは、わたしの可愛い娘は逝《い》

（5）『イリアス』一六・二一。

ってしまうと、もはや望みは絶たれたというのですか!』

『お嘆きになるにはおよびません。説明いたしましょう』

アケシノスはわたしを娘から離れたところへ導き、人払いをしてから言いました。

『わたしどもの技術はさまざまな身体の病を癒やすことは標榜しておりますが、本来心の病を癒やすものではないのです。ただ、その心の病が身体が悪くなるのに付随して生じるものであり、身体の病を癒やすことでいっしょに治ってゆくものである場合は別ですがね。で、お嬢さんの病はどうかというと、これは身体の病ではないのです。というのは、四種の体液のひとつが過剰になっているでもなく、頭痛がするでもなく、熱が高いでもなく、その他身体のほうは、部分的にも全体としても病んでいるところが認められないのです。この場合はそのようにしか考えようがありませんな』

それでもわたしがしつこくせがんで、なにか診察してわかったことがあるなら話してくれるよう頼みますと、アケシノスはこのように言いました。

『具合が悪いのは心理的なもので、この病は恋の病だということくらい、子供の目にも明らかではありませんか。あなたもご覧でしょう。お嬢さんは眼の縁に隈《くま》をつくって、眼の焦点が定まらず、内臓の痛みを訴えているわけでもないのに、顔から血の気が引いていますし、心ここにあらぬ体で頭に浮かんだことを声に出して言い、眠れぬ夜に耐えながらその理由を訴えるでもなく、見栄も外聞も一時に捨て去ったようではないですか。あなたが探すべきなのは、カリクレス、お嬢さんを癒やしてくれる人なのですよ。それは、彼女に思いを寄せられている男性でしかありえませんな』

こう言ってアケシノスは立ち去りました。そこでわたしはあなたの下へ走って来た次第です。あなたはわたしの救い主であり神でもあるのですから。救いの手を差し伸べることができるのはあなた以外にないことは、あの娘も知っているのです。じっさい、わたしがなんのために苦しんでいるのか打ち明けるよう、何度もせっつき、励ましていると、娘が答えたのはたった一言、自分が陥ったこの病がなんなのかは知らない、ただ、カラシリス様だけが癒やして下さるだろうことはわかっている、というものでした。そして、あなたを自分のところへ呼んでくれるよう頼むのです。まあ、そうしたことから娘があなたの知恵に搦め捕られたことは、まず間違いないと思ったわけでして」

「なるほど。ところで、お嬢さんが恋に落ちたと言われるが」とわたしは申しました、「その相手がだれなのかわかっておいでですかな？」

「アポロンにかけて、生憎それはまだわかりません。どうして、どこから知ることができるでしょう？　もっとも、わたしの希望としては娘がだれよりもアルカメネスを、つまりわたしの妹の息子を愛してくれるよう願ってはおりました。少なくとも、わたしの気持ちとしてはということですが、彼を娘の婿に迎えることを、以前、約束してあったものですからね」

試しにその若い人をカリクレイアのところへ連れて行って見せてやればよい、とわたしが申しますと、カリクレスはその提案にとびついて立ち去りました。それから、市場に人の溢れる昼前、ふたたびわたしに出会うと、カリクレスは、

「辛い話を聞いてもらわねばなりません」と言うのです。

「どうも娘は物の怪《け》に取り憑かれたようです。それほど、言うことなすことがどうも異様なのです。あなたがおっしゃったように、アルカメネスを部屋へ連れて行って、精一杯優雅にしたその姿を見せようとしたのです。するとあの娘は、まるでゴルゴー(6)の首かもっと恐ろしい化け物でも見たみたいに、鋭く大きな悲鳴をあげました。そして、部屋の反対側に眼を背け、両手で輪を作って首に回し、わたしたちがすぐに部屋を出ていかないなら自分で首を締めて命を絶つ、と誓いまで立てて脅すのです。それを聞くやいなやわたしたちは這々《ほうほう》の体で娘の下から退散しました。だって、あなた、そんな無茶苦茶なふるまいを見て他にどうしたらよいというのでしょう。そこで、再度あなたにお願いに参ったわけです。あの娘が駄目になっていくのを、またわたしの願いが潰されていくのを、見殺しにしないで下さい」

「カリクレス、お嬢さんが物の怪に取り憑かれていると言われたのはあながち間違いではありません。というのも、お嬢さんはわたしがみずから送り込んだ呪霊によって心を乱されているからです。その霊力はなかなか強力でして、お嬢さんに柄《がら》にもない、望みもしないことをするよう強制しても不思議はないのです。しかし、なにかこれに敵意を抱く神霊がわたしの計画の遂行を妨げ、わたしに協力する呪霊たちと戦っているらしいのです。ですから、今こそぜひとも例の帯を見せていただく時が参ったのです。ほら、お嬢さんが捨て子に出されたときにいっしょに置かれていて、他のいろいろな証拠の品とともに受け取ったという、あれですよ。わたしが恐れるのは、その帯になんらかの魔力が充満しているのではないか、心をかき乱す呪文が書き記されているのではないか、ということです。つまり、そもそもの初めからお嬢さんの心をゆがめて愛から遠ざけ、子孫を遺さぬよう企んだ敵がいたのではないかということなのです」

8

カリクレスが了解し、程なく例の帯を持ってきました。わたしはゆっくり調べる時間をくれるよう言って同意を得ると庵室に帰り、一息つく間も置かずに帯

（6＊）醜怪な顔の女怪で、髪は蛇、歯は猪の牙、翼をもち、これと眼を合わせた者は石に化した。三姉妹のうちメドゥサが特に名高い。ゴルゴンともいう。

を調べ始めました。それにはエティオピアの文字、それも民衆文字ではなく、王家だけが使う文字で刺繍が施されていました。まあ、エジプトのいわゆる神聖文字と同じようなものです。(7) それで、調べていくうちに、こんなことが述べられているのがわかったのです。

エティオピアの王妃たるわたくしペルシンナは、いかなる名を与えられるとも知らぬ、そして産《う》みの日限りのわが子への最後の贈物として、この悲しみの記録を刻むものである。

クネモン、わたしはペルシンナの名を見て凍りつきました。それでも続く文面を読み進めましたが、それは次のようなものでした。

わが子よ、このように母が生まれたばかりのそなたを捨て子にしたのも、また、そなたの父であるヒュダスペス殿の眼に触れぬようそなたの姿を隠したのも、決して母の身に疚《やま》しいところがあったためでないことは、わが一族の祖神たる太陽神ヘリオス様に証人となっていただきましょう。それでも母はいつの日か弁明することになるでしょう、わが娘よ、もしそなたが無事でいたならそなたに対して、また、もし神のご配慮でそなたを拾い上げる方がいたならその方の前で、さらには万人の前で、わが娘を捨てた理由を明らかにすることによって。

そもそもわれらが血脈を辿れば、神々のなかでは太陽神ヘリオス並びにディオニュソス、英雄時代の人物のなかではペルセウスとアンドロメダおよびこれに加えてメムノンを父祖とします。(8) そこで時を得て王宮の建設に与《あずか》った者たちは、父祖たちの事跡を描いた絵で王宮を飾りました。さらに、その他さまざまな神や人物の肖像とその偉業が男部屋や回廊に描かれ、ただ夫婦の寝室だけはアンドロメダとペルセウスの愛の営みを描く絵画できらびやかに飾られるようになったのです。さて、ヒュダスペス殿がわたしを妻に娶《めと》ってから十年の歳月が過ぎ、わたしたち夫婦にはま

(7) 古代エティオピアの首都メロエでは事実二種の文字が用いられ、一方はエジプトの神聖文字からの借用であって一般に用いられたが、他方はこれが時を経て変化した筆記体であるという。ただし、後者が王家のためのものというわけではないらしい。ヘリオドロスに誤解があるのかもしれない。

(8) ペルセウスが海の怪物を斃《たお》してアンドロメダを救い、結婚した話はギリシア神話上有名であるが、アンドロメダはエティオピア王ケペウスの娘であった。また、メムノンは曙の女神エオスとティトノス(トロイア王子)の子で、エティオピア王となった。

だ子がなかったのですが、そんなある日のことでした。わたしがたまたまけだるい夏の眠気に誘われてうとうとと午睡を楽しんでいたとき、そなたのお父様が夢でそうするよう命じられたと誓いを立てて、わたしと交わりを持たれたのです。そしてわたしはそのときの精を受けて自分が身籠もったことにすぐに気づいたのです。

　それから出産まではもう、王がその一族の後継者を待ち望んでいるというようなことで、国中挙げてのお祭りと神々への感謝の犠牲式で時が過ぎて行きました。ところが、わたしが産み落としたそなたの身体は真っ白で、エティオピア民族のそれとは違う肌の色を眩しいほどに輝かせていたのです。わたしはその理由に思い至りました。夫との交わりのあいだ、わたしはアンドロメダが描かれた絵を目の前に見ることになるのですが、そのアンドロメダは一糸まとわぬ裸なのです。それはペルセウスが岩につながれたアンドロメダを救け下ろす、ちょうどその場面だったからです。ともかくその結果、蒔かれた精が運の悪いことにアンドロメダと似た姿をとることになったのです(9)。わたしはそなたの肌の色を理由に姦淫の罪がなすりつけられるであろうことを確信しました。なぜなら、わたしがこんな突拍子もない出来事をあれこれ説明しても、だれも信じてはくれないでしょうから。そこでわたしは決心したのです。屈辱の死からわが身を救い、かつ、そなたのことはどう転ぶにせよ運を天に任せようと。だって、初めから明らかな死を受け入れるか、いずれにせよ父無《ててな》し子の烙印を押されるよりは、そのほうがまだましですもの。

わたしはそなたが死産であったと夫に作り事を言って、ひそかにだれにも気づかれぬよう道端に捨て、(10)そのさい、そなたを拾ってくれる者への報酬としてできるだけ多くの金品をいっしょに置きました。そなたをさまざまなもので飾りましたが、なかでもそなたとわたしの哀れむべき話が綴られたこの帯でそなたをくるんだのです。この帯の文字は初子《ういご》に恵まれると同時に悲嘆に暮れることになった母が、そなたを思う涙と血で刻みつけたものなのです。

でも、そなたは、ああ、可愛いほんの一時の娘よ、もしも生きのびたなら、自分が高貴な生まれであることを肝に銘じて、貞潔を重んじ、——女にとってはそれだ

(9) 妊娠中の女性が見たものが胎児に反映するという理論は、古代ギリシアの医学書では広く認められた見解であった。アンドロメダはエティオピアの王女であるが、一般に白い肌で描かれていた。アキレウス・タティオス『レウキッペとクレイトポン』三・七、ピロストラトス『絵画論《エイコネス》』一・二九。
(10) 古代ではなんらかの理由で育てられない赤子を棄子とし、生死を天に任せることが一般に行われた。このさい、拾ってくれた者に対する報酬、および後の認知の材料となるようなものがともに捨てられる場合もあった。捨て子との思いがけぬ再会と認知は新喜劇のプロットとしてしばしば用いられた。

けが美徳の印なのですから——また生みの親たちにふさわしい、王家の子女としての誇りを培ってくれるように。また、なにより忘れないで欲しいのは、そなたとともに置かれた財宝のなかからある指輪を見つけだし、肌身離さず持っていることです。その指輪とは、そなたのお父上がわたしに求婚なされたときに贈って下さったもので、輪の縁にぐるりと王家の紋章が彫られ、受け座に神秘的な霊力を潜《ひそ》めた紅玉[11]が嵌め込まれた神聖なものです。

以上がわたしがそなたに伝えたかったことです。その手段としてはこの文字を用いた文書でするしか他に方法が見つかりませんでした。そなたを見ながら息のかよった話をすることは神様が許して下さいませんのでね。もしかすると、この文面は読み解かれず、なんの救けにもならずに終わるかもしれませんが、ひょっとして、いつの日かそなたの役に立たないとも限りません。運命の秘密は人間には窺い知ることができません。ああ、美しさが仇《あだ》となりかえってわたしを疑惑の罠に陥れた娘よ、ここに書いたことは、そなたが救かっているなら、そなたが何者なのかを知る印となることでしょう。でも、さもなくば——そんなことがわたしの耳に届きませんように——これは挽歌、母の葬礼の涙となるでしょう。

9

クネモン、わたしはこれを読んで、神々の摂理が働いていることを知り驚嘆の念に打たれるとともに、喜びと悲しみが同時にこみ上げてきて、涙を流しかつ喜びに溢れながらなんとも言えぬ奇妙な感慨に浸《ひた》ったのです。というのもわたしの心は、これでやっと闇に埋もれていた真実を発見した、神託の謎が解けたという思いで蕩《とろ》けるようでしたが、一方ではこの先どうなるのか不安が一杯ではあり、また、人生というものはどう転ぶかわからぬ不確かなものだ、時のまにまに流されてゆく、そのことが今カリクレイアをもてあそぶ運命の変転に常軌を逸した形で現れているのだ、などと思われて不憫でならなかったからです。さまざまなことがわたしの胸に去来しました。カリクレイアの実の親と仮の親のこと、そのあいだ祖国から遠く引き離されてきたこと、彼女の本当の生まれはエティオピア人であり、しかも王族の一人でありながらその素性から外れ、血がつながらぬ人の娘という地位を割り当てられていたことなどです。わたしは

（11）ここで「紅玉」と訳した παντάρβη《パンタルベー》は、色は赤とされるが、厳密には同定されない。だが、それが持つ神秘的な力については何人かの著作家が言及している。クテシアス『インド誌』断片四五とピロストラトス『テュアナのアポロニオス伝』三・四六に、この石はそれを水に投ずると他のあらゆる種類の石を引き寄せ、またすべてのものを吸収する作用がある、と述べられている。ヘリオドロスは本作の巻八・一一で、この石を持っている者を火から守るという驚くべき性質を付与している。

一方では彼女の過去を哀れまずにはいられず、他方では将来彼女が幸せになるという確信もなく、中途半端な気持ちで長いことぼんやり突っ立っていました。それでもようやく理性を奮い立たせて冷静さを取り戻すと、ぐずぐずしている余裕はない、計画の実行に取りかかろうと決意したのです。わたしはカリクレイアの住まいへ赴《おもむ》き、彼女が一人でいるところを捕まえました。カリクレイアはもはや情熱の餌食となっていました。胆力で無理やり己を取り戻そうとはするのですが、身体のほうは完全に苦悩に打ちのめされて病に屈服し、その恐ろしい力に抵抗することもできないありさまでした。

10

そこでわたしは、娘に加持祈禱の法を行うという口実をもうけ、だれも邪魔しないよう命じて人払いをしてから口を切りました。

「さあ、カリクレイア、あなたがなにを患っているのかお話しになる時が来ました。それは昨日あなたが約束なさったことですからね。あなたの幸せを願っており、また、たとえあなたが黙っていてもすべてを知ることができる者に対して、隠し事をしてはなりません」

カリクレイアはわたしの手を取るとそれに何度も口づけして、涙を流しながら言いました。

「賢いカラシリス様、とりあえずご好意に甘えたいことがございますの。あなたご自身がこの病をどう診断なさろうとご随意ですが、わたしが黙ったまま苦しむのをお許し下さいませ。せめてわたしが恥ずかしい思いを免れようとすることをお許し下さい。だって、わたしが隠しているのは、それを思うのも恥なら、それを人に話すのはもっと恥ずかしいことなのですもの。少なくともわたしの場合、苦痛の種となっているのは、ひとつには今一番勢いを増している病そのものでもありますが、それよりむしろ、最初にわたしがこの病を克服することができず、降りかかる感情に屈服したことなのですから。その感情とはわたしがこれ以前ずっと拒み続けてきたものであり、それについて耳にするだけでもっとも尊ぶべき処女性の名を穢すものですのに」

そこでわたしは彼女を励ましてこう言ってやりました。

「お嬢さん、あなたが自分の秘密を守っているのは二つの理由で善いことなのです。なぜなら、わたしも法術によって前から知っていることを教えてもらう必要などさらさらないし、あなたにしても女性にとって隠しておくほうがふさわしいことを、顔を赧《あか》らめて言うはめになるのが落ちですからね。しかし、あなたがひとたび恋を知り、テアゲネスが現れてあなたの心を捉えてしまったからには――そのことは神々の声がわたしに告げて下さったのです――この感情に屈したのはあなた一人だけでもなければ、あなたが最初というわけでもなく、名だたる多くのご婦人たちや、他の点では立派に分別をそなえた多くの令嬢たちもお仲間であることを、悟らねばなりません。エロス神は神々のなかでももっとも偉大な神であり、時には神々そのものをすら思いのままにあやつる場合があると語られているのですから。あなたが今考えなければいけないのは、現実にどう対処するのが最善か、ということです。というのは、そもそも恋を知らずに済むならそれは幸いなことですが、いったん恋に落ちた以上、道に外れぬようにその思いを遂げるのがもっとも賢明なことですからね。そこで、もしわたしの言葉を信じる気がおありなら、あなたは肉の欲という恥ずべき名を追いやり、合法的な契約としての結びつきを選びとることで、この病を結婚に変容させることができるのですよ」

11

わたしがそのように話しておりますあいだに、クネモン、カリクレイアはびっしょりと汗をかき、いろいろな思いに心が揺れているのが見た目にも明らかでした。わたしの話を聞いて喜び、将来に希望を馳せて不安に戦《おのの》き、自分の捉えられている感情を省みて羞恥のため赧《あか》くなるのです。そして、しばらくじっとしていてから、ようやく口を開きました。

「おじ様、あなたは結婚という言葉を口にして、それを選ぶよう勧められるのですね。まるで初めから明らかみたいですわ、父がそれに同意するだろうって。それともわたしを傷つけた方が、向こうのほうからそんな申し出をするだろうって」

「あの青年のことなら大丈夫、任せておきなさい。むしろ、恐らくあなた以上にあの若者のほうが、同じ感情に心を乱しているのです。というのは、見たところあなた方二人の心は、どういうわけか最初の出会いの時から互いの価値を認め合い、同じ情熱の波に押し流されたらしいのですな。そこでわたしとしても、あなたに善かれと思って、法術によりテアゲネスの執着を強めたわけです。ところが、あなたの父親ということになっている方は、他の男を、つまりあなたもよくご存じのアルカメネスを花婿に、という心づもりでいるのですよ」

「アルカメネスと結婚するくらいなら死んだほうがましです。父には結婚よりもむしろ葬儀を執り行う心づもりをしてもらいたいものだわ。わたしの将来は、テアゲネスの妻となるか、定めに従って死を迎えるか、二つに一つですもの。でもおじ様は、カリクレスがわたしの父ではなく、父ということになっているという風におっしゃいましたわね。どこからそれを知ったのか、教えて下さい」

「これからですよ」と、わたしは帯を示して言いました。

「どこから、どうやって手に入れたのでしょうか。だって、父はエジプトで、どういうわけかはわかりませんが、育ててくれた人からわたしを受け取ってここへ連れて来ると、時が経つうちに傷んでしまわないように、帯をわたしから取り上げ、小櫃《こびつ》のなかに仕舞って、そのままになっていましたもの」

「どこから、どうやってこれを手に入れたかは、またあとで聞いてもらいましょう。だが、今のところはまず、これに書かれている内容をあなたが知っているかどうか、教えて下さい。どうですかな」

カリクレイアが知らない、知りようがないと応えましたので、わたしはこう言いました。

「これにはあなたがどの国のだれの子で、どんな宿命を背負って生まれたかが述べられているのです」

で、彼女がわたしの知りうる限りのことをすべて包まずに教えて欲しいと頼みますので、例の文章を一部ずつ順に諳《そら》んじては、一語一句漏れなく訳し、すべてを話して聞かせたわけです。

12

カリクレイアは自分の素性を知ると、出自の良さにぐっと気力を奮い起こした様子で身を乗り出し、「それでは、わたしはどのような行動をとるべきなのでしょうか」と訊ねました。事ここに至ってわたしはこれまでよりも率直な助言をすることを心に決めました。彼女にはなにがどうなっていたのか、すべて包み隠さずに話そうと思ったのです。

「わたしはね、お嬢さん、エティオピアへ行ったことがあるのです。彼《か》の地の知恵を学びたいと思ったからです。あなたの母親であるペルシンナ妃とも親しくさせていただきました。王宮にはつねに文人学者の類いが出入りしていましたし、それになによりもわたしが、エティオピアの知恵を補うことでエジプトの知恵を神的なものにまで深めることにより、かなりの名声を得ていたからです。それで、あなたの母上はわたしがそろそろ祖国へ向けて出立するつもりでいるのを聞きつけると、わたしに誓いを立てさせ、他言しないという保証を取りつけてから、あなたに関する一切合切をお話しになったのです。そのさい王妃が言われるには、エティオピア国内の賢人たちにはどうも不安で話す気になれないということで、まず、あなたが捨て子にされてから命が救かっているものかどうか、生きているならいったいどこにいるのか、神々にお伺いを立ててくれるよう、わたしに依頼なさったのです。八方手をつくしてはみたが、国内ではそのような女性に関する情報はなかったということでした。わたしが神々の託宣によってすべてを知り、あなたが生きていること、どこにいるかということをペルシンナに話しますと、王妃はあなたを捜し出して祖国に戻るよう説得してほしいと、再度わたしに頼まれたのです。そのわけはといいますと、王妃にはあなたを産んで以来さっぱり子ができず、もしあなたが戻って来たなら、なにがあったのかあなたのお父上に告白する覚悟がある。なぜなら、長いこといっしょに暮らしてきた経験から王は自分のことを信頼しているし、思いの外、子供に跡を継がせたいという願望を抱くようになっているから、ということでした。

13

王妃が語り、またわたしに依頼されたのはそのようなことでした。母上は何度も太陽神を証人としてわたしに誓いを立てさせました。これはいかなる賢者といえども破ることが許されない誓いなのです。そこでわたしとしては、誓いに守られた母上のたっての願いを成就するために、当地へ参ったわけです。しかし、わたしがデルポイに来ることについてこれほど熱心だったのは、なにも頼まれたからばかりではなく、神々の教示によれば、これが放浪の旅によって得られる最大の償いだったから、というのが実情です。あなたもご存じのように、わたしはもう長いことあなたのかたわらにいて、以前からあなたに対するにふさわしい心配りをひとつも欠かしたことがありません。しかし、事実関係については口を閉ざしておりました。それは、いずれあなたにお聞かせすることになる話が嘘偽りでないことを示す証拠の品として、この帯をなんらかの方法で手に入れよう、そのためには好機を掴む必要がある、と満を持していたからです。さて、結論はこうです。あなたはわたしに従って、わたしとともにこの土地から脱出を図ることです。カリクレスはすでにあなたとアルカメネスの結婚を急いでいますから、やむを得ず意に染まぬ約束なんぞさせられないうちが勝負です。そうすれば、エティオピア王家の一族に復帰し、祖国とご両親を取り戻すことができますし、テアゲネスを夫としていっしょに暮らすこともできるのです。彼はわたしたちの望む土地ならどこへでもついて行く用意がありますからね。そしてあなたは、異国でのよそ者としての生活を捨てて本来の支配者としての生活を回復し、最愛の人とともに王妃として君臨することができるのです。ただ、それには、神々の意に従うこと、とりわけピュトのアポロンの神託に万全の信頼を寄せる必要がありますがね」

わたしはあの神託⑿を思い出させ、それがなにを言わんとしたものか説明してやりました。なぜなら、それは多くの人たちが口ずさみ、解釈を試みた神託でして、カリクレイアも知らぬはずがなかったからです。それを聞くと彼女は覚悟を決めて言いました。

「それが神意であるとおじ様がおっしゃっているのだし、わたしもそのとおりだと思います。それで、わたしはどうすればよいのでしょうか」

「アルカメネスとの結婚に同意するふりをすることですな」とわたしは申しました。

「気の重い、それでなくても恥ずかしいことですわね。たとえ表向きだけでもテアゲ

⑿　巻二・三五の神託のこと。

ネスでなく他の人を夫に選ぶなんて。でも、おじ様、とにかくこの身の行く末は神々とおじ様にお任せしました。それで、その作り事にはどんな狙いがあるのでしょう？　また、それが現実とならぬよう、うまく収めるどんな方策があるのでしょうか？」

「実際にやってみればわかることです。なににつけままあることですが、女性というものはあらかじめ説明しておくと、いざとなって尻込みしてしまうことがあるのに対し、その場その場でやるべきことを果たしていけば、計画が全体としていっそう大胆に達成されることが多いのです。あなたはただわたしの指示に従うがよろしい。他のこともそうですが、今差し当たっては結婚のことについてカリクレス殿に合意なさるがよろしい。どうせ、彼はわたしの助言なしではなにもできませんからね」

カリクレイアはわたしの言うとおりにすると約束し、わたしは涙に暮れる彼女の下《もと》を立ち去りました。

14

カリクレイアの住まいから離れるとすぐ、ひどい悲しみに打ちひしがれ、すっかり憔悴《しょうすい》した様子のカリクレスの姿が眼にとまりましたので、彼に向かって次のように話しかけました。

「おやおや、どうなさいました。不思議なお方ですな。だって、あなたは頭に花冠でも飾って喜色に溢れ、神々に感謝の捧げ物をしていてもおかしくないのですよ。いえね、じつは祈りが通じたのか、あなたの以前からの願いが叶ったのです。わたしがさまざまな知恵と法術を駆使した甲斐があって、ようやくカリクレイアが折れて結婚したいという気持ちになってくれたのですよ。それなのに、なにがあったのか知りませんが、陰気な顔ですっかり塞《ふさ》ぎ込んで、まるでお通夜のようじゃありませんか」

「これが嘆かずにいられますか？　ひょっとすると最愛の娘は、あなたが言われるような結婚の約束を取り交わす前に、あの世へ行こうかという瀬戸際かもしれんのです。夢の、とりわけ昨夜わたしが恐怖のあまり跳び起きてしまった夢のお告げを信じるとすれば、そういうことになるのですよ。夢は次のようなものでした。一羽の鷲がピュトの神の手から飛び立ち、飛礫《つぶて》を落とすように舞い降りてきて、なんとまあ、わたしの腕のなかから娘を攫《さら》うと、遥か地の涯《はて》へ――陰々滅々として影のごとき魑魅魍魎《ちみもうりょう》の跋扈《ばっこ》する地の涯へ――娘を掴んだまま飛び去ったのです。もっとも、一体全体その鷲が娘をどうしたのかは、結局のところわかりませんでした。無限大の距離があいだを隔てていたために、飛翔する鷲を最後まで眼で追って行くことができなかったものですから」

15

カリクレスの話を聞いて、わたしのほうはその夢がなにを指しているか見当がついたわけです。だが、一方ではカリクレスを意気阻喪の状態から救い出すとともに、将来起こるはずの出来事に対して少しも疑惑を抱かせないための準備工作として、こう言ってやりました。

「あなたは神官の職にある者にしては、しかも神々のなかでもっとも予言の術に長《た》けた神を祭る神官としては、どうも適切な夢占いをする能力に欠けているようですな。あなたの見た夢は、お嬢さんの結婚がいずれ実現することを予告したものであり、また、鷲は、お嬢さんを妻に貰うことになる花婿を暗示したものです。しかも、その実現については ピュトの神の認可があり、ともに暮らすことになる花婿をアポロン神ご自身がいわば手の内からお遣《つか》わしになったということなのです。ですから、あなたがご覧になったのは縁起の良い夢なのに、それを悪く解釈して、打ちひしがれておいでというわけですよ。ですから、カリクレス、不吉な言葉を口にするのは謹んで神々の御心に従い、以前にも増してお嬢さんの説得に力を入れようではありませんか」

するとと彼が、カリクレイアの気持ちをもっとこちらへ引き寄せるにはどうしたものかと訊くので、わたしは次のように申したのです。

「もしやあなたのところに豪華な宝石、そう、たとえば金の刺繍の施された衣類とか高価な首飾りなんぞがおありなら、それを花婿からの結納ということにして持ち出して贈物とし、カリクレイアの気持ちを和らげることです。黄金とか宝石は女にとって抗いがたい魅力を有していますからね。またその他にも、盛大な祝宴のための準備を整えられるがよろしいでしょう。なぜなら、お嬢さんの結婚願望は法術によって無理やり呼び覚まされたものなので、気が変わらないうちに式を挙げる必要があるからです」

カリクレスは、「わかりました。わたしの役目はひとつも疎《おろそ》かにしません」と言うや、喜びのあまり言われたことをすぐ実行に移そうとはやって、小走りに去って行きました。あとで知ったことですが、彼はわたしが忠告したことを本当になにひとつなおざりにせずに実行し、高価な衣類はおろか、ペルシンナ妃が認知のためにいっしょに捨て置いたエティオピアの種々の宝石類までも、あたかもアルカメネスからの結納であるかのように見せかけて、カリクレイアの下へ運んだのです。

16

さて、それからわたしはテアゲネスを見つけて、彼とともに行列行進に参加した人々がどこでどうしているかを訊ねました。彼の応えは、娘たちは歩みが遅いから先に送り返され、すでに帰国の途にある、若者たちもいいかげん退屈したのか、早く国へ帰ろうとせっついて、じりじりしている、というものでした。わたしはそれを聞くと、若者たちにはどう話したらよいか、自分ではなにをすべきかテアゲネスに教えてやり、また適当な時期が来たらわたしのほうから合図を送るから、注意して待つようにと言い置いて別れを告げ、急ぎ足でピュトの神の御社へ向かいました。若い二人との逃避行について神託で指示を下されるよう、神に嘆願するつもりだったのです。ところが、神慮の素早さというものはやはり人間の考えのおよぶところではありません。神意に添って行動する者には呼ばれずとも即座に援助の手をさしのべられ、頼まれもしないうちに好意から希望を叶えて下さることもたびたびなのです。あのときもそうでした。ピュトの神はわたしがまだ訊ねもしないうちにお応えをお与えになり、言葉ではなく具体的な出来事で導きの糸筋をお示しになったのです。というのは、わたしが思い立ったが吉日と気が急《せ》いて、先に申しましたように、予言の巫女の下へ急いでおりますと、なにやら大きな声がしてかたわらを通り過ぎようとしていたわたしの足を止めたのです。それは、「どうか、献酒の儀に参加なされよ」と呼びかける異邦人の声でした。彼らはなんと、笛の伴奏も華やかに、ヘラクレスに捧げる祭事の真っ最中だったのです。わたしはその様子に気がつくと、歩みをゆるめました。神聖な呼びかけを無視して素通りすることはわたしには赦されません。それで、乳香をとって火を点け、水を注いだのです。彼らはわたしの御供《ごく》が気前のいいのを見て呆気にとられたようでしたが、それでもとにかく祭事をもともにするようわたしに勧めたのです。わたしはこの要望に応えることにしました。天人花と月桂樹の枝で編んだ客人用の敷物に腰を下ろし、普段と変わりないものを味わってから、彼らに向かって言いました。

「これはどうも、おいしいご馳走をたっぷりいただきました。だが、あなたたちのことはまだなにもうかがっておりませんな。そろそろ、あなたたちがどういうお方で、どこの国からお出でかお話し下さってもよい頃合いでしょう。と言いますのは、献酒の儀と御食《みけ》をともにし、聖なる塩(13)を友誼の最初の印としながら、お互いのことをなにも知らぬまま別れるなど、無作法な田舎者の所業と思われますから」

これに応えて、彼らは次のようなことを話してくれました。自分たちはテュロスから来たフェニキア人で、貿易を生業《なりわい》としており、リビュアのカルケドン(14)へ向かう航海の途上にある。インドやエティオピアやフェニキア産の品々を満載した大型商船を運行している。今は、テュロスのヘラクレス(15)にこのとおり勝利を言祝《ことほ》ぐ祭事を奉納しているところである。それというのも、この若者が——と言って、上座に座っている男を指さし

(13) 類似の表現は『イリアス』九・二一四にも見られる。塩が歓待・友好・友情の象徴のごとく使われている例は他にもあり、また歓待の神ゼウスは見知らぬよそ者を保護する機能を有する。塩は人間(を含む動物)にとって必須の成分であり、飢えたよそ者に食事を供するのが義務とされた古代にあっては、塩がこの義務を司る神との関連から、聖なるものとされたのであろう。

(14) カルケドン(Charkedon)はカルタゴのギリシア語名。テュロスから商業都市として植民された。

(15) テュロスで崇拝されていたフェニキアの神メルカルト(Melqart)は、ギリシアの英雄で後に神格化されたヘラクレスと同一視された。メルカルトは「都市の王」を意味し、古代セム族の神バールの土着したものとされる。

――当地における角力《すもう》競技で優勝の栄冠を獲得し、それをもってギリシアにおけるテュロスの勝利を宣揚することになったからである。さらに続けてこう言いました。

「なぜこのようなことになったかというと、マレア岬沖を通り過ぎ、逆風を利用してケパッレニア島(16)へ船を向けたときのことです、あの男が誓いを立てて言うには、我らが祖国のこの神様が夢枕に立ち、来るべきピュティア競技祭での勝利をお告げになられたというのです。さらに彼は、予定していた航路を変更してここに寄港するようわれわれを説得しました。そして彼は予言が正しかったことを身をもって証明し、これまで一介の商人に過ぎなかった男が、なんとまあ、輝かしい勝者として名を高からしめたのです。そういうわけで、彼はこのとおり未来のことを予示された神に感謝して勝利を祝い、それと同時に今後の航海の無事を祈願する犠牲式を捧げているところなのです。というのも、あなた、わたしたちは明日、風が期待どおりに吹いてくれれば、出港する予定でいるからです」

「出港するつもりだとは本当ですか?」とわたしが訊ねると、

「ええ、そのつもりですよ」との返事。

「それじゃあ、差し支えがなければわたしも同船させていただけませんか。じつは、ちょいと所用がありましてシケリアへ行かねばならんのです。ご承知のとおり、シケリアの島はあなた方がリビュアへ直行されるとすれば、ちょうど途中にありますのでね」

「あなたが同船をお望みになるなら、わたしどもにとってこれに勝る喜びはありません。ギリシアの賢人と、しかもこれまでのご様子から拝察するに、恐らくは神々のご加護を受けておいでの方と同道できるとは」

「ぜひそうさせて欲しいものです。ただ、準備のために一日だけ猶予をいただきたいのですが」とわたしは彼らに申しました。

「よろしいでしょう」との返事が返ってきました、「明日まで使っていただいて結構です。ただし、遅くとも夜中には波止場にお出で下さい。と言いますのは、航海には夜が絶好でしてね、陸から吹く風が波も立てずに船を送り出してくれるのですよ」

わたしはまず彼らに誓いを立てさせて、約束の時間より早く出港することはないという保証をとってから、夜中には行くと約束しました。

17

それからわたしは彼らをその場に残して立ち去りました。彼らはなおも笛の音と踊りに興じていました。その踊りというのが、笛を吹き鳴らす軽快な旋律、

---

(16) マレア岬はペロポネソス半島東南端に突き出ており、風向きが一定しないことで海の難所とされた。ここを通り過ぎてペロポネソス半島西岸に沿って北上するとケパッレニア島に至り、半島と本土を分かつコリントス海峡を東へ進むとデルポイが本土側にある。

一種のアッシリア風の曲調に合わせて、跳びはねるように踊るものでした。軽やかに跳ねてふわりと宙に浮いたかと思うと、地面すれすれまで腰を沈め、まるで憑き物が憑いたように体全体をぐるぐる回転させるのです。

さて、そこを離れてわたしはまずカリクレイアの住まいへ行きました。彼女はまだ、カリクレスのもとから届いた宝石類を膝の上にひろげて見つめているところでした。カリクレイアのあとにテアゲネスを訪ねました。二人にそれぞれ、いつ、なにをすべきか言い含めたわけです。それが済むと家へ帰って来るべき事態を待ちもうけました。すると、それから間もなく、次のような事件が起こったのです。夜もとっぷりと更けて町中が眠りの淵に沈んだころ、武装した一団がカリクレイアの住まいを占拠しようとしたのです。この恋の戦の指揮を執ったのはテアゲネスで、行列行進に参加した若者たちをまとめて一個小隊を編成しておりました。彼らは一丸となって吶喊《とっかん》の叫び声を挙げるとともに、楯を叩いて大音響を立てたのです。それはほんのちょっとでもそれを聞いた者はみな震え上がってしまうほどでした。そして、燃え盛る松明を掲げて構内へ踏み込んだのです。中庭へ通じる扉を破るのは造作もないことでした。なぜなら、簡単に開くよう閂《かんぬき》の部分に細工が施されていたからです。カリクレイアもこの計画はあらかじめ知らされていて準備ができていたので、粗暴な行為に喜んで身をゆだね、彼らに攫われるがままに任せています。また、娘が持っていくことを望んだ身のまわりの品々も、少なからずいっしょに運び出されました。こうして彼らは家の外へ出ると、戦の雄叫《おたけ》びを挙げ、剣で楯を打って、腹の底に響くなんとも騒々しい音を立てながら、町中を練り歩き始めたのです。町の住人たちはなんとも言いようのない恐怖に突き落とされました。なにしろ、連中が真夜中に事を起こしたのは、いっそうの恐怖を煽るためでしたし、パルナッソス山も青銅の鳴り響く音をまじえた彼らの叫び声に応えて谺《こだま》を送り返したからです。ともかく、こうして彼らは代わるがわる、続けざまにカリクレイアの名を呼ばいながら、デルポイ市を通り抜けたのです。

18

彼らは町の外へ出るとロクリスやオイテの山々がある北に向かって全速力で馬を走らせました(17)。ところが、テアゲネスとカリクレイアは前もって決めてあった方針に従い、テッサリア人の仲間と別れてひそかにわたしのところへ逃れて来たのです。二人はわたしの前にいっしょになって崩折《くずお》れると、しばらくは膝にすがりついていましたが、そのあいだも瘧《おこり》がついたようにぶるぶる震えながら、「お救い下さい、おじ

(17) ロクリス、オイテはそれぞれデルポイより北方の地域名。テアゲネスの出身地であるテッサリアはさらに北なので、若者たちがカリクレイアを攫ってテッサリアへ帰るように見せかけたもの。

様」と何度も呼びつづけました。もっとも、カリクレイアはそう言ったきりで、頭をうなだれ、たった今起こったばかりの前代未聞の出来事に羞恥を覚えたのか、頰を赧《あか》く染めています。だがテアゲネスのほうは、他にもいろいろと哀願の言葉を並べ立てました。

「カラシリス様、どうぞお救い下さい、わたしたち嘆願者を。わたしたちは帰る国のないよそ者になってしまいました。わたしたちは互いに、あらゆるもののなかから相手だけを得るために、他の一切を捨てたのです。どうか、お救け下さい。わたしたちの身柄は今からは運命の操り人形、純潔なエロス神の虜囚なのです。罪なくしてみずから追放の道を選び、救いへの希望をすべてあなた一人に託したわたしたちをお救い下さい」

この言葉を聞いてわたしは感動し、涙こそ流さなかったが、若者たちの心中を思って、心のなかでは泣きました。でもそのお陰で、二人には気づかれませんでしたが、随分と気が楽になったものです。それから二人を立たせて激励しました。なにしろこの計画の最初のとっかかりに神のご配慮があったのだから、将来の希望も順風満帆なのだと保証してから、

「計画の次の段取りをするため、わたしはここを離れますが、あなた方はここに残って待っておいでなさい。人に見られないように十分気をつけて」

と言って駆け出そうとしました。ところが、カリクレイアがわたしの上着の袖を摑んで

引き留め、こんなことを囁《ささや》くのです。

「おじ様、あなたはわたしのことをテアゲネスに任せ、わたし一人を置き去りにして行ってしまわれるのですか。それは、不正の、いいえ、裏切りの口火を切るようなものですわ。おじ様には思いもよらぬことでしょうが、恋する男の方は恋の相手が自分の手の内に入った場合、守り手としては信用なりませんもの。廉恥心を呼び覚ますような方がかたわらにいないとなれば、なおさらです。だって、あの方は憧れの対象が無防備なまま目の前にいるのを見るとますます燃え上がるに違いない、そんな気がしますもの。ですから、おじ様を送り出す前にまず、テアゲネスに誓いを立てさせて、現在はもちろんむしろ将来にわたっても、わたしの身の純潔を保証してもらいたいのです。つまりその、わたしが本来の氏素性を回復するまでは、それとも、神霊の妨げによってその願いが叶わぬなら、わたしがみずから妻となることを望んだときはともかく、さもなくば決してアプロディテ様に関わるようなことはしないと、そう彼に誓わせていただきたいのです」

わたしはその言葉を聞いて感心し、ぜひともそのようにすべきであると判断しました。そこで、竈《かまど》に火を点けて祭壇とし、御供に乳香を焚くと、テアゲネスが誓いを立てました。もっとも彼は、前もって誓約を取るなんて頭から信用がないようで不公平だ、なぜなら、自分の意志で決めたことなのに神を恐れて仕方なくそうしているのだと思われては、誠実さの証明にならないではないか、などと不平たらたらでした。それでもともかく、ピュトのアポロンとアルテミスと、それに加えて当のアプロディテとエロスたちにかけて(18)、何事につけカリクレイアの希望と指示のとおりにするであろう、と誓いを立てたのです。

19

二人が神々を証人として他にもいろいろと互いに約束を取り交わしている隙を見て、カリクレスのところへ走っていくと、その家は騒然とした物音と嘆きの声で溢れかえっていました。すでに家僕たちがカリクレスの家へ到着し、娘が攫われたことを伝えたあとだったのです。また、町の人たちも大勢集まってきて、悲嘆に暮れるカリクレスを取り巻いていました。ところが彼らは、なにが起こったのかわからず、なにをなすべきか見当もつかずにただ凍りついたように呆然と突っ立っているのです。そこでわたしは大声で叱咤《しった》してやりました。

「情けない。あなた方ときたら、まるで口の利けない人みたいに、なにも言わずなにもせずに、何時まで座っているつもりなのですか？　不幸に襲われた途端に、考える力まで奪い去られたようではありませんか！　すぐにも武器をとって敵を追う気にならんのですか？　不遜極まりないことをした連中を捕まえて、懲らしめてやろうという気概はないのですか？」

するとカリクレスの返事はこうです。

「どうせ無駄なことですよ、現実に逆らおうなどとはね。わたしにはわかっておるのです、これは神々の怒りに触れて罰を受けたのだと。早すぎる時刻に至聖所に入り、見てはならぬものをこの眼で見たそのときから、この罰を神は予告されていたのです。畏れ多くも見るも憚《はばか》るものを見た代償として、もっとも愛しいものを見る喜びが奪われるであろう、と。しかしながら、たとえ相手が神であれ、戦いを妨げるものはなにもない(19)、とも申します。もし、追っていくべき相手がだれなのか、それとも、このきつい戦いを

---

(18) 古典期にはゼウス、大地、ないし太陽神にかけて誓うのが普通であった。ここに出てくる神々はなんらかの点で主人公たちの置かれた状況と関係がある。アポロンはデルポイの守り神であり、かつ神託を授ける職能を有する。アルテミスは前出のとおりカリクレイアが信奉する処女神で、処女性を守る女神である。アプロディテはエロスとともに愛の神で、二人の今後の行動になにかと影響をおよぼしそうである。なお、エロスはここでは複数形になっているが、古典期には単数が普通で、複数は例外的。ヘレニズム以降、絵画や文学で次第に複数の小児神として描かれるようになった。いわゆるキューピッドである。

(19) 『イリアス』一七・一〇二―一〇四で、メネラオスがヘクトルによって後退を余儀なくされたとき、アイアスといっしょなら神を相手にしても戦うのだが、と独白する。

仕掛けてきたのがだれなのか、わかっておりましたらなあ」

「テッサリア人ですよ。それも、あなたが高く買っていて、わたしとも親交を結ばせようとしたあのテアゲネスなのです。それと彼の取り巻きの若者たちですな。彼らは昨晩までこの土地に居りましたが、今は一人として市内では発見できますまい。そういうことですから、さあ、立って、民会を召集されるがよい」

わたしの提案は実行に移されました。執政官が臨時民会の召集を布告し、ラッパの合図でその布告を町中に知らせると、市民が続々と集まってきて、劇場は夜の会議場に変貌しました。そして、カリクレスが中央へ進み出ると、集まった民衆はその姿を見ただけで心を動かされ、一斉に嘆きの声を挙げるありさま。カリクレスは黒衣を身にまとい、頭と顔から砂埃をかぶって、次のように語りかけました。

「デルポイ市民諸君、恐らくあなた方はわたしを襲ったあまりにひどい不幸に目を奪われて、わたしは己が死に価することを告げたいがためにこうして進み出たのだ、このように集会を召集したのもそのためなのだとお思いかもしれません。しかし、それは違うのです。なるほど、わたしの窮状は何度死んでも死に足りないほどではあります。そして今、わたしは、人々に見捨てられ、神々の呪いを受けております。ただひとつ残されたわが家も、ともに暮らす最愛の者をいっぺんに失い、今やもぬけの殻となってしまいました。それにもかかわらず、だれにもありがちの空しい妄想が、愚かしい希望が、娘と再会することができるかもしれないと耳元で囁き、辛抱して耐えるよう、なおもわたしを説き伏せるのです。また、それにも増して、わたしに生きながらえるよう促すのは、このデルポイの町なのです。わたしはこの町が非道な行為に走った連中に対して復讐を遂げるところを、この眼が黒いうちに見たいものだと切に期待しておるのです。それともいったい、テッサリアの若造どもはあなた方から、よそ者の侵害に立ち向かう不屈の精神を、また、生まれ故郷と代々祭られてきた神々に加えられた侮辱に対する怒りまでをも、掠《かす》めとってしまったのでしょうか？　と言いますのは、歌舞隊の子供らや神聖使節団の従者どもがほんの少人数で、ギリシア諸都市のなかでももっとも位の高いこのデルポイを踏みにじり、アポロンの御社からもっとも貴重な宝、ああ、わたしが眼に入れても痛くないほど大事にしておるカリクレイアを略奪して立ち去るということは、これにまさるもののない重大事だからであります。おお、これは鬼神がわたしに対して仮借ない妬心《としん》を燃やしたに違いありません！　鬼神は、あなた方もご存じのとおり、わたしにとって一人目の、それも実の娘の命を、婚礼の松明の火が灯《とも》されるのと同時に消し去りました。しかもなんと、わたしの心の傷が癒えぬうちに、その母親をも道連れにし、そして、ついにはわたしを生国から追放したのです。しかし、そうしたこともすべて、カリクレイアを見いだしたあとはまだ耐えることができました。カリクレイアは わたしの命、一族を継承する希望の星でした。カリクレイアだけが慰めであり、いわばわたしをつなぎ止めておく碇《いかり》だったのです。それなのに、いつの間にかわたしを呑み込んでいた悲運の波が、その碇すらも切り離し、脇へ攫っていったのです。これは単なる偶然の出来事ではありません。鬼神は時刻も前と同じ夜更けを選んで、わたしを無残な遊びの犠牲にして愉しんだのです。というのは、カリクレイアはあとほんの少しで初夜の寝室となるはずだった、まさにその部屋から連れ去られたからです。間もなくあなた方すべてに婚礼の儀が公表される予定でしたのに」

20

カリクレスがまだ話の途中で不覚にもおいおい泣き始めると、執政官へゲシアスが彼のあとを受け、カリクレスを脇に退けてから、言いました。

「諸君、カリクレス殿が今後しばらく涙に暮れるのは仕方があるまい。だが、われわれがこの方の受難に同情するあまり、いっしょに涙に溺れているのはまずいと思うのだ。われわれ自身気づかぬうちに、まるで流れに押されるままこの方の涙に流され、時を失することのないようにしようではないか。時に適うというのは何事につけ最大の要件だが、とりわけ軍事行動ではもっとも肝心な点なのだ。つまり、たった今この会議場を離れて出撃するなら、準備に手間取ると予想して敵がのんびり退却しているうちに、彼らに追いつく可能性がある。逆に、嘆き悲しんでいて、いやむしろ女のように臆病風に吹かれ、愚図愚図した挙げ句に、うんと水をあけられるようなことにでもなれば、われわれは物笑いの種になるしかない。しかも、青二才どものためにだ。したがって、わたしは次のように提案したい。可及的速やかに彼らを捕縛して磔刑《たっけい》に処するとともに、一方では復讐を近親にまでおよぼし、彼らの子孫からも名誉を剝奪すべきである、と。なお、それを実行するのは容易なことと思われる。すなわち、逃亡に成功した連中がいたとしても、彼らと彼らの子孫に対してテッサリア国民が義憤を抱くように仕向ければよいのだ。それには、民会決議をもって、英雄祭への神聖使節団の派遣と犠牲式の挙行を彼らに対して禁止し、その祭事の費用をわが国庫で負担するよう議決することだ」

これらの提案が賛同を得て、まだ民会決議による議定が進行しているうちに、執政官が追加の提案をしました。

21

「もうひとつ、異存がなければ採決していただきたいことがある。それは、今後アルテミスの巫女は武装競走の選手のために松明を掲げ持たないこと、という提案である。なぜなら、わたしの推測によれば、テアゲネスの心のなかで不敬な思いに最初に火が点いたのはそのせいだからだ。どうもやつは初めてカリクレイアを見たときから略奪を心に決めた節がある。そこで今後も同様の不埒な計画を立てる者のないよう、元を断っておくのが得策なのだ」

ヘゲシアスはこの提案でも全会一致の賛同を勝ち取ると出撃命令を発し、戦を告げるラッパの合図が鳴り響きました。劇場に集まった人々は戦に向けて散会し、会議場から戦場へと雪崩を打って駆けて行きます。徴兵適齢の頑健な年齢層の者ばかりか、大勢の少年や大人になりかけの青年たちまでが、年端の行かない分は意欲で補い、勇をふるってこの出撃に参加したのです。また、女たちにしても、その本性から見て意外なほど雄々しくふるまった者がたくさんいました。彼女らはなんでも目についた物を摑んで武器とし、男たちのあとを追って走りました。もっとも、これは別に役には立ちませんでした。後れをとることで自分たちが女であり、それにふさわしく弱いものだということを彼女らは悟ったのです。老人が老いに逆らう姿も見られたものです。気だけは若くてなんとか体を引きずって行こうとするのですが、それも思うようにはならず、闘志があるだけに自分の無力さが情けない、といった様子でした。ともかく、こんなわけで、町中がカリクレイアの略奪にひどく憤慨し、いわばたった一人の災難に町中がかき回され、夜が明けるのも待たず、全市を挙げてどっと追跡行に繰り出したのでした。

巻五

1

「と、まあ、デルポイの町の状況はそのようなところで、あとはなるようになったのでしょう。それから先のことは知る機会がありませんでしたのでね。だが、町を挙げての追跡がわたしにとっては逃走のための絶好の機会となりました。二人を拾うと、そのまま夜が明けぬうちに波止場へ連れて行き、例のフェニキア商船に乗り込ませました。船は今にも艫綱《ともづな》を解こうとしているところでした。というのは、そろそろ夜が白みかかる時分でして、フェニキア人たちは一日と一晩だけ待つという約束だったのだから、わたしと立てた誓いを破ることにはならないと考えたからです。ともかく、彼らはわたしたちの到着を大喜びで歓迎すると、最初は櫂を使ってただちに港の外へ船を漕ぎ出しました。穏やかな陸風が吹き渡って小波《さざなみ》が走り、まるで船尾から笑いかけるように思われたそのとき、彼らは船の航行を帆にゆだねました。キッラ湾、パルナッソス山の支脈、アイトリアやカリュドンの断崖が、空を飛ばんばかりの勢いで走る船の舷側に次々と浮かんでは消えていきました。そして、日が傾いてまさに没しようとするころ、その名のとおり鋭く切り立ったオクセイアイの島々(1)と、ザキュントスの海が行く手に現れたのです。

それにしても、なんということでしょう？　こんな夜遅くに長々と話をしているとは！　わたしとしたことが迂闊《うかつ》にも、その後に続く物語の海へ本当に船を漕ぎ出すところでした。まあ、このあたりで話は中断して、一眠りしようじゃありませんか。だって、クネモン、もしあなたがあくまでも話を聞くことに固執し、断固として眠気とたたかうつもりなら、それでもいずれくたびれ果ててしまうと思いますよ。わたしの苦難の話は延々と続いて深更にまでおよぶでしょうからね。それに、あなた、わたしもそろそろ歳のせいで疲れがきましたし、悲しい出来事の思い出が心をなえさせて眠りへ誘うようなのです」

「それじゃ、ここまでとしましょう、お父さん」とクネモンが言った、「でもそれはわたしがお話に嫌気がさして、というわけじゃありません。たとえあなたの物語が幾日幾晩かかろうとも、いつかうんざりする時が来るだろうとは思えませんのでね。いやまったく、カリクレイアにまつわる物語はセイレンの歌のようなもの、いくら聞いても聞き飽きるものではありません。ところで、さっきからなにか大勢の人がお屋敷のなかにい

（1*）鋭く尖った島々の意で、カリュドン海峡の西の小島群の一部とされる（ストラボン『地誌』一〇・二・一九）。

るような、ざわざわという物音が耳元で響いているんですがね。気にはなっていたんですが、ずっと話の先を聞きたいという気持ちに引きずられて、強いて黙っていたのです」

「わたしにはなにも聞こえませんでした」とカラシリスが応えた、「恐らく歳のせいで耳が鈍くなっているでしょうし——歳をとるとどこもかしこも悪くなりますが、まず耳にきますからな——それに、たぶん話に夢中になっていたせいもあるでしょう。この屋敷の主人、ナウシクレスが戻ったのでしょう。しかし、おお、神々よ、あの方の首尾はいったいどうだったのか?」

「すべて期待どおりですよ」と、突然ナウシクレスが二人の前に現れて言った、「こんなことを申すのも、善良なカラシリス、あなたがわたしの行動を気にかけていて下さること、いわばあなたの心がわたしと行をともにしておいでだということに、ちゃんと気づいていたからです。あなたのお気持ちは、わたしに対する日頃の態度からも、わたしがここへ入って来るときに耳に挟んだ言葉からもよくわかりました。ところで、こちらのお客人はどなたですかな?」

「ギリシアの方ですよ。詳しいことはいずれまた聞いていただきましょう。それより、あなたのほうで首尾は上々というなら、早く教えて下さい。わたしたちもあなたと喜びを分かち合えるように」

「いやいや、その話は明朝にしましょう」とナウシクレスが言った、「今はこれだけ聞いていただければ十分でしょう。ティスベを手に入れたのです。それも、前よりも素敵なのをね。でもわたしは、旅の疲れもあるし、いろいろと考え事もあって疲労困憊していますので、せめて短い眠りでも貪って元気を回復しなくちゃならんのです」

2

ナウシクレスはそう言って、言ったとおり早々に辞去した。ところが、クネモンはティスベの名を聞いて驚きのあまり凝然《ぎょうぜん》と凍りついてしまった。困惑のなかに放り出され、途方に暮れながらもありったけの知恵を絞りながら、絶えず深いため息を吐《つ》いて残された寝苦しい夜を過ごしていたが、しまいには深い眠りに落ちていたカラシリスにさえそれを気づかれてしまったのである。老人は上体を起こし肘をついて、なにがあったのか、どういう理由《わけ》でそんなに、気が狂ったみたいに取り乱しているのか訊ねた。クネモンは彼に向かって言った。

「これが狂わずにいられますか。ティスベがまだ生きているなんて話を聞いたからにはね」

「ティスベとは何者です？　名を聞いただけでどうしてその女だとわかるのです？　それに、その女が生きていると告げられたのが、なんでそんなに気にかかるのですか？」

「わたしのほうの物語をあなたにお話しするときには、それに加えて詳しいことを全部聞いていただくことになるでしょう。ともかく、わたしは彼女が殺されているのをこの眼で確かめたし、「牧人」の村で彼女の亡骸《なきがら》をこの手で埋葬したんです」

「あなたはお眠りになったほうがよい。その辺の事情については、いずれはわかることです」

「いや、眠れそうもありません。あなたは泰然と構えていればいいでしょうが、わたしはこのままじゃ生きた心地もしませんよ。今すぐ抜け出して、どんなやり方でもいいから、ナウシクレスにいったいどんな妄想が取り憑いたのか、それともエジプトでだけは死人が蘇るとはどういうことなのか、突き止めてみなくては」

カラシリスはそれを聞くとちょっと微笑んだきり、ふたたび眠りに落ちた。クネモンは部屋の外へ出たものの、夜中の闇のなかで知らない家のなかをうろつくとどうなるかという見本のようなものだった。それでも彼は、ティスベが元となった恐怖と疑惑を拭い去りたい一心で、どんなことでも我慢した。そうしてだいぶ経ってから、自分ではいつも初めての場所へ進んでいるつもりでじつは同じ所を何度も堂々巡りした挙げ句、とうとう女が忍び泣くような声を耳にしたのである。その声は春の夜に啼《な》く小夜鳴鳥《サヨナキドリ》の哀しげな唄のようだった。クネモンがその泣き声をたよりに部屋のほうへ進み、両開きの扉の合わせ目のところに耳を押し当てて盗み聞きすると、なおも悲しみ訴える次のような声が聞こえてきた。

「ああ、わたしはなんて不幸な女なんでしょう。海賊の手を逃れ、もう命も危ういというところを間一髪ですり抜けて、これから先は最愛の人とともに暮らせると思ったのに。たとえよそ者として異国を放浪する生活だとしても、それでもあの人といっしょならとても幸せな暮らしができるはずだったのに。わたしにはあの人といっしょでも耐えられないほど辛いことなどありはしないんだから。それなのに今度は、生まれたときわたしの担当に決まった神様が、まだ満足できないんでしょうか、わたしにほんの少しばかり幸せの味を教えておいて、それから絶望の底に突き落としたのだわ。奴隷の境遇から抜け出すことができたと思ったのに、元の木阿弥、またも奴隷の身だなんて。牢屋だってそうよ。これじゃ、監視されているのと同じだわ。島では闇のなかに閉じこめられていたけれど、今もあの時と変わらない、いえ、本当のことを言うと、もっとひどいくらいだわ。わたしを慰めたいと思い、じっさい慰めることのできる人からも遠ざけられてしまったのだもの。昨日までわたしのねぐらは盗賊たちの洞窟だった。人の入りこめない穴蔵で、墓場とそう違いがない、それがわたしの住処《すみか》だった。でも、わたしの一番大事に思っている人が近くにいるだけで、そんな憂さも少しは晴れる気がした。あの人はあそこでわたしのことを、まだ生きているうちに哀れに思い、死んでしまったと思いこんで涙を流した。殺されたものと信じて悼《いた》んでくれたわ。今はそんな慰めすら奪われてしまった。わたしと不運をともにしてくれる人は、重荷のように降りかかる禍をいっしょに背負ってくれる人は、もういない。わたしは独りぼっちで見捨てられ、虜囚の身となって悲嘆に暮れるばかり。苛酷な運命の気まぐれに翻弄されるままなのだわ。これまで我慢して生きてきたのは、最愛の人が生きのびているんじゃないかって希望があるから。でも、ああ、わたしの命よ、あなたはいったいどこにいるの？　あれからどうなってしまったの？　ああ、まさかあなたまでが奴隷に身を落としたというの？　だれよりも自由で、恋の虜《とりこ》ということをのぞけば、奴隷とはほど遠い志を抱いたあなたが？　いいえ、わたしが望むのはただあなたが命だけは救かって、いつかあなたのティスベにめぐり合えますように、ということだけ。だって、嫌でもあなたはわたしをその名で呼ぶことになるでしょうから」

3

こんな繰り言を聞くとクネモンはもはや気力もなえて茫然自失してしまい、それから先を聞こうとする余裕はもはやなかった。漏れ聞こえた最初のほうの言葉からはまだ違う解釈をする余地もあると思ったが、終わり近くの言葉を聞いては、これは本当にティスベの声に間違いないと信じ込んだ。衝撃のあまり、危うく扉のすぐかたわらにへたり込みそうになった。倒れそうなのをようやくの思いでこらえ、だれかに見つかりはしないかと惧《おそ》れて、蹌踉《そうろう》とした足取りでその場を離れようとした。なにしろ、すでに雄鶏が二度目の時を作っていたからである。そして、ここではなにかに蹴躓《けつまず》いて足を痛め、かしこではどすんと壁にぶちあたり、出入口の上に渡された楣《まぐさ》だの、天井からぶら下がっている道具類などに頭を打ち付けたりして、さんざん迷い歩いた挙げ句、カラシリスと二人いた部屋に辿り着くと、ばったりと寝床に倒れ込んだ。体はぶるぶる震え、歯の根が合わずにがちがち鳴るのだった。もしカラシリスが速やかにこれに気づいて、体を温めてやり、いろいろ言葉をつくして正気づかせようとしなかったなら、クネモンはひどく危険な状態に陥っていたかもしれない。一瞬意識を回復したところで、カラシリスがこんなことになった原因を訊ねると、クネモンは、

「わたしはもうおしまいですよ。希代《きたい》の妖婦ティスベが本当に生きているからにはね」

と言ってまた気を失ってしまった。

4

こうしてカラシリスはまたぞろクネモンを正気づかせようとして四苦八苦することになった。やはりこれはなにか、それでなくとも人間世界の出来事をなにもかも冗談か気まぐれな遊びの種にしてしまう霊的な力が、クネモンを手玉にとって遊んでいたに違いない。その力はクネモンがなんの苦痛も感じずに最高の幸せに浸ること

を許さず、もう少しあとで彼が享受することになる愉悦に、今から苦いものを織り込んでおいたらしい。ひょっとすると、そのようにするのが神霊の習性であって、今回もその習性が発現したのかもしれない。そうでなければ人間の本性というものは、どういうわけか知らぬが、混じり気のない純粋な喜びを受けつけぬものなのだろう。このときもクネモンは、なにをおいても手に入れたいものを遠ざけ、この上なく甘美なものを恐ろしいものと思いこんでいたわけである。というのは、あんなに悲嘆に暮れていた哀れな女はティスベではなく、カリクレイアだったのだから。

じつは彼女の身には次のようなことが起こったのである。テュアミスが生け捕りになって身柄を確保され、島は焼き打ちにされて住み着いていた「牧人」たちが四散してもぬけの殻になったあと、クネモンとテュアミスの楯持ちテルムティスは、敵が首領をどう処置したものか調べるつもりで早暁《そうぎょう》に沼を渉《わた》った。この二人がどうなったかはすでに物語ったとおりである。テアゲネスとカリクレイアは二人だけで洞窟にとり残された。だが彼らは進退谷《きわ》まったこの状況を、かつてない幸せと感じた。なぜなら、このとき初めて彼らは邪魔をしそうなものすべてから解放されて二人きりになり、なんの妨害も受けず全身全霊で飽くことのない抱擁と接吻に身をゆだねることができたからである。彼らは他の一切を忘却して、あたかもひとつに溶け合ったように、長いこと抱き合っていた。もっとも、彼らが存分に味わったのは無垢でまだうぶな愛であり、二人のしとどに流す熱い涙は混じり合ったものの、彼らが交わしたのは清らかな口づけにとどまった。というのは、テアゲネスがいささか興奮して欲求をつのらせるのに気づくたびに、カリクレイアが例の誓いを思い出させてそんな気持ちを追い払ったからである。それに、テアゲネスのほうも愛の力には太刀打ちできなくても、欲望は自制できる質《たち》だったので、昂ぶった思いを鎮めることは苦痛でなく、節度あるふるまいの枠を越えないようにするのは楽なことだった。だが、これからなにをすべきかということに思いが至ると、いくら飽き足りないとはいえ、いつまでも喜びに耽ってもいられないという気分が襲ってきた。最初にテアゲネスが口を切って言った。

「ねえ、カリクレイア、僕ら二人がいつまでもいっしょでいること、また僕らがこの世のなによりも大切だと決めて、そのためにあらゆる苦難に耐えてきたものを手に入れることは、僕らの願いでもあるし、ギリシアの神々もお認めになるとよいのだがね。けれど、人間の運命は不確かでいつどう転ぶかわかりはしない。じっさい、僕らはさんざんいろんな目に遭ってきたし、これからもいろんなことがあるだろう。さしあたり僕らの課題は、クネモンと打ち合わせたとおりに、なんとしてでも至急ケムミスという村に辿り着くことだ。どんな運命が僕らを待ち受けているかわかりはしないし、どうやら、ここから僕らの待望の土地までは計り知れないほどの隔たりがあるようだ。だから、合図を決めておくことにしよう。いっしょにいるときは人に知られずに意思の疎通を図るためと、万が一離ればなれになった場合、互いに探すことができるようにね。道に迷ったときの備えに、前もって内緒の印を決めておけば、見つけだすのに好都合なんだ」

5

カリクレイアもこの提案に賛成し、離ればなれになったときは、社殿か眼を惹く彫像、それともヘルメス柱像(2)や三叉路にある石などに、書き置きを残すことに決めた。すなわち、ピュティコス(つまりテアゲネス)もしくはピュティアス(つまりカリクレイア)は右もしくは左に、これこれの村あるいはこれこれの地域に向かった、という具合に書き、さらに日付と時刻も明記することにしたのである。二人が同じ場所に到着したなら、それぞれ互いに一目見るだけで十分だ、胸に刻まれた愛の印をぼんやり曖昧にしてしまう時など来るはずがないのだから、と二人は語り合った。もっとも、それはそれとして、カリクレイアは捨て子にされたとき自分といっしょに置かれていて(3)、あとで育ての父から渡された指輪を、テアゲネスは猪狩りのときに負った膝の傷痕を、具体的な印として見せ合った。それから合言葉も、カリクレイアは「松明」、テアゲネスは「椰子」と決めた(4)。

これが済むと二人はふたたび抱き合い、ふたたび嘆き合ったが、その様はあたかも涙を神々への捧げものとし、接吻を誓約の保証とするかのようだった。さて、このようにして打ち合わせが済むと、彼らは貯め込まれていた財宝の山にはなにひとつ手を付けずに洞窟から抜け出した。なぜなら、彼らは略奪品で築かれる富は不浄のものだと考えたからである。ただし、彼ら自身がデルポイから携えてきて、盗賊どもに奪われたものはまとめて持ち出した。カリクレイアは服を着替えて首飾りと冠と聖衣を革袋に詰め、見つけられにくいように、さらにその上から安物の衣類を押し込んだ。それから弓と箙《えびら》をテアゲネスが持っていくよう手渡したが、これは二人が仕えている神の常用の武器でもあるので、彼にとって格別に嬉しい荷物となった。

ところが、沼のほうへ下りていって小舟に乗ろうとしたまさにそのとき、武装した大群が島に向かって渡ってくるのが眼に入ったのである。

（2）ヘルメス柱像は土地の境界や道のまじわる所などによく置かれていた石柱で、ヘルメス神の頭部と勃起した男根を備えていた。

（3）テアゲネスの膝の斑痕は英雄オデュッセウスがその乳母エウリュクレイアに認知される印となった傷痕を模したものであろう。オデュッセウスの場合も傷はやはり猪狩りで負ったものである。『オデュッセイア』一九・三九二―四七五。

（4）松明と椰子はデルポイの武装競走でテアゲネスが勝ったときカリクレイアが捧げ持っていたものである（巻四・一参照）。

6

二人はこの光景を見ると頭がくらくらして長いこと口も利けずに立ちつくした。次から次と容赦のない脅しをかけてくる運命に対して不感症になってしまったようだった。そうは言っても、しばらくして、押し寄せてくる大群が今にも渚《みぎわ》に碇《いかり》を下ろさんばかりになったとき、カリクレイアが、ひょっとしたら見つからずに済むかもしれない、逃げて洞窟に身を隠しましょう、と言ってすぐに駆け出そうとした。しかし、テアゲネスは彼女を押し止《とど》めて言った。

「どこまでも付きまとってくる運命を逃れて、僕らはどこまで行くことになるのだろう？　運命に身をゆだね、流れにまかせて、行き着くところまで行こうじゃないか。いつまでも終わらない放浪の旅だの、漂泊の生活だの、鬼神が僕らに仕掛ける絶え間のない嘲弄など、もうお払い箱にしよう。君も見てのとおり、逃走のたびに盗賊の巣窟がついてまわり、海で災難に遭ったと思ったら、それと競うように陸ではもっとひどい禍に見舞われる、激戦のあとはすぐ盗賊という具合じゃないか？　鬼神は少し前には僕らを虜囚としていたが、今度は見捨てられた二人という役回りにした。解放と自由への逃走を指し示しておきながら、僕らを亡き者にする人間どもを差し向けるのだ。そんな風に鬼神は僕らを戦に巻き込ませ、僕らの人生を舞台にかける劇のように演出して気散じをしているのさ。そうだとしたら、鬼神の作ったそんな悲劇作品を短く端折《はしょ》って、僕らを殺したがっている連中に首を差し出してはならない理由なんてあるだろうか？　ひょっとすると、やつは劇の大団円を異様に膨らませることに固執して、僕らがみずからの手で心中するなんて無茶な筋書きを演出するかもしれないいんだから」

7

カリクレイアはテアゲネスが言ったことに全面的には納得せず、彼が運命のことを悪し様に言うのは当然ではあるが、進んで敵の手に身柄を引き渡すということには賛成できないと言った。なぜなら、敵が自分たちを捕らえたらすぐに殺すというこことは、初めから明らかなわけではなく（というのは、自分たちが相手にしているのは、不幸からの速やかな救済を赦してくれるような、そんな人の好い神ではないのだから）、むしろ好んで彼らの奴隷にするために命を救けるかもしれない。その惨めさはどんな死にも勝るではないか。そのときは、憎むべき蛮人どもの、忌まわしく、口にするのも厭《いと》わしい蛮行に曝されるのだ。

「そんなふるまいをわたしたちはあらゆる手段を使い、最善をつくして退けてやるのよ。今までの経験からすれば成功する可能性はあると思うわ。だってわたしたちはもう何度も、もっと信じがたい苦境から生きのびてきたじゃない」

「君がしたいようにするさ」とテアゲネスは言い、引きずられるようにしてカリクレイアが先導するあとについて行った。だが、遅すぎたのだ。二人は洞窟に辿り着くどころか、正面から接近する連中に気をとられているうちに、敵の軍勢のうち別の場所から島に上陸した一団によって、背後から知らぬ間に包囲されてしまっていたのである。二人は立ちすくみ、カリクレイアはどうせ死なねばならぬならテアゲネスの腕のなかで死にたいと、彼の脇にぴたりと寄り添った。進んで来る者らのうち幾人かが二人を打ち殺そうとして刀を振り上げた。だが、若い恋人たちが寄せ手を凝視すると、彼らは二人の輝くばかりの美しさに圧倒されて戦意を失い、振り上げた右手を下ろしたのである。どうやら、腕っ節の強い無骨者たちも美男美女の前には色を失い、異人種の眼差しも愛くるしい姿を見ては和らぐもののようである。

8

それから彼らはテアゲネスとカリクレイアを捕らえて総大将のところへ連れて行った。彼らはこの戦利品のなかでも一番立派なものを自分が真っ先に送り届けようとやっきとなった。実のところ、彼らが持ち帰ることになる戦利品といえばこの二人しかなかったのだ。というのは、武器を持って端から端まで島じゅうを蹂躙《じゅうりん》し、いわば網をかけるように四方八方から島全体をしらみつぶしに調べたが、めぼしいものなどどこにもまったく見つからなかったからである。なぜなら、島は先の戦争の時に放たれた火でほとんど焼きつくされてしまい、ただ洞窟だけが焼け残っていたのだが、彼らは洞窟のことなど知る由もなかったのだから。ともかく、こうして二人は総大将の下《もと》へ連行された。総大将はミトラネスといって、ペルシア大王配下のエジプト太守オロオンダテスの下で守備隊長の任に当たっている男だが、すでに述べたとおりこの男がナウシクレスによって大枚の金を積まれ、ティスベを捜すためにこの島に渡っていたのである。さて、テアゲネスとカリクレイアがしきりと救いの神に救けを求めながら近くへ連れて来られるのを見て、ナウシクレスはとっさに商売人らしい勘を働かせ、大胆な計略を思いつくと、跳び上がるようにして一行の下へ駆けつけ、声を張り上げて言った。

「その女がティスベです。わたしは無頼の「牧人」どもによって彼女を奪いとられましたが、ミトラネス、あなたと神々のお陰でふたたび取り戻すことができたのです」

そう言ってナウシクレスはカリクレイアの手をとり、嬉々として喜ぶ様を見せつけた。一方、カリクレイアに対しては、かたわらにいる者たちに気取《けど》られぬよう、「命が救かりたいと思うなら、ご自分はティスベであるとお認めになるがよろしい」と、そっとギリシア語で囁《ささや》いたのである。この策略は見事に功を奏した。カリクレイアはギリシア語を耳にし、この男には力になってもらえるかもしれないと見込んで、計略に乗ることにした。そして、名はなんというかというミトラネスの問いかけに対して、自分の名はティスベであると認めたのである。

その途端、ナウシクレスはミトラネスのそばに駆け寄り、その頭に口づけの雨を降らせた。そして、彼の武運の強さを大いに賞賛し、いくつもの戦争で赫々《かっかく》たる戦果を挙げてきたが、このたびの出征も大成功だというようなことを言って、この異邦人を大いに持ち上げた。ミトラネスのほうは誉め言葉に気をよくし、しかも名前のからくりに誤魔化されて、事態はナウシクレスの言うとおりなのだと思いこんだ。彼は、若い娘の匂いたつような美しさに驚きはした。粗末な服を着ていても、彼女の魅力は雲間から射す月の光のように衣を透かして輝いていたのだから。それでも、元来がお人好しのミトラネスは巧妙な騙しの手口にやすやすと乗せられて考え直す暇《いとま》もなく、「それなら、この女は君のものだから、連れて行くがよかろう」と応じた。ミトラネスはそう言って娘を引き渡したが、彼女をじっと見つめる様子からも、むざむざ呉れてやるのは本意ではなく、身代金を受け取っているから仕方がない、という気持ちは隠しようがなかった。ミトラネスはテアゲネスを指さして、「だが、この男は、いったい何者か知らぬが、われわれの戦利品とし、われわれの監視下に置き、いずれバビロンに移送することとする。王の食卓で仕えるのにぴったりだからな」と宣言した。

9

このように話がついて彼らは沼を渉った。互いに別れを告げると、ナウシクレスはカリクレイアを連れてケムミスに向かったが、ミトラネスは自分の領知する別の村に向けて踵《きびす》を返し、一刻の間もおかずに、メムピスにいるオロオンダテスのもとへ書状を添えてテアゲネスを護送させた。文面は以下のとおりだった。

エジプト太守オロオンダテス殿

ギリシア人青年を捕縛しましたので、貴下のもとへ送り届け申し上げます。この者は不肖が使役するには過ぎた美貌の持ち主であり、王のなかの王たる神君ペルシア大王の御前にのみ姿を現し、お仕え申し上げるにふさわしい者と拝察されます。いずれにせよ、かくのごとく立派な贈物を、われらがともに主君と仰ぎ奉る方のもとへ帯同する役割は、貴下に委譲すべきものと存じ上げます。宮中の廷臣の方々も、かくも見事な装飾をかつてご覧になったことがないばかりか、二度とふたたび眼にすることもあるまいと思われます。

守備隊長ミトラネス拝

10

ミトラネスが送った書状はそのような内容のものだった。

さて、カラシリスとクネモンが不明の点を問い質《ただ》したいと気が急いて、まだ夜も明けやらぬうちにナウシクレスのところへ出向き、今回の作戦の首尾を訊ねると、ナウシクレスは事の一部始終を語った。すなわち、例の島に上陸したこと、しかし島には人気《ひとけ》がなかったこと、それから娘が一人現れたのを、ティスベだと偽ってミトラネスを騙し、手に入れたこと、そして、結果としてその娘に行きあたったことはティスベを発見する以上の成果だと思うこと、などだった。その理由として彼が言うには、娘とティスベの違いは生半可なものではなく、神と人間を比べるようなものだ、娘の美しさはそう言っても言い過ぎではなく、言葉で表現するなど自分には不可能なほどで、それに手元にいるのだからお目にかけることができる、ということだった。

11

カラシリスとクネモンはそれを聞くといちはやく事の真相を察知して胸騒ぎを覚え、できるだけ早くその娘に来てもらうよう指示してほしいと頼んだ。なぜなら、二人にとってカリクレイアの言葉につくせぬほどの容色は初めからわかっている事実だったからである。連れて来られると、カリクレイアは最初うつむいて顔を眉の陰に隠すようにしていたが、ナウシクレスが怖がらなくてよいと励ますと、少し顔を上げた。そして、彼女は二人を見、二人は彼女を見た。なんと思いがけないことか！　三人の胸中に突然切ない思いが込み上げ、彼らはまるでひとつの合図に合わせるかのように、それともみな一まとめにして鞭打たれたかのように、一斉に叫び声を上げた。一時のあいだ、聞こえてくるのは「ああ、おじ様！」と「おお、娘よ！」と、そしてクネモンの「本当にカリクレイアだ、ティスベじゃない！」という声ばかり。

一方ナウシクレスは、カラシリスがカリクレイアを抱きしめて涙を流すのを見て呆気にとられ、芝居じみたこの認知の場面がどういうことなのかわからず言葉を失っていたが、ようやくカラシリスが彼をしっかりと抱き、口づけをして言った。

「ああ、あなたはなんと素晴らしき友であろう！　願わくは神々がこのお返しとして、あなたの心に十分満足がいくだけの褒美を授けたまわんことを。あなたはわたしが心中もはやどこにも見つかるはずがないと諦めていた娘の救い主となり、わたしにとって何物にも代えがたい、甘美なこの姿をふたたび眼にする機会を授けてくれたのです。だが、娘よ、カリクレイアよ、テアゲネスはどこに残してきたのかな？」

カリクレイアはこの問いに堪《たま》らずわっと声を上げて泣き、すぐには返事もできなかったが、ややあって答えた。

「この方にわたしを引き渡した人が捕虜として連れて行ったのです」

そこでカラシリスはナウシクレスに、テアゲネスについて知っていること、また、今彼の死活を握っているのはだれで、どこへ連れて行くつもりかを、包まず話してくれるよう求めた。ナウシクレスはこの娘とあの若者こそ、老人が自分に向かってたびたび話題にしていた者たちであることに気づき、老人が悲嘆に暮れながら彼らを求めてさまよっていることを知っていたので、すべてを物語った。ただしナウシクレスは、事態を知っていてもそれ以上のことはなにもできない、自分たちにはなんの方策もない、たとえ莫大な金を積まれても、ミトラネスがあの若者を手放すとは到底思われない、と付け加えた。そのとき、カリクレイアがカラシリスの耳元にこっそりと囁いた。

「お金ならあるわ。たっぷり出すと約束してやって下さい。額はおじ様がいいと思うとおりで結構ですわ。わたし、おじ様もご存じの首飾りを守り抜いて、今も肌身離さず持っているのです」

12

カラシリスはこれを聞いて勇気づけられたが、これまでの経緯《いきさつ》とカリクレイアが携えている財宝から、ナウシクレスがなにか疑念を抱きはしないかと心配し、このように言った。

「善良なナウシクレス、賢者はものに事欠くということがなく、欲するところがすなわち現実となるのです。なぜなら賢者は、なにを要求するのが正しいかを知っているので、そのすべてを神々から手に入れるからです。だからあなたはただ、テアゲネスを押さえている人がどこにいるのかだけお話し下さるとよろしい。そうすれば、神々から溢れ出す力はわたしたちを見放すことはなく、ペルシア人の金銭欲を吹き飛ばすのに必要と思われるだけ、いくらでも援助をして下さることでしょう」

それを聞くと、ナウシクレスはにっこりと笑って、

「あなたがね、まるで魔法のように突然金持ちになるなんて話をわたしに信じさせようと思うなら、さしあたりこの娘さんの身の代金を払ってくれませんとね。ご承知のとおり、ペルシア人と同じく、商人もお金には目がないものでしてね」

「わかっておりますとも。身の代金は差し上げましょう。それはもう当然のことです。あなたのご親切には一点の欠けたところもなく、わたしどもの要望を先回りして、この娘の返還を喜んでお認めになるというのですからね。だが、まず神々に祈りを捧げるのが先ですな」

ナウシクレスが言った。

「そのことに異存があるわけではないのですが、わたしとしては神々に感謝の犠牲式を捧げるつもりでおりますので、もしよろしければ、むしろその犠牲式に神の代理として出席してご祈禱なさり、わたしには富を下されるよう祈願なさり、ご自分はこの娘さんをとると……」

それを聞いてカラシリスがナウシクレスに言った。

「冗談もほどほどにされるがよい。不信心な言動は謹んでいただきましょう。あなたは先に行って犠牲式の準備を整えておいて下さい。わたしどもは、すべて用意ができてから参ることにしましょう」

13

カラシリスの言葉どおり事が運び、まもなくナウシクレスのもとから使いの者が来て犠牲式への出席を急ぐよう呼びかけた。彼らは——どうするか手筈はもう決めてあったので——喜んで出かけて行った。カラシリスとクネモンはナウシクレスや式に呼ばれたその他大勢の者たちと(というのは、ナウシクレスが準備したのは公的な犠牲式だったからである)、カリクレイアはナウシクレスの娘や他の女たちといっしょに出かけた。この女たちは寄ってたかってカリクレイアを宥《なだ》めたり賺《すか》したりして、ようやく同行するよう説き伏せたのだった。カリクレイアとしては、犠牲式というのは口実で、心のなかではこの機会にテアゲネスの無事を祈るのだという思いがなかったなら、恐らく決してこの説得に応じなかったであろう。

こうして一行はヘルメスの神殿に着いた。ナウシクレスは神々のなかでもとりわけ、交易と商売の守護神たるヘルメス神を尊崇していたので、この神に犠牲を捧げるつもりだったからである。人が揃うとすぐに犠牲式が執り行われ、カラシリスが即座に犠牲獣の内臓を調べたが、彼の顔に浮かんでは消える表情から、嬉しいこと苦しいことが交錯する、複雑な将来の運命が予示されつつあることは明白だった。彼はぶつぶつと祈りの文句を呟《つぶや》きながら、両手を祭壇の上に載せ、あらかじめ携えてきた品をあたかも祭壇の火のなかから取り出したように見せかけて言った。

「これがカリクレイアの身の代です、ナウシクレス、神々がわたしを通してあなたに下されたのですぞ」

カラシリスはそう言うと同時に、王家の財宝のなかから選んだ、大粒で神秘的な輝きを放つ指輪をナウシクレスに手渡した。その指輪は、リングのまわりに琥珀が象眼され、台座にはエティオピア産のアメシストが燃えるように輝いていた。その石は大きさが少女の眼ほどもあって、その美しさときたらイベリアやブリタニア産の石など足元にもおよばないほどの逸品であった(5)。というのも、それらの地域のアメシストの色は、紅は紅でも生気のない紅で、まるでたった今萼《がく》が開いて花弁を綻《ほころ》ばせ、初めて陽光を浴びて薄紅色に色づきはじめたばかりの薔薇に似ている。ところがエティオピア産のアメシストの場合、混じりけのない深紅の色が石の奥底から、あたかも春の季節そのもののように鮮やかに萌えたっているのである。手にとって傾《かし》げてみるなら、石は金色の光を放つで

(5) プリニウス『博物誌』三七・一二一によると高級なアメシスト（紫水晶）はインドで産した。エティオピアもブリタニアもアメシストを産したとする記述はヘリオドロスのこの箇所以外にない。しかし、古代、イベリアと呼ばれた今日のジョージア地方から多少のアメシストが輸入されていたことはわかっている。ヘリオドロスは使用した資料を誤解して、このイベリアを今日のスペイン・ポルトガルにあたる同名の地域と混同したらしい。

あろう。だがそれは、眩《まぶ》しくて眼がくらむような強い光ではなく、柔らかな輝きであたりをほんのりと照らすようなやさしい光なのだ。それでいて、この石には西方で採れる石とは比べようのない真正な力が宿っている。なぜなら、この石はその名に違《たが》わず、身につけている人の酔いを覚ます効果があり、酒宴の席でいつまでもしらふでいさせてくれるからである。(6)

14

さて、インドとエティオピア産のアメシストならどれでもそのような性質を有しているのだが、このときカラシリスがナウシクレスに差し出したのは、彫琢を凝らし動物の浮き彫りが施された極上の品だった。その意匠は次のようなものだった。少年が羊の番をしており、見晴らしが利くように平らな岩の上に立ち、横笛を吹いて羊の群に牧草を食《は》むよう合図すると、羊たちもそれに従って、笛の音を聞きながらおとなしく草を食んでいるらしい。これを見た者は、羊がふさふさと金色の毛を生やしていると言うかもしれないが、それは精巧な技術の賜物というわけではなく、アメシストそのものの紅色が羊の背に照り映えているのである。また、子羊たちがしなやかに跳びはねる様も彫り込まれている。あるものは群をなして岩に駆け登り、あるものは少年のまわりを意気揚々と駆け回るものだから、少年が立っている岩はまるで羊飼いの舞台という様相を呈している。またあるものは、アメシストの輝きを日の光のように喜ぶあまりぴょんぴょん跳びはねて、辛うじて岩に触れているのは爪先ばかりというありさま。なかでも年かさで向こうっ気の強い羊たちは枠の外へ跳び出したがっているようだが、羊たちと岩のまわりに金の台座の縁を柵のようにめぐらせた職人技でそれを妨げられているように見える。またその岩がまさに岩そのものであって、まがい物ではなかった。なぜなら、これを造った彫刻師が本物の質感を出したいと思って、自然石の表面の一部をそのまま残して岩としたからである。その職人には石を削って石を造形するなど余計なことに思われたのだ。指輪の形状は以上のとおりであった。

15

ナウシクレスはこの奇跡のような指輪の出現に驚くと同時に、それ以上に指輪がはなはだ高価そうなことに狂喜し、その石が全財産にも匹敵すると値踏みして言った。

「あれは冗談だったのですよ、善良なカラシリス。身の代金を要求したのは口から出まかせでしてね、もともとの狙いは娘さんをあなたに無償で返還することでした。でも

（６）アメテュストスもしくはアメテュソスは「酔っていない」あるいは「酔わせない」という意味の形容詞であるが、アメシストにそのような効用があるからとする語源説はプリニウスやプルタルコスが否定している。プルタルコスは酩酊の恐れがないよう水で薄めた葡萄酒と色が似ているからだと述べている（『モラリア』六四七Ｃ）。

まあ、お国の諺にもあるように、神々からの見事な賜物を拒んではならないと申しますから、この宝石はありがたく頂戴することにします。これが神々のなかでも最善最美のヘルメス神より到来したことは信じて疑いません。事実、この指輪を火中に出現せしめ、あなたへの贈物となさったのは、かの神に違いありません。ほら、見てのとおりこの石はなかにひそむ炎に照らされて輝いているではありませんか。それに同じ儲けるにしても、提供する側にはびた一文の負担もかけず、受け取る側も得をする、そんな儲けが一番だと思いますしね」

ナウシクレスはこう言って指輪を収めると、他の人々を促して宴席へ向かった。そして自分で指図して、女たちには神殿の内部に席を割り当て、男たちは境内に据えた食卓に着かせた。こうして一堂に会した人々が食べる楽しみを存分に味わってから、食卓から混酒器(7)に、すなわちご馳走から酒に場が移ると、男たちはディオニュソス神の船出を祝って行進の歌を歌ったりお神酒《みき》をそそいだりし、女たちはデメテル神(8)に感謝の讃歌と踊りを捧げた。一方カリクレイアは独り離れて自分だけの儀式を行い、テアゲネスのために自分の命が救かるように、また自分のためにもテアゲネスが無事でいるようにと、願をかけた。

16 すでに酒宴が酣《たけなわ》となって、それぞれ思い思いの愉しみに心が傾きはじめたころ、ナウシクレスが混じり気のない水だけを満たした杯を掲げて言った。

「カラシリス、あなたの健康を祈って清らかな水を飲ませていただきましょう。そのほうがお好みに適うでしょう。葡萄酒の神ディオニュソスとはなんの関わりもない、まことにいまだ乙女のごとく純潔な水です。そしてこのお返しに、わたしどもが聞きたいと熱望している物語をお話し下さるなら、あなたはもっとも素晴らしい混酒器から汲まれる美酒でもてなして下さることになるでしょう。だってほら、聞こえるでしょう。女たちは酒が入った勢いか、踊りに興じはじめたようです。でも、わたしどもにとっては、あなたさえその気になれば、あなたの放浪の話こそどんな踊りや笛の音よりも嬉しい、なによりの愉しみなのです。あなたは何度かその話をなさろうとしましたが、その都度なにか事件が持ち上がってはお預けになっていたのは、ご承知のとおりです。とにかくこの好個の機会を逃す手はありません。なにしろ、あなたのお子さんたちのうち、娘さんのほうはこのとおり無事生還して眼に見えるところにおいでだし、息子さんも神々の

（7＊）ギリシア人は普通、食事を終えたのちに酒宴に移った。葡萄酒を生《き》のままで飲むのは野蛮とされ、大きな甕で水と混ぜた。水と酒の割合は、三対二、二対一、三対一などさまざま。

（8＊）ギリシア神話の大地母神、穀物神。デメテルと娘ペルセポネの母子神は特に女性の崇拝を受けた。

ご加護を得てそう遠くないうちに姿を現すことができるでしょう。まあ、またも話を後回しにしてわたしをがっかりさせるようなことがない限り、大丈夫ですよ」

「ナウシクレス、あなたに最大の祝福あれ」とクネモンが口を挟んで言った、「祝宴のために楽器を全部かき集めておきながら、それが手元に来るともう気にもとめずに一般の人に譲ってやる。そして、それこそまさにえも言われぬ愉悦の味がする、摩訶不思議な出来事について聞くほうが愉しみだと言われるのですからね。また、わたしが思うに、あなたは神というものの性質を実によく理解していらっしゃる。ヘルメス神をディオニュソス神とともに安置奉り、お神酒に添えて言葉の薬味も少々献上なさろうとは[9]。あなたが主催される犠牲式の豪華さにも驚かされましたが、もてなしのためにいろんな話を持ち寄ってもらうというのは、ヘルメス神にもっともふさわしいやり方で、この神様を宥《なだ》めるのにこれにまさる方法は望めないでしょう」

カラシリスはひとつにはクネモンにも喜んでもらえるし、また今後のためにナウシクレスを味方につけておくという意図もあって、ナウシクレスの提案に従い、すべてを物語った。もっとも最初のほうの、すでにクネモンには話してある出来事は簡単に端折って要点だけを述べ、またナウシクレスが知るとためにならないと判断した事柄はわざと飛ばした。そして、前の話に続くまだ話していない箇所から物語を再開した。

17

すなわち、デルポイを逃れてフェニキア船に乗り込み、初めのうちは穏やかな風に背後から吹かれて順調に海を進んだが、やがてカリュドン海峡にさしかかると、もともと時化《しけ》ていることの多い海域にぶつかって、ひどい波に翻弄される、というところからだった。クネモンがその話も省略しないで、その場所で恒常化している荒波の原因についてわかっていることがあれば説明してほしいと頼むと、カラシリスは次のように言った。

「イオニア海の非常に広大な広がりがこの海域で急に狭くなって、いわば壺の口のように狭いところを通ってクリサ湾(10)に流れ込み、ものすごい勢いでエーゲ海と混じり合おうとするのですが、ペロポネソスの地峡によって前進を阻《はば》まれてしまいます。どうやら神々が狭い地峡を架け渡してこの流れを妨害し、立ちはだかる陸地を洪水で洗い流すことがないよう配慮したようなのです。それで、当然ながらこの地峡部分からの逆流現象が起こり、次々と押し寄せる水が戻り水の流れとぶつかり合うため、この海峡付近では他の湾では見られぬほど激しい摩擦が生じ、水が荒れ騒いで沸騰するような波を立て、

(9) ヘルメスは商売の神であるとともに、古代後期には弁論の神（ヘルメース・ロギオス）とも見なされるようになった。

(10*) クリサ湾はキッラ湾と同じものだが、ここではコリントス湾全体の意味で使われている。

しまいには強い水圧によって大波となるというわけですよ」

この説明を聞くと居合わせた人々のあいだには、それが本当の原因に違いないというわけで拍手と賞賛の声が上がった。それからカラシリスは話を先に進めた。

「さて、この海峡を通り抜け、オクセイアイの島々を遥かあとにすると、まるで淡い雲のように朧《おぼろ》げながら、ザキュントス島の高みがかすかに望み見られるように思われました。するとそのとき、操舵手が帆の一部を緩めるよう命じたのです。わたしたちが、船が順風を受けて走っているのに、どうして速度を落とすのかと訊ねると、操舵手がこう答えました。

「帆にいっぱいの風を受けて走ると、日が暮れてから島に接岸することになるんだ。そうすると、暗くてよく見えないもんだから、たいていは海面下に隠れている切り立った岩場に座礁する恐れがある。だから風をほどほどに受けて、船をゆっくり進め、沖合いで夜をやり過ごすのがいいんだ。朝になって安全に陸に近づけるよう、頃合いを見計らうわけさ」

18

操舵手の言うとおりになりましてね、ナウシクレス、日が昇るのと同時に、わたしたちの乗った船も碇を下ろしました。港が都市部からそう離れていないためもあって、停泊地の周辺に住む島民が、まるで見世物でも見に来るように、わたしたちの船を見物しにやって来ました。彼らは見たところ商船の大きさと、その美しくすらりと伸びた姿にすっかり見惚《みと》れている様子で、こんな傑作はフェニキア人の造った船に違いないと口々に言うのです。しかし、それ以上に彼らを驚かせたのは、船の乗組員が、昴《すばる》もとうに沈んだこの冬の季節(11)、好天に恵まれ、なんの被害も受けずに航海を果たしたことでした。それこそ奇跡だというわけですな。さて、他の連中は、まだ艫綱《ともづな》を結んでいる最中だというのに、ほとんど全員が船をあとにしてザキュントスの町へ商売に出かけて行きました。でもわたしは、フェニキア商人たちがこの島を冬の逗留地として利用する気でいることをたまたま操舵手から聞いていたので、どこか海岸に近い所に宿はないかと物色しはじめました。というのは、船は乗組員たちが騒がしいから住む場所にはふさわしくないと思われましたし、かといって町も二人の若者が逃亡中であることを思えば安心はできず、願い下げにしたかったからです。

さて、そういうわけで少しばかり道を歩いて行くと、家の戸口の前に座って、破れた投網《とあみ》の目を繕っている年配の漁師が眼にとまりました。わたしはその老人に近づいて言

(11*)「沈む」は昴(プレイアデス)が日の出直前に西の地平線に沈むことで(cosmical setting)、十月末にあたる。

いました。

「こんにちは。ちょっとお訊ねしたいのですが、どちらへ行けば宿が見つかるでしょうか」

「このすぐ先の岬の突端の海中にな、『豚の背』ちゅう岩があって、昨日そこに乗り上げてばらばらになってしもうたんじゃ」

「いやいや、わたしが知りたいのはそんなことじゃないんで。そんな、邪険になさらずに、話を聞いてはいただけないものでしょうか。あなたのお家に泊めていただくか、それともどこか紹介して下さってもよいのですが」

「あれはわしがやったわけじゃあない。いっしょに船を出してはおらなんだからな。どうかこのテュレノスが耄碌《もうろく》してあんなへまをしませんように。いや、あれは若い衆がやった失敗でな、海に隠れた岩のことをよお知らんものじゃから、やっちゃいけんところで投網を打ちよったんじゃよ」

わたしは遅まきながら老人の耳が遠くなっていることに気づき、大声を張り上げて言いました。

「こんにちは！　わたしはよそから来たので、宿を教えて下さい！」

するとと老人が答えました。

「ああ、これはこれはこんにちは。よかったら、わしの家に泊まらっさい。もしや、あんたが寝椅子のいっぱいある部屋をご所望だとか、御付の者をぞろぞろ従えているちゅうんでなければじゃが」

子供が二人とわたしを入れて全部で三人だと告げますと、老人が言いました。

「大いに結構。ちょうどぴったりですじゃ。いずれ見てもらうじゃろうが、うちはもう一人多いんでの。ちゅうのは、わしにもいっしょに暮らしている餓鬼がまだ二人おりますんでな。上の子供たちは所帯を持って家を構えておるんじゃが、餓鬼どもの子守りがおるんで、それで四人ですじゃ。そんたらわけじゃから、あんた、迷ったり疑ったりするにはおよばん。うちらは最初にお見かけしたときから生まれのええのが確かな、立派な方なら大喜びでお迎えしますでな」

わたしはこの申し出を受けることにしまして、すぐにテアゲネスとカリクレイアを連れて戻りますと、老人が快く出迎えて、家のなかでも比較的暖かな一角を割り当ててくれたのです。

こうしてわたしたちはその冬の季節、初めのうちはなかなか快適に過ごしていました。たいていはその家の人たちといっしょに日中を過ごし、寝る時分になると離ればなれになるという具合です。カリクレイアは子守り女と同室し、わたしとテアゲネスが自分たちの部屋をひとつもらい、テュレノスはその子供らといっしょに別の部屋で休んだわけです。わたしたちは食事もともにしました。食料はわたしたちが賄ったのですが、テュレノスもありあまるほどの海の幸で若者たちをもてなしてくれました。たいがいテュレノスが独りで魚を捕りに行くのですが、時にはわたしたちも暇を見つけて漁に加わりました。彼の漁の手並みときたら実に見事なもので、さまざまな漁法に通じており、どんな季節にもぴったりの技術を身につけていました。しかも、なんとも運の強い男で、獲物をたくさん捕まえるものだから、彼が苦心して身につけた技術を幸運の女神の寵愛に結びつけて考える者も多かったのです。

19

しかし、諺にもありますように、運の悪い人間はどこまでいっても運の悪いもので、そんな僻地《へきち》にいてもカリクレイアの美貌がかえってやっかいな結果を招きました。あの、ピュティア競技祭で優勝したテュロスの商人、わたしたちと航海をともにした男が、たびたび独りで押しかけてきてはわたしを困らせ、無理難題をもちかけて執拗につきまとったのです。つまり、まるで父親に向かってするように、カリクレイアを嫁にくれと迫ったわけですよ。その男はひどく尊大に構えていて、名家の出であることを自慢たらしく述べ立てたり、今ある財産を数え上げたりするのです。あの商船も彼個人の持ち物だし、黄金や高価な宝石や絹の衣装など、船荷の大部分を占める商品は自分のものだと言いましてね。さらに、その名声をさらに高めるのに大きな力を持つものとしてピュティア競技祭での勝利を挙げたり、その他にもいろんなことを申し立てるのですよ。そこでわたしが、今置かれている貧しい境遇を断りの口実にし、また、よその土地、それもエジプトから遠く離れた異国の住人に可愛い娘を嫁にやる決心は到底できかねる、と言いますと、彼はこう応じたものです。

「お父上、そんな心配はご無用に願いたいものですな。だって、お嬢さんに身ひとつで来ていただけるなら、それだけでも何タラントン(12)もの持参金を、いや、この世の富をまるごと受け取ったも同然と思われますし、それに、国のことならあなた方の祖国を自分の国としてもよいと思っているのですよ。カルケドン行きは中止して、あなた方といっしょに、あなた方のお好きなところへ船を向ければいいのです」

20

わたしはこのフェニキア人が諦めるどころか、思いを遂げるために異様なほどに熱をあげ、一日と措《お》かずにやって来ては同じ話題でわたしを煩わせるのを見ているうちに、島にいるあいだに暴力沙汰なんぞに巻き込まれないためにも、色よい返

(12*) 時代は下がるが、メナンドロスの喜劇『辻裁判』『人間嫌い』に金持ちが娘に四タラントンの持参金を持たせる例がある。その頃(前四世紀末頃)のある年、都市国家アテナイの歳入は一二〇〇タラントンであった。

事をして窮状を打破しようと決意しました。そして、すべてはエジプトに着いてから実行することにしましょうと彼に約束したのです。ところが、まだこの男をやっかい払いする暇もないうちに、神々は、よく言われるように、打ち続く波のごとくに禍を送ってよこされたのです[13]。と言いますのは、それから何日も経たないうちにテュレノスが、とある、肘を張ったように突き出た岬のほうへわたしを連れ出して、こう教えてくれたからです。

「カラシリス、大海の神ポセイドンをはじめとする海の神々にかけて誓ってもよいがの、わしはあんた自身を兄弟とも思うておるし、あんたのお子たちもわしの餓鬼どもと同じ眼で見ておるです。そこでな、ちょいとしたことが持ち上がろうとしていることを、あんたに教えてあげようと決めましたんじゃ。それはの、なんとも切ねえことなんじゃが、あんたらと同じ釜の飯を食うたわしが黙っとるのは許されんことじゃし、どっちみちあんたが知らずには済まされんことなんじゃ。あのフェニキア商船を襲撃しようと付け狙っての、海賊の一味がこの岬のなかほどのすっぽりと包まれたようになっとる隠れ場所に潜んでおるのじゃ。代わるがわる番を立てて船が出るのを見張っておるのじゃよ。じゃからの、用心なさるがええ。身の安全を図って、どうするべきか考えることじゃ。なにしろあの連中が、いつものことながら、こんな荒っぽい仕事を企てたのは、あんたが狙い、いやむしろ、あんたの娘さんが狙いなのじゃからの」

そこでわたしはテュレノスに言いました。

「どうかあなたが教えて下さったことの代償として、神々が応分のお返しをあなたにたまわりますよう。でも、テュレノス、あなたはどこからその悪巧みの情報を仕入れたのですか？」

「漁師という仕事柄、あの男たちとは付き合いがあるんじゃ。魚を持っていっては、ほかよりもぎょうさんのお代を頂戴しておるんじゃよ。昨日、岩場でわしが海老の籠を揚げておったとき、海賊の頭《かしら》が来合わせてわしにこう訊きよったのじゃ。

『フェニキアの連中はいつ出港する気でいるのか、おまえ、聞いてないか？』とな。わしはその問いの底意《そこい》がわかったので、こう答えてやった。

『トラキノスの旦那、わしにははっきりしたことは言えんがの、あの連中、春先になったら船出すると思いよるんじゃがの』

するとトラキノスはこう言ったのじゃ。

（13）エウリピデス『イオン』九二七以下、「打ち寄せる苦難の大波を、船ならぬこの胸からやっと掻い出そうとしている矢先に、／今のお話を伺って、今度は別の波が艫《とも》からわたしを襲ってくる想いです」（松平千秋訳『ギリシア悲劇全集　第七巻』岩波書店）を参照。

『それじゃあ、おまえのところに泊まっている娘もやつらといっしょに発《た》つんだろうか？』

『確かなことはわからんよ。じゃが、お主はなんでそんなことに興味があるのかいの？』

『一目見ただけであの娘に首っ丈というやつよ。なにしろ、あれほどの上玉に出くわした覚えがないんだ。女なら大勢、それもなかなかの代物を捕虜にしてるんだがなあ』

そこでわしはやつを誘導して本音を全部吐かせてやろうと思ってこう鎌をかけましたのじゃ。

『それじゃあ、おまえさん、なんでフェニキア人とかかりあいになる必要があるのかね？　娘はやつらが出港する前にわしの家から攫《さら》っていけばよいのじゃ。血を見ずに済むことじゃしの』

『海賊にもな、少しは良心というやつが残っていて、付き合いのある人間は大事にしなけりゃと思ってるのさ。だからおまえに迷惑をかけるつもりはない。よそ者をどこにやったと問い詰められて、おまえまでひどい目に遭ったらかなわんだろう。それに、俺も一つの仕事で二つのでっかい獲物を捕まえたいと思ってるんだ。船に積まれた宝の山と、娘との結婚の両方だ。地上で商売にとりかかっては、どっちかを取り逃がすに決まってるぜ。それでなくても、町の近くで騒動を引き起こすのは危険だ。すぐに調査だの追跡だのがおっぱじまるに違いないからな』

わしはその心掛けは立派なもんだとさんざん持ち上げておいてから、そいつと別れ、悪党どもが企てている悪巧みをあんたに知らせに来たというわけじゃ。どうか、あんたとお子たちがここを無事切り抜けるよう知恵を働かせて下され」

21

わたしはその話を聞くとテュレノスに別れを告げ、うなだれて帰り道を辿りました。心のなかではどうしたものかといろんな思いが渦を巻いていました。と、そこへ例の商人がまたも来合わせまして、この男がまたぞろ同じ話を蒸し返しているうちに、ある計画の手がかりを与えてくれることになったのです。すなわち、わたしはテュレノスによって知らされた事柄のうち、言わないほうがよいと思ったところは伏せたまま、土地の住民のだれかが娘を奪おうとしているという件だけを打ち明けて、その男と面と向かって張り合うだけの力はないだろう、と言ってやったのです。そして、こう話を続けました。

「わたしとしてはむしろあなたに娘を嫁がせたほうがよかろうという気になってきました。なにしろ、お近付きになったのはあなたのほうが先ですし、あなたがありあまるほどの財産をお持ちだということもあります。それになによりも、あなたがつとに言明されたところでは、娘との結婚が叶うなら、エジプトに住んで下さるというのですからね。そういうわけですから、あなたがどうしても娘との結婚をお望みだというのなら、わたしたちは出帆を急いで早くこの土地から去らねばなりません。先手を打たれてやっかいなことになってからでは遅いのです」

これを聞くと商人はすっかり舞い上がってしまい、「よくぞ言ってくれました、お父上」と言うが早いか、わたしに近づいて頭に接吻し、出港はいつにすればよいかと訊ねました。彼の説明によると、まだ航海に適した季節ではないが、別の港に移動して、そんな物騒な計画のおよばないところまで避難し、春の兆しが見えるのを待つことはできる、というのです。わたしは言いました。

「では、わたしの思いどおりになるものなら、この晩にも船出したいものですが」

商人は、「では、そのとおりにしましょう」と言って立ち去りました。

わたしは宿へ戻ると、テュレノスにはなにも言わずに、子供たちにだけ今夜遅くなってから、また船に乗り込まなければならない、と話しました。二人は突然のことに驚き、その理由を訊ねましたが、わたしは説明を後回しにすることにして、「ともかく、今はそうするのが得策なのだ」とだけ言っておきました。

22 それからわたしたちがほんの少しだけ食事に手をつけてから眠りに就くと、夢のなかに一人の老人が現れました。それは、骸骨のように痩せこけた翁でしたが、たくし上げた腰布から覗く太腿に若いころの頑健さの名残をとどめていて、頭には兜を被り、すばしこく抜け目のない視線を周囲に走らせながら、怪我でもしているのか、足を引きずってこちらへ向かって来るのです(14)。そして、わたしの側までやって来るとにやりと笑って言いました。

「おかしなやつよのう。わしのことを歯牙にもかけなかったのは、お主くらいのものだ。ケパッレニア島の側を通る者はみなわしの屋敷を訪れ、わしの栄光について熱心に知りたがったものだが。ところがどうだ、お主はまるで無頓着で、通り一遍の挨拶すら手向けてはくれなんだ。わしはこの近くに住んでおるのにのう。さればお主はやがて海でも陸でも敵に遭遇することでそれに対する罰を受け、わしが嘗《な》めたのと同じ苦しみを味わうであろう。しかしだ、お主が連れている娘には、わしの妻のほうから挨拶があっ

（14） この老人はいくつもの点でホメロスによるオデュッセウスの描写を思い起こさせる。『オデュッセイア』一八・七四「爺さんがぼろの中から出して見せた、あの腿の見事なこと」、一三・三三二「そなたは慇懃で頭も切れるし、それに慎重でもあるからな」、『イリアス』一九・四七以下「名将オデュッセウスも、槍を杖に足を引き摺りながら現われ」、『オデュッセイア』一・一「ここかしこと流浪の旅に明け暮れた、かの機略縦横なる男の物語」（松平千秋訳）。

た。どうぞご無事でと申しておる。そのわけは、娘が純潔をなによりも大事にしているからだそうな。そして、娘に結末はきっと良くなると朗報を伝えておるぞ」

わたしはこの夢に心をかき乱されてがばとはね起きました。そして、テアゲネスがどうかしたのかと訊くのでこう言いました。

「ひょっとするとわれわれは船出の好機を逃したのかもしれない。夢のなかでそう思ってはっと眼が覚めたのだよ。さあ、君も起きて荷物をまとめなさい。わたしはカリクレイアを呼びに行きましょう」

わたしが合図するとカリクレイアも姿を見せました。ところが、テュレノスも物音を聞きつけて起き出してきて、なにをしているのか訊いたのです。わたしは応えました。

「今起こっていることはあなたのご忠告に従ったまでなのです。われわれは陰謀を企む連中の眼を逃れて、逃走を試みるつもりです。あなたも神々にかけてどうかご無事でおられますよう。あなたはだれよりも一番わたしたちに親切にして下さった。それで、最後にもうひとつだけご好意に甘えさせていただきたいことがあります。わたしたちのために、イタカに渡ってオデュッセウスの英霊に犠牲を捧げてほしいのです。そして、今夜オデュッセウスが夢に現れ、わたしに無視されたことが腹に据えかねていると仰せられたのですが、その怒りを解いて下さるようお願いしてほしいのです」

するとテュレノスはそのとおりにすると約束し、船まで見送ってくれました。その道すがらもおいおい泣きながら、わたしたちが恙《つつが》なく航海できるように祈ってくれたのです。

しかし、長々と話して退屈させることもありますまい。明けの明星が輝き出すとすぐにわたしたちは船を出しました。最初のうち水夫たちは出港に大反対だったのですが、結局、海賊が襲撃を企てているという情報があるから未然に逃走すべきだ、という例の商人の説得に応じたのです。そして、当の商人としても、まやかしにでっちあげたその話が現実になるとは、そのときは思いもよらなかったでしょう。

さて、わたしたちは強風にもてあそばれ、土砂降りの雨と言語に絶する大波の洗礼を受けて危うく命を落としかけたものの、なんとかクレタ島のとある岬に船を乗り上げたのです。もっとも、一対の舵のうち片方を失い、帆桁も大半はだめになりました。そういうわけで、船の修理とわたしたち自身の体力回復のために、何日かはその島に留まることに決まりました。そして幾日かが過ぎて、航海の再開は、月と太陽の合《ごう》の後に月が姿を見せた最初の日と告げられました。沖へ出るとすでに春めいた西風が颯々《さつさつ》と吹き渡り、わたしたちの乗った船は操舵手のあやつるがまま、リビュアの地を目指し、夜を日に継いで突き進みました。なにしろ操舵手の話によると、風向きが良いうちはまっすぐに大海を渡りきることが可能だし、後方に現れた小船は海賊船ではないかと疑われるので、どこか安全な港のある陸地へ到着を急ぐ必要があるから、ということなのです。彼はこう言いました。

「クレタ島の岬に船を乗り上げたときから跡をつけていて、速度を合わせたようにぴったり同じ針路をとって追ってきてるんだ。俺がわざと航路を逸らすのに合わせてその船が方向を変えるのを何度も目撃した」

23

そのことが話題になると、不安になって防戦の準備をすべきだと言う者もいれば、外海では小型船が大型船の跡をついてくるのはよくあることで、経験豊富な者に道案内を頼むようなものだと言って、あまり気にとめない者もいました。みながそんなことをああだこうだと論じているうちに、はや農夫が牛を犂《すき》から解き放す時分になると、強かった風が徐々に力を弱めて収まってゆきました。帆に当たる風も穏やかになって力を失い、帆布に吹きつけて押し進めるどころか、時々さっと払う程度になり、しまいには、あたかも風が太陽といっしょに沈んだかのように、いや、ありていに言えば、追跡者たちに加勢するかのように、ぴたりと凪いでしまったのです。というのも、小船とその乗組員は、わたしたちの船が風を受けて走っているあいだは、大きく遅れをとっていました。それは、商船のほうがより大きな帆でいっぱいの風を受けるのだから当然のことです。ところが、凪で海面が油を流したようになり、必要に迫られて櫂を使うようになると、わたしたちはあっという間もなく追いつかれてしまったのです。恐らく、小船の乗組員が全員櫂につかまって、軽くて櫂の動きに反応しやすい小船を飛ばしに飛ばしたのでしょう。

24

すでに彼らが間近に迫ったとき、ザキュントスからいっしょに船に乗り込んだ者の一人が大声で叫びました。

「やはりそうだ。おい、みんな、もう俺たちはおしまいだ。あの連中は海賊だぞ。トラキノスの船には見覚えがあるんだ」

こうはっきりと言われて、船内は上を下への大混乱に陥り、海は凪いで波もないのに、喧《かまびす》しい怒号と泣き声が飛び交うわ、人々は右往左往するわで、一気に大荒れとなりました。船内の物陰に身を潜めようとする者もいれば、船尾甲板に立って敵を迎え撃とうと互いに励ましあう者もおり、はたまた小舟に跳び乗って逃走を企てる者もいます。そしてもたもたしているうちに、とうとう戦のほうが自分からやって来て、戦闘を好まぬ者たちまでも、自己防衛のため、近くにあるものを武器の代わりに手にとって戦わざるをえなくなったのです。わたしとカリクレイアはテアゲネスにしがみつき、憑かれたように一戦まじえようと熱くなっているのをなんとか抑えようとしました。カリクレイアのほうは、常々言っていたように、テアゲネスと死に別れになるのは耐えられない、どうせ死ぬのなら同じ剣、同じ一撃でもろともにという思いからでしたが、わたしとしては襲撃してきたのがトラキノスだと知って、それはこれから先、われわれにとってむしろ有利に働くだろうという目算があったからなのです。そしてじっさい、結果はそうなりました。というのも、海賊たちは接近し、追い抜いて行く手を阻むと、なんとか血を流さずにわれわれの船を占拠できないかと試みました。飛び道具を使わず、われわれの船がぐるぐる旋回するばかりでちっとも前に進まないようにしむけ、いわば町を包囲して無血開城を迫るような形で船を乗っ取ろうとしているみたいでした。そして、海賊たちはこんな通告を発したのです。

「無駄な抵抗は止めろ！　諸君は気が狂ったのか？　われわれは圧倒的に強力で、諸君らなど敵ではないのだ。われわれに刃向かって手を上げ、一か八かの勝負に出て免れがたい死へ突き進む気か？　われわれは今のところ寛大にふるまうつもりでいる。われわれは諸君が小舟に乗り換え、どこなりと好きな所に向かって身の安全を図るよう勧告するものである」

海賊たちはそんな提案を突きつけてきましたが、商船の乗組員は危険のない戦闘、血の出ない戦を争っているうちは勇敢で、船から退去することを承知しませんでした。

25

ところが、海賊たちのなかでもとりわけ豪胆そうな男がこっちの船に跳び移って、出くわす者を手当たりしだいに剣で薙《な》ぎ払い、戦が殺戮と死によって決せられることを目の当たりに示すとともに、他の連中もみな跳び乗ってくると、フェニキア人たちは空威張りを悔やんで身を投げ出し、なんでも言われたとおりにするから命だけはお救けを、と命乞いする始末。すると海賊たちは――血を見ることで鉄の心は鋼《はがね》のように冷酷になるものだから――すでに流血に飢えていたにもかかわらず、トラキノスの号令一下、まったく予期に反して、這いつくばった男たちの命を救けました。しかし、その後に続いた停戦はなんの保証もないもので、和睦とは名ばかりの、実質的にもっとも苛烈な戦争とも言えるものでした。なぜなら、戦闘よりもさらに厳しい条件が課されたからです。短い下着一枚で船から退去するよう告げられ、これに従わない者は殺すと脅されたのですからね。それでも、どうも人間にとっては命がなによりも貴重なもののようですな。それだからこのときもフェニキア人たちは、船荷から期待される莫大な利益を奪われながら、まるでなにも失いはしないかのように、それが儲けだとでもいうように、他人を押しのけ、我先に小舟に乗り込もうと急ぎました。だれも彼もが人よりも早く自分の生存を確保しようと争ったわけです。

26

さて、わたしたちも指示に従って通り過ぎようとしたとき、トラキノスがカリクレイアを押し止めて言いました。

「愛しい娘よ、この戦は決しておまえを敵に回そうというんじゃない。いや、この戦のそもそもの目的はおまえなのだ。おまえらがザキュントスをあとにしたときから俺はずっと跡をつけて来た。俺はおまえのために、荒海を渡るという大変な危険も冒した。だから、怖がらなくてよい。これからは俺のそばでこの男たちみなの女王となるんだ。わかったな」

男はそんなことを言いましたが、カリクレイアは（彼女はとても賢い女性ですからね）果敢にもこの機会をうまく利用しようと腹を据えました。同時にそれは、一面、わたしの忠告に従うことでもありました。すなわち、困難な状況に沈みがちな目許《めもと》から陰を払いのけ、強いて魅力的な笑みを作って言ったのです。

「まあ、ありがたいことですわ。神々がわたしたちのため、あなたにたいそう寛大な心を吹き込まれたのでしょう。でも、わたしが本当に恐れを捨て、ずっと安心していられるようお望みなら、まずあなたのご好意がわかるような印を見せて下さいませ。そこにいるわたしの兄と父の命を救け、船から退去しなくてよいと言って下さい。二人と離ればなれになって生きていくことなど考えられませんもの」

カリクレイアはそう言うやいなや、男の前に身を投げ出し、助命を請いながら長いことその膝にすがりついていました。トラキノスはカリクレイアの抱擁に狂喜して、助命の約束をわざと引きのばしました。しかし、涙に心を動かされて哀れみを催し、眼差しの奴隷となってなんでも言うことを聞く気になったのでしょう、トラキノスはカリクレイアを立たせてからこう言いました。

「兄貴はおまえへの贈物としよう。うん、そのほうが俺も大いに嬉しい。俺の見るところ、兄貴は勇気に溢れた若者で、俺たちの暮らしの足しになりそうだからな。それから、この爺さんは足手まといで役には立たないが、おまえを喜ばせるためだけにでも生かしておいてやろう」

27

こんなことを言ったりしたりしているうちに、日はめぐってまさに西に没し、昼と夜の狭間《はざま》の世界である薄暮が訪れました。と、海が突如として荒く波立ち始めたのです。この変化は単なる時の弾みであったのかもしれませんが、ひょっとすると運命の意志の気紛れだったのではないかという気もするのです。吹き降ろす風のごうごういう音が聞こえたと思ったら、その途端に襲いかかった、いまだかつてない荒々しく激しい大風が、たちまち海賊たちをも思いもよらぬ混乱に陥れました。自分らの船を離れ、船荷を略奪するつもりで商船のなかにいるところを襲われたのに加え、海賊たちは巨大な船体をどうやって操るか、とんと無経験でした。船のすべての装備をたまたまそこに居合わせた者がいいかげんにいじくり、無謀にもめいめい勝手なやり方で操作したのです。帆を引き絞ろうとしてわけがわからなくなる者もいれば、知りもしないのに索具《さくぐ》を操ろうとする者もいる。あっちでは船首に立ち、こっちでは艫《とも》について舵を取るが、なんの役にも立ちません。ひどいものです。わたしたちを危機のどん底に突き落としたのは激しい荒波ではなかったのです。暴風と波浪はまだその頂点に達してはいなかったのですからね。悪いのはむしろ舵を取った男の無能さでした。かすかな薄明かりがあたりに残っているうちは頑張っていたのですが、完全に闇が支配するようになるとその男も舵を放り出してしまいました。

すでに水をかぶって、あわや沈没かというときになって、海賊たちが何人か自分たちの乗っていた元の船に乗り移ろうと試みましたが、やがて諦めました。波にあおられて難しかったこともありますが、商船となかに積まれている財宝を守りとおせば小船なんぞ千隻でも二千隻でも手に入るんだ、というトラキノスの説得が効いたのです。そしてしまいにはトラキノスが、こいつが俺たちの足をひっぱっているんだと言って、商船と小船をつないでいる索具を断ち切り、将来の身の安全を考えておく必要があると説明しました。二隻いっしょにどこかの港に入ったら疑われるに決まっている、片方の船の乗員がどこに消えたか問題になるに違いないんだから、というのです。彼の言うことはもっともで、当面は一挙に二重の面目を施したように思われました。海賊たちにしても、小船が切り離されてから、束の間の安堵を覚えたのですから。しかし、危険が完全に去ったわけではなく、彼らは次から次へと押し寄せるものすごい高波に翻弄されて、船の備品や積荷の多くを投げ捨て始めました。ともかくなにが起こっても不思議はない状況が続いたのです。しかしついに、その夜もやっとの思いで明け、翌日昼過ぎにわたしたちの船はナイル河のヘラクレス河口付近の海岸に漂着しました。

こうして惨めなわたしたちは否応もなくエジプトの地に降り立ったのです。他の連中は喜んでいますが、わたしたちは打ちしおれ、命が救かったことでかえって海に向かってさんざん愚痴をこぼしました。品位ある死を与えることを惜しんで、死よりも恐ろしいことの予想される陸地に引き渡し、海賊たちの無法な企みの前に曝すのだ、と申しましてね。

じっさい、無法者たちは地に足を下ろしたと思う間もなく、なにやらそんな良からぬことに取り掛かりました。海神ポセイドンに感謝の犠牲を捧げたいなどと言って、テュロス産の葡萄酒その他を船から持ち出し、また幾人かに莫大な金を持たせ、向こうの言い値を支払ってやれと命じて、近在の住民のところへ家畜を買いにやらせたのです。

28 使いに出された男たちはすぐに羊と豚の群を追いながら戻って来ました。待機していた連中も彼らを迎えると火を熾《おこ》し、犠牲獣の皮を剝いで祝宴の準備を始めました。そのとき、トラキノスが他人に聞かれないところへわたしを連れて行ってこう言いました。

「親父さん。俺はあんたの娘を嫁にすることになった。それで、あんたも見てのとおり、結婚式を今日執り行うつもりなんだ。祝い事のなかでも一番嬉しいやつと、神々への犠牲式とをいっしょにやろうというわけよ。そこでだ、あんた自身寝耳に水だというんでせっかくの宴の席で機嫌を損ねてもらっちゃ困るし、娘さんもあんたから話を聞いて、これから起こることを喜んで受け入れてくれるようにするには、あんたに俺の考えをあらかじめ伝えておくのが筋ってもんだろ。別にあんたに俺の考えを承諾してもらいたいというんじゃないぜ。俺にはやりたいことを必ずやり遂げる力があるんだからな。しかし、花嫁が前もって父親から結婚のことを聞いて、素直に従うように心の用意をさせるのが、なんといっても公平だし外聞もいいというもんだ」

わたしは彼の言葉を賞賛し、喜ぶとともに、その男を娘の夫として下さった神々に最大限の感謝を捧げるふりをしました。

29

それからわたしは、少しのあいだ引っ込んで一人になり、これからとるべき方策についてちょっとした構想を練り上げると、トラキノスのところへ戻って頼みました。婚礼の儀は厳粛に執り行ってもらいたい。それについて、娘には船を花嫁の部屋として割り当て、だれも侵入したり邪魔をしたりしないよう命じてほしい。そうすれば、花嫁の着付けや装身具のことなど、それなりに気を使うことができるだろう。

「なぜなら、生まれの良さと富に誇りを持っており、なによりもトラキノスの妻となろうという女が、手元にあるもので着飾ることさえできないなんて、そんな馬鹿なことはないでしょう。時も時、場所も場所ですから、婚礼の行列行進の豪華さは望めないにしましてもね」

トラキノスはこれを聞くと顔を綻《ほころ》ばせ、そのように指図することを大喜びで約束しました。そして、必要なものはすべてすぐに運び出し、その後は一切船に近づいてはならない、と部下たちに厳命したのです。海賊たちは命令に従って、食卓、混酒器、絨毯、衝立《ついたて》などシドンやテュロス産(15)の細工品や、その他宴会に必要なものをなにからなにまで惜しげもなく持ち出しました。彼らはそれらの財貨を肩に担いで無造作に運び出したのです。どんな運命の悪戯か、こつこつと大変な苦労を重ねて集められた宝の数々が破廉

（15＊）シドン（現レバノンのサイダ）とその南にあるテュロス（ティルス）はともにフェニキアの富裕な都市。

恥な饗宴で汚されることになったわけです。

一方、わたしはテアゲネスをつかまえてカリクレイアのところへ行き、彼女が涙に沈んでいるのを見つけて、こう話しかけました。

「娘よ。おまえにはいつものことで珍しくはないのだが、そうやって嘆いているのは、これまでと同じ理由からなのか、それともなにか新しい悲しみ事でもできたのかな?」

彼女は応えました。

「わたしが泣いているのはなにもかもに対してですわ。でも、なによりも一番の理由は、トラキノスがわたしに抱く厭わしい愛着のために、とても嫌なことが起こるのではないかと不安だからです。このままではますます彼の情熱が強まりそうな気がするんですもの。予想外の成功をおさめると人は不遜な行為に走りがちですからね。トラキノス自身も、そのぞっとするような下心も呪われるがいい。わたしはこの命に代えてでもそんな下心を水の泡にしてやりますわ。それよりも、わたしが涙を流したのは、今生《こんじょう》の終わりにはおじ様ともテアゲネスとも別れることになるのだな、と思ったからですの」

「おまえの予感は的を射ているよ」とわたしは言いました、「トラキノスはこの犠牲式を自分とおまえの婚礼の祝宴にすり替えるつもりでいる。わたしを父親と思いこんで、そんな目論見を打ち明けたのだ。あの男がおまえに対する狂気じみた衝動に駆られていることは疾《と》うにわかっていた。ザキュントスにいるときテュレノスが話してくれたのでね。だが、見通しのはっきりしないやっかい事で胸を痛めたりしないよう、おまえたちには黙っていたのだ。敵の企みをうまく逃れる可能性もあったからね。だが、子供たちよ、天がそんな希望を打ち砕き、われわれがこんな災厄の真っ只中に踏み込んでしまった以上は、高貴な生まれにふさわしく毅然として危険に立ち向かおうではないか。気高く自由人にふさわしい生を勝ち取るか、さもなくば純潔な体のまま勇敢な死を迎えるか、二つに一つだ」

30

わたしが命じたことはなんでもすると二人に約束させてから、なすべきことを指示すると、わたしは彼らが準備に取り掛かるのをあとにして、海賊たちのなかでトラキノスに次ぐ地位にある男の下《もと》へ向かいました。確か、ペロロスという名だったと思います。そして、大変得になる話があるのだが、と持ちかけたのです。やつは喜んで耳を貸し、他人に聞かれない所へわたしを引っ張って行きました。わたしはこう話しました。

「ごくかいつまんだところを聞いてもらいましょう。詳しく話している余裕はないのです。わたしの娘があなたにぞっこんなのです。まあ、それも不思議はありません。立派な方に惚れるのは物の道理。だが娘は、首領が祝宴の用意をさせるのはこれを婚礼の宴に変えようという腹なのではないかと疑っております。なにしろ、娘に見栄えよく着飾るよう命じるなど、どうもそれらしい様子が見え見えですからな。そこで相談なのですが、なんとかしてあなたがそれを妨害し、娘をあなたご自身のものとするよう計らってはくれますまいか。娘はトラキノスと結婚するくらいなら死んでしまうつもりだと申しております」

するとペロロスがこう応えました。

「安心しな。俺も先《せん》からあの娘っこに首っ丈でな、なにか取っ掛かりを摑まえたいと思っていたんだ。そこでよ、トラキノスが自分から褒美としてあの花嫁を俺に譲ってくれるかもしれねえ。商船に一番乗りしたのは俺なんだから、そのくらいの権利はありそうなもんだぜ。さもなきゃ、この右腕にかけて、やつの婚礼を苦いものにしてやろうじゃないか。やつにふさわしく一突きだぜ」

この言葉を聞くとわたしは、あらぬ疑いを掛けられないように、急いでペロロスから離れて子供たちのところへ戻り、計画どおり事が運んでいると朗報を伝えて二人を励ましました。

31

それから程なくしてわたしたちは宴の席に着いていました。そして、海賊どもがはや酒浸りになり気が大きくなってきたところを見計らって、ペロロスに

――わたしはわざと彼の側に席を取っていたのです――そっと耳打ちしました。

「娘が着飾ったところをご覧になったかな？」

そしてペロロスが「全然」と応えるのを聞いて、こう言ってやりました。

「そうですか。いや、見ることはできるのですよ。まあ、こっそり船のなかに忍び込めたらの話ですが。ご存じのように、それはトラキノスが固く禁じていますからね。ご覧になれば、まさにアルテミス神ご自身が鎮座ましましているのだと思われることでしょう。しかし今のところは慎重な上にも慎重に、姿を拝《おが》むだけにしておくことですな。さもないと、あなたご自身にもあの娘にも死を招きかねませんのでね」

するとペロロスは宿命に突き動かされるかのように少しの躊躇《ためらい》もなく立ち上がって駆けていくと、ひそかに船のなかに忍び込んでカリクレイアの姿を目の当たりにしたのです。カリクレイアは頭に月桂冠を被り、金糸の縫い取りのある打ち掛けを羽織って光り輝いていました。故国に凱旋するときの式服にもなるし、運のつきたときは経帷子《きょうかたびら》にもなると思ってデルポイから持参した法衣を身にまとっていたのです。それに、彼女の身のまわりの品々も燦然と輝いて、あたかも新婦の閨房《けいぼう》のごとき雰囲気を漂わせていました。この光景を見てペロロスが逆上《のぼ》せ上がったのもむべなるかなです。欲望と嫉妬が同時に襲い掛かったのですからね。そこから戻ったペロロスがなにやら狂気じみた考えに取り憑かれているのはその目つきから明らかでした。

彼は腰を下ろすやいなやこう言いました。

「俺は一番乗りの褒美を貰っていないが、こりゃどういうわけかな?」

するとトラキノスが応えました。

「そりゃおまえが要求しなかったからさ。しかし、いずれにせよ略奪品の分配はまだ話になっていないんだ」

「それじゃあ捕虜にしたあの娘を要求しようじゃないか」

「あの娘はだめだ。あれ以外ならなんでも好きなものを取るがいい」

ペロロスがこの言葉に噛みついて、

「それじゃ手前《てめえ》は海賊の掟を破る気か? 敵の船に最初に乗り移って、仲間たちみんなのために体を張った男に、好きなように選ばせる決まりだったじゃねえか?」

と言うと、トラキノスが応えました。

「いや、その掟を破るつもりはない。だがな、おまえ、俺が言うのは別の掟に基づいてのことだ。手下は首領に譲らねばならない、というやつよ。俺はあの娘に惚れた。だがな、あの娘を妻に娶《めと》るつもりだ。そして俺には当然優先権があると言っているわけだ。だがな、もしおまえが命令どおりにしないなら、すぐにもこの酒壺で打《ぶ》ん殴られて吠えづらかくことになるぞ」

するとペロロスが並みいる者たちを見回して言いました。

「聞いたか？　さんざん苦労した報いがこれだとよ。手前《てめえ》らもいつかこんな風に褒美を奪われて、こいつの横暴な掟に泣きを見ることになるんだぜ」

32

このあとどうなったと思われます、ナウシクレス？　男たちの様子は、突然現れた岩礁に立ち騒ぐ海の波にも譬えることができたでしょう。そのように、予測のつかない動揺が広がり、酒に呑まれて感情的になった海賊たちを襲って、名状しがたい混乱を引き起こしたのです。ある者はトラキノスの側に付いて首領を立てるべきだと呼ばわり、ある者はペロロスに傾斜して掟破りは怪しからんと騒ぎ立てます。そしてとうとう、トラキノスが酒壺を振りかざしてペロロスを打とうとしましたが、あらかじめ準備してあったと見えて、ペロロスが首領の胸にずぶりと匕首《あいくち》を突き立てるほうが先でした。トラキノスが致命傷を受けて倒れると、残された海賊たちのあいだに止《とど》まるところを知らぬ内紛が持ち上がりました。彼らは、一方は首領を守ろうとし、他方は正義を振りかざしてペロロスを擁護しようとする二つの勢力に分かれ、合戦さながら互いに情け容赦のない殺し合いを始めたのです。木の棒、石、酒壺、火の点いた松明、卓を武器に、打つ者と打たれる者の怒号と悲鳴が一斉に湧き起こります。

わたしは、なるたけ遠く、小高い丘の上の安全な場所に避難して、そのありさまを眺めました。しかし、テアゲネスとカリクレイアはこの戦闘に身を投じました。二人は打ち合わせどおりに行動し、テアゲネスが剣を手にして、最初のうちは二つの勢力の一派に味方して戦い、あたかも神憑《かみがか》りになったかのように獅子奮迅の働きを見せれば、カリクレイアも戦闘勃発と見るや弓を取り、船上から、テアゲネスにだけは当たらないように、狙い違《たが》わず矢を射掛けます。しかも彼女の的となったのは一方の側だけではありません。だれだろうと眼に入りしだい射殺していったのです。カリクレイア自身は姿を見られずにいて、篝火《かがりび》のおかげで敵の様子をつぶさに見ることができましたからね。これに対し、海賊たちはこの禍がどこから来るものかとんとわからず、なかには神罰ではないかと怪しむ者もいたような次第で。こうしてしまいに他の連中はみな倒れ、テアゲネス独りが残ってペロロスとの一騎打ちになりました。このペロロスという男は一頭地を抜く手だれの殺し屋でした。カリクレイアの弓術すら、もはやなんの役にも立ちません。彼女も必死になって掩護《えんご》しようとするのですが、テアゲネスとペロロスの闘いがもつれ合うような接近戦になっていたので、失敗が怖くて手が出せないからです。

しかし、結局持ち切れなかったのはペロロスのほうでした。というのは、効果的な掩護は無理だと見定めたカリクレイアが、テアゲネスに向かって励ましの言葉を投げかけたのです。彼女はこう叫びました。

「勇気を出して！　愛してるわ、テアゲネス！」

ここにおいてテアゲネスはペロロスに対し圧倒的な優位に立ったのです。それはまるでカリクレイアの声が、戦いが済んだあとには褒美が待っているのを思い出させることで、彼に力と勇気を分け与えたかのようでした。彼はすでにたくさんの傷を負って疲労困憊していたにもかかわらず勇気を奮い起こし、ペロロスに躍り掛かって頭めがけて短剣を振り下ろしました。ペロロスが一瞬体をかわしたので狙いは外れたのですが、肩先をかすめ肘の付け根のところから腕を切り落としたのです。これにはペロロスも堪《たま》らず踵《きびす》を返して逃げ出し、テアゲネスはそのあとを追って行きました。

33

彼らがその後どうなったのか、わたしには語ることができません。ただ言えるのは、夜の夜中に戦闘のあった場所に行く勇気がわたしにはなくて、丘の上に留まったため、テアゲネスが戻ったのに気づかなかったのです。もちろんカリクレイアにはわかったでしょう。しかし、わたしが見たのは夜が明けてからでした。テアゲネスは骸《むくろ》のように横たわり、カリクレイアはそのかたわらに寄り添って悲嘆に暮れ、今にも自刃してともに果てようという様子でしたが、それを堪《こら》えているのは、ひょっとしたらテアゲネスが息を吹き返すのではないか、というわずかな望みからでした。しかし、残念なことにわたしには、彼女と話をしてこれまでの経緯を聞き、慰めの言葉で不幸を紛らせたり、できる限りの手をつくしてやる余裕がありませんでした。海からの災難に片がついたと思ったら、今度は陸からの災難が間をおかずに二人を襲ったのです。というのは、夜が明けたので丘を下ろうとしたちょうどそのとき、エジプト人盗賊の一群が海岸を望んで聳える山のほうから駆け下りてきてたちまち二人を捕らえ、運べるだけの船荷を担ぎ出すや、あっという間に連れ去ってしまったからです。わたしはあてもなく、たっぷり間《ま》をとって彼らのあとをつけて行きました。心のなかでは若者たちと己の運命に暗澹たる思いでした。わたしには彼らを救けることなどできませんし、彼らと合流するのも得策でないと考え、いつか彼らを救う機会があるかもしれないという希望から余力を残しておくつもりだったのです。いや、実際のところそんな力などあるものですか。あのときわたしは歳のせいで、険しい山道を行くエジプト人たちについて行くことすらできず、あとに取り残されてしまいました。このたび娘を見つけ出すことができたのも、神々の恩寵と、ナウシクレス、あなたのご厚意があったればこそです。わたし自身はなんの役にも立てずに、ただ娘のために悲嘆に暮れ、つきることのない涙を流してやることしかできなかったのですから」

ここまで語ると、カラシリス自身涙を流し、話を聞いていた人々も貰い泣きに泣く始末で、まるで宴の席が、いささか甘美なものが混じっているとはいえ、お通夜に一変したようだった。なぜなら、酒にはなにかしら涙へと誘う力があるからである。だが、しまいにナウシクレスがカラシリスを慰めて言った。

「御老体、これから先のことは安心なさってよろしいのですよ。もうこのとおりお嬢さんを取り戻したわけだし、息子さんに会えないのもあと一晩きりですからね。明日の朝にもわたしがミトラネスのところへ出向き、万難を排してでもあなたの大切なテアゲネスを解放してもらうよう努力しましょう」

「そうしていただきたいものです。でも、もう宴会はお開きにする時間ですな。その前にまず、神意に思いを致し、わたしどもを救って下さったことへの感謝のお神酒《みき》を順繰りに捧げるとしましょう」

34

それから順にお神酒を捧げて一回りすると、宴会の幕が閉じられた。カラシリスはカリクレイアの姿を求め、大勢の人が通過する出入口をじっと見張っていたが見つけることができなかった。だいぶ経ってから小間使いに教えられて神殿の内陣に踏み込み、聖像の足下にすがりついたまま眠っているカリクレイアを発見した。彼女は苦痛に襲われ、あまりにも長いこと祈りを捧げているうちに、ふと深い眠りに落ちてしまったのである。カラシリスはその様子を見て一掬《いっきく》の涙を注ぎ、彼女の運命を好転させてくれるよう神に祈ると、そっと眠りから覚まして仮住まいの宿へ導いた。カリクレイアは顔を赧《あか》くしていたが、それはどうやら、つい眠気に負けてしまった自分を恥じたのだろう。それから彼女は女たちの起居する一角に退き、ナウシクレスの娘と同じ部屋に臥せったが、さまざまな思いが胸に迫って眠れぬ夜を過ごしたのである。

【編集付記】

訳者は故人であるため、訳者校正にあたる作業は、底本の監修者である中務哲郎氏にお願いした。
「主な登場人物紹介」「関連地図」「索引」は、底本掲載のものを活かしつつ、改めて作成した。

（岩波文庫編集部）

エティオピア物語《ものがたり》（上）〔全2冊〕
ヘリオドロス作

2024年10月11日　第1刷発行

訳　者　下田立行《しもだたつゆき》

発行者　坂本政謙

発行所　株式会社 岩波書店
〒101-8002 東京都千代田区一ツ橋 2-5-5

案内 03-5210-4000　営業部 03-5210-4111
文庫編集部 03-5210-4051
https://www.iwanami.co.jp/

印刷・理想社　カバー・精興社　製本・中永製本

ISBN 978-4-00-321271-4　　Printed in Japan

読書子に寄す

——岩波文庫発刊に際して——

岩波茂雄

真理は万人によって求められることを自ら欲し、芸術は万人によって愛されることを自ら望む。かつては民を愚昧ならしめるために学芸が最も狭き堂宇に閉鎖されたことがあった。今や知識と美とを特権階級の独占より奪い返すことはつねに進取的なる民衆の切実なる要求である。岩波文庫はこの要求に応じそれに励まされて生まれた。それは生命ある不朽の書を少数者の書斎と研究室とより解放して街頭にくまなく立たしめ民衆に伍せしめるであろう。近時大量生産予約出版の流行を見る。その広告宣伝の狂態はしばらくおくも、後代にのこすと誇称する全集がその編集に万全の用意をなしたるか。千古の典籍の翻訳企図に敬虔の態度を欠かざりしか。さらに分売を許さず読者を繫縛して数十冊を強うるがごとき、はたしてその揚言する学芸解放のゆえんなりや。吾人は天下の名士の声に和してこれを推挙するに躊躇するものである。このときにあたって、岩波書店は自己の責務のいよいよ重大なるを思い、従来の方針の徹底を期するため、すでに十数年以前より志して来た計画を慎重審議この際断然実行することにした。吾人は範をかのレクラム文庫にとり、古今東西にわたって文芸・哲学・社会科学・自然科学等種類のいかんを問わず、いやしくも万人の必読すべき真に古典的価値ある書をきわめて簡易なる形式において逐次刊行し、あらゆる人間に須要なる生活向上の資料、生活批判の原理を提供せんと欲する。この文庫は予約出版の方法を排したるがゆえに、読者は自己の欲する時に自己の欲する書物を各個に自由に選択することができる。携帯に便にして価格の低きを最主とするがゆえに、外観を顧みざるも内容に至っては厳選最も力を尽くし、従来の岩波出版物の特色をますます発揮せしめようとする。この計画たるや世間の一時の投機的なるものと異なり、永遠の事業として吾人は微力を傾倒し、あらゆる犠牲を忍んで今後永久に継続発展せしめ、もって文庫の使命を遺憾なく果たさしめることを期する。芸術を愛し知識を求むる士の自ら進んでこの挙に参加し、希望と忠言とを寄せられることは吾人の熱望するところである。その性質上経済的には最も困難多きこの事業にあえて当たらんとする吾人の志を諒として、その達成のため世の読書子とのうるわしき共同を期待する。

昭和二年七月

《東洋文学》〔赤〕

- 楚辞　小南一郎訳注
- 杜甫詩選　黒川洋一編
- 李白詩選　松浦友久編訳
- 唐詩選 全三冊　前野直彬注解
- 完訳 三国志 全八冊　小川環樹・金田純一郎訳
- 西遊記 全十冊　中野美代子訳
- 菜根譚　洪自誠／今井宇三郎訳注
- 阿Q正伝・狂人日記 他十二篇（吶喊）　魯迅／竹内好訳
- 魯迅評論集　竹内好編訳
- 歴史小品　郭沫若／平岡武夫訳
- 家 全二冊　巴金／飯塚朗訳
- 新編 中国名詩選 全三冊　川合康三編訳
- 唐宋伝奇集 全二冊　今村与志雄訳
- 聊斎志異 全二冊　蒲松齢／立間祥介編訳
- 李商隠詩選　川合康三選訳
- 白楽天詩選 全二冊　川合康三訳注
- 文選 全六冊　川合康三・富永一登・釜谷武志・和田英信・浅見洋二・緑川英樹訳注
- 曹操・曹丕・曹植詩文選　川合康三編訳
- ケサル王物語 ―チベットの英雄叙事詩　アレクサンドラ・ダヴィッド＝ネール／アプル・ユンテン／富樫瓔子訳
- バガヴァッド・ギーター　上村勝彦訳
- ダライ・ラマ六世恋愛詩集　今枝由郎・海老原志穂編訳
- 朝鮮童謡選　金素雲訳編
- 朝鮮短篇小説選 全二冊　大村益夫・長璋吉・三枝壽勝編訳
- 尹東柱詩集 空と風と星と詩　金時鐘編訳
- アイヌ神謡集　知里幸惠編訳
- アイヌ民譚集 付 えぞおばけ列伝　知里真志保編訳
- アイヌ叙事詩 ユーカラ　金田一京助採集並ニ訳

《ギリシア・ラテン文学》〔赤〕

- ホメロス イリアス 全二冊　松平千秋訳
- ホメロス オデュッセイア 全二冊　松平千秋訳
- イソップ寓話集　中務哲郎訳
- アイスキュロス アガメムノーン　久保正彰訳
- アイスキュロス 縛られたプロメーテウス　呉茂一訳
- アンティゴネー　ソポクレース／中務哲郎訳
- ソポクレス オイディプス王　藤沢令夫訳
- ソポクレス コロノスのオイディプス　高津春繁訳
- バッカイ ―バッコスに憑かれた女たち　エウリーピデース／逸身喜一郎訳
- ヘシオドス 神統記　廣川洋一訳
- 女の議会　アリストパネース／村川堅太郎訳
- アポロドーロス ギリシア神話　高津春繁訳
- ダフニスとクロエー　ロンゴス／松平千秋訳
- ギリシア・ローマ抒情詩選 ―花冠　呉茂一訳
- オウィディウス 変身物語 全二冊　中村善也訳
- ギリシア・ローマ神話 付 インド・北欧神話　ブルフィンチ／野上弥生子訳
- ギリシア・ローマ名言集　柳沼重剛編

《南北ヨーロッパ他文学》(赤)

- 新生　ダンテ　山川丙三郎訳
- 夢のなかの夢　タブッキ　和田忠彦訳
- カヴァレリーア・ルスティカーナ 他十一篇　G・ヴェルガ　河島英昭訳
- イタリア民話集 全二冊　カルヴィーノ　河島英昭編訳
- むずかしい愛　カルヴィーノ　和田忠彦訳
- パロマー　カルヴィーノ　和田忠彦訳
- アメリカ講義 ―新たな千年紀のための六つのメモ　カルヴィーノ　米川良夫・和田忠彦訳
- まっぷたつの子爵　カルヴィーノ　河島英昭訳
- 魔法の庭・空を見上げる部族 他十四篇　カルヴィーノ　和田忠彦訳
- ルネサンス書簡集　ペトラルカ　近藤恒一編訳
- 無知について　ペトラルカ　近藤恒一訳
- 美しい夏　パヴェーゼ　河島英昭訳
- 流刑　パヴェーゼ　河島英昭訳
- 祭の夜　パヴェーゼ　河島英昭訳
- 月と篝火　パヴェーゼ　河島英昭訳
- 小説の森散策　ウンベルト・エーコ　和田忠彦訳

- バウドリーノ 全二冊　ウンベルト・エーコ　堤康徳訳
- タタール人の砂漠　ブッツァーティ　脇功訳
- ラサリーリョ・デ・トルメスの生涯　会田由訳
- ドン・キホーテ 前篇 全三冊　セルバンテス　牛島信明訳
- ドン・キホーテ 後篇 全三冊　セルバンテス　牛島信明訳
- 娘たちの空返事 他一篇　モラティン　佐竹謙一訳
- プラテーロとわたし　J・R・ヒメーネス　長南実訳
- オルメードの騎士　ロペ・デ・ベガ　長南実訳
- セビーリャの色事師と石の招客 他一篇　ティルソ・デ・モリーナ　佐竹謙一訳
- ティラン・ロ・ブラン 全四冊　J・マルトゥレイ M・J・ダ・ガルバ　田澤耕訳
- ダイヤモンド広場　マルセー・ルドゥレダ　田澤耕訳
- 完訳 アンデルセン童話集 全七冊　大畑末吉訳
- 即興詩人 全二冊　アンデルセン　大畑末吉訳
- アンデルセン自伝　大畑末吉訳
- ここに薔薇ありせば 他五篇　ヤコブセン　矢崎源九郎訳
- フィンランド叙事詩 カレワラ 全二冊　リョンロット編　小泉保訳
- 王の没落　イェンセン　長島要一訳

- 人形の家　イプセン　原千代海訳
- 野鴨　イプセン　原千代海訳
- 令嬢ユリェ　ストリンドベルク　茅野蕭々訳
- アミエルの日記 全四冊　河野与一訳
- クオ・ワディス 全三冊　シェンキェーヴィチ　木村彰一訳
- 山椒魚戦争　カレル・チャペック　栗栖継訳
- ロボット (R・U・R)　チャペック　千野栄一訳
- 白い病　カレル・チャペック　阿部賢一訳
- マクロプロスの処方箋　カレル・チャペック　阿部賢一訳
- 灰とダイヤモンド 全二冊　アンジェイェフスキ　川上洸訳
- 牛乳屋テヴィエ　ショレム・アレイヘム　西成彦訳
- 完訳 千一夜物語 全十三冊　豊島与志雄・渡辺一夫・佐藤正彰・岡部正孝訳
- ルバイヤート　オマル・ハイヤーム　小川亮作訳
- ゴレスターン　サァディー　沢英三訳
- 王書 ―古代ペルシャの神話・伝説　フェルドウスィー　岡田恵美子訳
- 中世騎士物語　ブルフィンチ　野上弥生子訳
- コルタサル短篇集 悪魔の涎・追い求める男 他八篇　木村榮一訳

遊戯の終わり　コルタサル　木村榮一訳
秘密の武器　コルタサル　木村榮一訳
ペドロ・パラモ　ファン・ルルフォ　杉山晃　増田義郎訳
燃える平原　ファン・ルルフォ　杉山晃訳
伝奇集　J・L・ボルヘス　鼓直訳
創造者　J・L・ボルヘス　鼓直訳
続審問　J・L・ボルヘス　中村健二訳
七つの夜　J・L・ボルヘス　野谷文昭訳
詩という仕事について　J・L・ボルヘス　鼓直訳
汚辱の世界史　J・L・ボルヘス　中村健二訳
ブロディーの報告書　J・L・ボルヘス　鼓直訳
アレフ　J・L・ボルヘス　鼓直訳
語るボルヘス　—書物・不死性・時間ほか　J・L・ボルヘス　木村榮一訳
20世紀ラテンアメリカ短篇選　野谷文昭編訳
フエンテス短篇集　アウラ・純な魂　他四篇　木村榮一訳
アルテミオ・クルスの死　フエンテス　木村榮一訳
緑の家　全二冊　バルガス＝リョサ　木村榮一訳

密林の語り部　バルガス＝リョサ　西村英一郎訳
ラ・カテドラルでの対話　バルガス＝リョサ　旦敬介訳
弓と竪琴　オクタビオ・パス　牛島信明訳
ラテンアメリカ民話集　三原幸久編訳
やし酒飲み　エイモス・チュツオーラ　土屋哲訳
薬草まじない　エイモス・チュツオーラ　土屋哲訳
マイケル・K　J・M・クッツェー　くぼたのぞみ訳
ミゲル・ストリート　V・S・ナイポール　小沢自然　小野正嗣訳
キリストはエボリで止まった　カルロ・レーヴィ　竹山博英訳
クァジーモド全詩集　河島英昭訳
ウンガレッティ全詩集　河島英昭訳
クオーレ　デ・アミーチス　和田忠彦訳
ゼーノの意識　全二冊　ズヴェーヴォ　堤康徳訳
冗談　ミラン・クンデラ　西永良成訳
小説の技法　ミラン・クンデラ　西永良成訳
世界イディッシュ短篇選　西成彦編訳
シェフチェンコ詩集　藤井悦子編訳

《歴史・地理》〔青〕

- 新訂 魏志倭人伝・後漢書倭伝・宋書倭国伝・隋書倭国伝 —中国正史日本伝1 石原道博編訳
- 新訂 旧唐書倭国日本伝・宋史日本伝・元史日本伝 —中国正史日本伝2 石原道博編訳
- ヘロドトス 歴史 全三冊 松平千秋訳
- トゥーキュディデース 戦史 全三冊 久保正彰訳
- ガリア戦記 カエサル 近山金次訳
- ランケ世界史概観 —近世史の諸時代 鈴木成高 相原信作訳
- ランケ自伝 林健太郎訳
- 歴史とは何ぞや ベルンハイム 坂口昂 小野鉄二訳
- 歴史における個人の役割 プレハーノフ 木原正雄訳
- 古代への情熱 —シュリーマン自伝 シュリーマン 村田数之亮訳
- アーネスト・サトウ 一外交官の見た明治維新 全二冊 坂田精一訳
- ベルツの日記 全二冊 トク・ベルツ編 菅沼竜太郎訳
- 武家の女性 山川菊栄
- インディアスの破壊についての簡潔な報告 ラス・カサス 染田秀藤訳
- ラス・カサス インディアス史 全七冊 長南実訳 石原保徳編
- コロンブス 全航海の報告 林屋永吉訳

- 戊辰物語 東京日日新聞社会部編
- 大森貝塚 —付 関連史料 E・S・モース 近藤義郎 佐原真編訳
- ナポレオン言行録 オクターヴ・オブリ編 大塚幸男訳
- 中世的世界の形成 石母田正
- 日本の古代国家 石母田正
- 平家物語 他六篇 石母田正 髙橋昌明編
- クリオの顔 歴史随想集 E・H・ノーマン 大窪愿二編訳
- 日本における近代国家の成立 E・H・ノーマン 大窪愿二訳
- 旧事諮問録 —江戸幕府役人の証言 全二冊 旧事諮問会編 進士慶幹校注
- 朝鮮・琉球航海記 —一八一六年アマースト使節団とともに ベイジル・ホール 春名徹訳
- アリランの歌 —ある朝鮮人革命家の生涯 ニム・ウェールズ キム・サン 松平いを子訳
- さまよえる湖 全二冊 ヘディン 福田宏年訳
- 老松堂日本行録 —朝鮮使節の見た中世日本 宋希璟 村井章介校注
- 十八世紀パリ生活誌 —タブロー・ド・パリ 全二冊 メルシエ 原宏編訳
- 北槎聞略 —大黒屋光太夫ロシア漂流記 桂川甫周 亀井高孝校訂
- ヨーロッパ文化と日本文化 ルイス・フロイス 岡田章雄訳注
- ギリシア案内記 全二冊 パウサニアス 馬場恵二訳

- 西遊草 清河八郎 小山松勝一郎校注
- オデュッセウスの世界 フィンリー 下田立行訳
- 東京に暮す —一九二八〜一九三六 キャサリン・サンソム 大久保美春訳
- ミカド —日本の内なる力 W・E・グリフィス 亀井俊介訳
- 増補 幕末百話 篠田鉱造
- 幕末明治 女百話 全二冊 篠田鉱造
- トゥバ紀行 メンヒェン＝ヘルフェン 田中克彦訳
- 徳川時代の宗教 R・N・ベラー 池田昭訳
- ある出稼石工の回想 マルタン・ナド 喜安朗訳
- 植物巡礼 —プラント・ハンターの回想 F・キングドン-ウォード 塚谷裕一訳
- モンゴルの歴史と文化 ハイシッヒ 田中克彦訳
- ダンピア 最新世界周航記 全二冊 平野敬一訳
- ローマ建国史 全三冊（既刊上巻） リーウィウス 鈴木一州訳
- 元治夢物語 —幕末同時代史 馬場文英 徳田武校注
- フランス・プロテスタントの反乱 —カミザール戦争の記録 カヴァリエ 二宮フサ訳
- ニコライの日記 —ロシア人宣教師が生きた明治日本 全三冊 中村健之介編訳
- 徳川制度 全三冊・補遺 加藤貴校注

第二のデモクラテス　戦争の正当原因についての対話　セプールベダ　染田秀藤訳

ユグルタ戦争　カティリーナの陰謀　サルスティウス　栗田伸子訳

史的システムとしての資本主義　ウォーラーステイン　川北稔訳

2023.2 現在在庫　H-2

《ドイツ文学》〔赤〕

- ニーベルンゲンの歌 全二冊 — 相良守峯訳
- 若きウェルテルの悩み — ゲーテ 竹山道雄訳
- ヴィルヘルム・マイスターの修業時代 全三冊 — ゲーテ 山崎章甫訳
- イタリア紀行 全三冊 — ゲーテ 相良守峯訳
- ファウスト 全二冊 — ゲーテ 相良守峯訳
- ゲーテとの対話 全三冊 — エッカーマン 山下肇訳
- スペインの太子 ドン・カルロス — シルレル 佐藤通次訳
- ヒュペーリオン —希臘の世捨人 — ヘルデルリーン 渡辺格司訳
- 青い花 — ノヴァーリス 青山隆夫訳
- 夜の讃歌・サイスの弟子たち 他一篇 — ノヴァーリス 今泉文子訳
- 完訳 グリム童話集 全五冊 — 金田鬼一訳
- 黄金の壺 — ホフマン 神品芳夫訳
- ホフマン短篇集 — 池内紀編訳
- 影をなくした男 — シャミッソー 池内紀訳
- 流刑の神々・精霊物語 — ハイネ 小沢俊夫訳
- ブリギッタ・森の泉 他一篇 — シュティフター 宇多五郎・高安国世訳
- みずうみ 他四篇 — シュトルム 関泰祐訳
- 村のロメオとユリア — ケラー 草間平作訳
- 沈鐘 — ハウプトマン 阿部六郎訳
- 地霊・パンドラの箱 ルル二部作 — F・ヴェデキント 岩淵達治訳
- 春のめざめ — F・ヴェデキント 酒寄進一訳
- 花・死人に口なし 他七篇 — シュニッツラー 番匠谷英一・山本有三訳
- ゲオルゲ詩集 — 手塚富雄訳
- リルケ詩集 — 高安国世訳
- ドゥイノの悲歌 — リルケ 手塚富雄訳
- ブッデンブローク家の人びと 全三冊 — トーマス・マン 望月市恵訳
- トオマス・マン短篇集 — 実吉捷郎訳
- 魔の山 全二冊 — トーマス・マン 関泰祐・望月市恵訳
- トニオ・クレエゲル — トオマス・マン 実吉捷郎訳
- ヴェニスに死す — トオマス・マン 実吉捷郎訳
- 講演集 ドイツとドイツ人 他五篇 — トーマス・マン 青木順三訳
- 講演集 リヒァルト・ヴァーグナーの苦悩と偉大 他一篇 — トーマス・マン 青木順三訳
- 車輪の下 — ヘルマン・ヘッセ 実吉捷郎訳
- デミアン — ヘルマン・ヘッセ 実吉捷郎訳
- シッダルタ — ヘッセ 手塚富雄訳
- ルーマニア日記 — カロッサ 高橋健二訳
- 幼年時代 — カロッサ 斎藤栄治訳
- ジョゼフ・フーシェ —ある政治的人間の肖像 — シュテファン・ツワイク 高橋禎二・秋山英夫訳
- 変身・断食芸人 — カフカ 山下肇・山下萬里訳
- 審判 — カフカ 辻瑆訳
- カフカ短篇集 — 池内紀編訳
- カフカ寓話集 — 池内紀編訳
- ドイツ炉辺ばなし集 —カレンダーゲシヒテン — ヘーベル 木下康光編訳
- ウィーン世紀末文学選 — 池内紀編訳
- チャンドス卿の手紙 他十篇 — ホフマンスタール 檜山哲彦訳
- ホフマンスタール詩集 — 川村二郎訳
- ドイツ名詩選 — 生野幸吉・檜山哲彦編
- 聖なる酔っぱらいの伝説 他四篇 — ヨーゼフ・ロート 池内紀訳
- 暴力批判論 他十篇 —ベンヤミンの仕事1 — ベンヤミン 野村修編訳
- ボードレール 他五篇 —ベンヤミンの仕事2 — ベンヤミン 野村修編訳

パサージュ論 全五冊 ヴァルター・ベンヤミン 今村仁司・三島憲一 大貫敦子・高橋順一 塚原史・細見和之 村岡晋一・山本尤 横張誠・與謝野文子 吉村和明 訳
ジャクリーヌと日本人 ヤーコプ 相良守峯訳
ヴォイツェク ダントンの死 レンツ ビューヒナー 岩淵達治訳
人生処方詩集 エーリヒ・ケストナー 小松太郎訳
終戦日記一九四五 エーリヒ・ケストナー 酒寄進一訳
第七の十字架 全二冊 アンナ・ゼーガース 山下肇 新村浩 訳

《フランス文学》〔赤〕

ラブレー第一之書 ガルガンチュワ物語 渡辺一夫訳
ラブレー第二之書 パンタグリュエル物語 渡辺一夫訳
ラブレー第三之書 パンタグリュエル物語 渡辺一夫訳
ラブレー第四之書 パンタグリュエル物語 渡辺一夫訳
ラブレー第五之書 パンタグリュエル物語 渡辺一夫訳
ピエール・パトラン先生 渡辺一夫訳
エセー 全六冊 モンテーニュ 原二郎訳
ラ・ロシュフコー箴言集 二宮フサ訳
ブリタニキュス ベレニス ラシーヌ 渡辺守章訳
ドン・ジュアン —石像の宴 モリエール 鈴木力衛訳
いやいやながら医者にされ モリエール 鈴木力衛訳
守銭奴 モリエール 鈴木力衛訳
完訳ペロー童話集 新倉朗子訳
ラ・フォンテーヌ寓話 全二冊 ラ・フォンテーヌ 今野一雄訳
カンディード 他五篇 ヴォルテール 植田祐次訳
ルイ十四世の世紀 全四冊 ヴォルテール 丸山熊雄訳

美味礼讃 全二冊 ブリア-サヴァラン 関根秀雄 戸部松実 訳
近代人の自由と古代人の自由・征服の精神と簒奪 他一篇 コンスタン 堤林剣 堤林恵 訳
恋愛論 全二冊 スタンダール 杉本圭子訳
赤と黒 全二冊 スタンダール 桑原武夫 生島遼一 訳
ゴプセック・毬打つ猫の店 バルザック 芳川泰久訳
艶笑滑稽譚 全三冊 バルザック 石井晴一訳
レ・ミゼラブル 全四冊 ユーゴー 豊島与志雄訳
ライン河幻想紀行 ユーゴー 榊原晃三編訳
ノートル=ダム・ド・パリ 全二冊 ユーゴー 辻昶 松下和則 訳
モンテ・クリスト伯 全七冊 アレクサンドル・デュマ 山内義雄訳
三銃士 全二冊 デュマ 生島遼一訳
カルメン メリメ 杉捷夫訳
愛の妖精（プチット・ファデット） ジョルジュ・サンド 宮崎嶺雄訳
ボオドレール 悪の華 鈴木信太郎訳
感情教育 全二冊 フローベール 生島遼一訳
紋切型辞典 フローベール 小倉孝誠訳
サラムボー 全二冊 フローベール 中條屋進訳

未来のイヴ 全二冊	ヴィリエ・ド・リラダン 渡辺一夫訳
風車小屋だより	ドーデー 桜田佐訳
サフォ パリ風俗	ドーデ 朝倉季雄訳
プチ・ショーズ ―ある少年の物語	ドーデ 原千代海訳
少年少女	アナトール・フランス 三好達治訳
テレーズ・ラカン 全二冊	エミール・ゾラ 小林正訳
ジェルミナール 全三冊	エミール・ゾラ 安士正夫訳
獣人 全二冊	エミール・ゾラ 川口篤訳
氷島の漁夫	ピエール・ロチ 吉氷清訳
マラルメ詩集	渡辺守章訳
脂肪のかたまり	モーパッサン 高山鉄男訳
メゾンテリエ 他三篇	モーパッサン 河盛好蔵訳
モーパッサン短篇選	高山鉄男編訳
わたしたちの心	モーパッサン 笠間直穂子訳
地獄の季節	ランボオ 小林秀雄訳
対訳ランボー詩集 ―フランス詩人選(1)	中地義和編
にんじん	ルナアル 岸田国士訳
ジャン・クリストフ 全四冊	ロマン・ローラン 豊島与志雄訳
ベートーヴェンの生涯	ロマン・ロラン 片山敏彦訳
ミレー	ロマン・ロラン 蛯原徳夫訳
フランシス・ジャム詩集	手塚伸一訳
三人の乙女たち	フランシス・ジャム 手塚伸一訳
狭き門	アンドレ・ジイド 川口篤訳
法王庁の抜け穴	アンドレ・ジイド 石川淳訳
モンテーニュ論	アンドレ・ジイド 渡辺一夫訳
ムッシュー・テスト	ポール・ヴァレリー 清水徹訳
精神の危機 他十五篇	ポール・ヴァレリー 恒川邦夫訳
ドガ ダンス デッサン	ポール・ヴァレリー 塚本昌則訳
シラノ・ド・ベルジュラック	ロスタン 辰野隆 鈴木信太郎訳
地底旅行	ジュール・ヴェルヌ 朝比奈弘治訳
八十日間世界一周	ジュール・ヴェルヌ 鈴木啓二訳
海底二万里 全二冊	ジュール・ヴェルヌ 朝比奈美知子訳
死霊の恋・ポンペイ夜話 他三篇	ゴーチエ 田辺貞之助訳
火の娘たち	ネルヴァル 野崎歓訳
パリの夜 ―革命下の民衆	レチフ・ド・ラ・ブルトンヌ 植田祐次編訳
シェリ	コレット 工藤庸子訳
シェリの最後	コレット 工藤庸子訳
生きている過去	レニエ 窪田般彌訳
ノディエ幻想短篇集	ノディエ 篠田知和基編訳
フランス短篇傑作選	山田稔編訳
シュルレアリスム宣言・溶ける魚	アンドレ・ブルトン 巖谷國士訳
ナジャ	アンドレ・ブルトン 巖谷國士訳
ジュスチーヌまたは美徳の不幸	サド 植田祐次訳
とどめの一撃	ユルスナール 岩崎力訳
フランス名詩選	安藤元雄 入沢康夫 渋沢孝輔編
繻子の靴 全二冊	ポール・クローデル 渡辺守章訳
A・O・バルナブース全集 全二冊	ヴァレリー・ラルボー 岩崎力訳
心変わり	ミシェル・ビュトール 清水徹訳
悪魔祓い	ル・クレジオ 高山鉄男訳
失われた時を求めて 全十四冊	プルースト 吉川一義訳
シルトの岸辺	ジュリアン・グラック 安藤元雄訳

岩波文庫の最新刊

女らしさの神話(上)(下)

ベティ・フリーダン著／荻野美穂訳

女性の幸せは結婚と家庭にあるとする「女らしさの神話」を批判し、その解体を唱える。二〇世紀フェミニズムの記念碑的著作、初の全訳。（全二冊）〔白二三四-一、二〕 定価(上)一五〇七、(下)一三五三円

富嶽百景・女生徒 他六篇

太宰 治作／安藤 宏編

昭和一二―一五年発表の八篇。表題作他「華燭」「葉桜と魔笛」等、スランプを克服し〈再生〉へ向かうエネルギーを感じさせる。（注＝斎藤理生、解説＝安藤宏）〔緑九〇-九〕 定価九三五円

人類歴史哲学考(五)

ヘルダー著／嶋田洋一郎訳

第四部第十八巻―第二十巻を収録。中世ヨーロッパを概観。キリスト教の影響やイスラム世界との関係から公共精神の発展を描く。（全五冊）〔青N六〇八-五〕 定価一二七六円

……今月の重版再開……

碧梧桐俳句集

栗田 靖編

定価一二七六円 〔緑一六六-二〕

法窓夜話

穂積陳重著

定価一四三〇円 〔青一四七-一〕

定価は消費税10％込です　2024.9

岩波文庫の最新刊

デリダ著／藤本一勇訳
アデュー
―エマニュエル・レヴィナスへ―

レヴィナスから受け継いだ「アーデュー」という言葉。デリダの応答は、その遺産を存在論や政治の彼方にある倫理、歓待の哲学へと導く。
〔青N六〇五-二〕 定価一二一〇円

ヘリオドロス作／下田立行訳
エティオピア物語（上）

ナイル河口の殺戮現場に横たわる、手負いの凜々しい若者と、女神の如き美貌の娘――映画さながらに波瀾万丈、古代ギリシアの恋愛冒険小説巨編。（全二冊）
〔赤一二七-一〕 定価一〇〇一円

永井荷風著／中島国彦・多田蔵人校注
断腸亭日乗(二) 大正十五―昭和三年

永井荷風(一八七九―一九五九)の四十一年間の日記。(二)は、大正十五年より昭和三年まで。大正から昭和の時代の変動を見つめる。（注解・解説＝中島国彦）（全九冊）
〔緑四二-一五〕 定価一一八八円

ゲルツェン著／金子幸彦・長縄光男訳
過去と思索(四)

一八四八年六月、臨時政府がパリ民衆に加えた大弾圧は、ゲルツェンの思想を新しい境位に導いた。専制支配はここにもある。西欧への幻想は消えた。（全七冊）
〔青N六一〇-五〕 定価一六五〇円

……今月の重版再開……

ディオゲネス・ラエルティオス著／加来彰俊訳
ギリシア哲学者列伝(上)(中)(下)

〔青六六三-一～三〕 定価各一二七六円

定価は消費税10％込です　2024. 10